# 聊斋琐议

蒲先和 著

齊魯書社

**图书在版编目(CIP)数据**

聊斋琐议 / 蒲先和著. -- 济南 : 齐鲁书社,
2018.9

ISBN 978-7-5333-4019-3

Ⅰ.①聊… Ⅱ.①蒲… Ⅲ.①《聊斋志异》—小说
研究 Ⅳ.①I207.419

中国版本图书馆 CIP 数据核字(2018)第 199138 号

**聊斋琐议**

LIAOZHAI SUOYI

蒲先和 著

---

**主管单位** 山东出版传媒股份有限公司
**出版发行** 齊魯書社
**社　　址** 济南市英雄山路 189 号
**邮　　编** 250002
**网　　址** www.qlss.com.cn
**电子邮箱** qilupress@126.com
**营销中心** (0531)82098521　82098519
**印　　刷** 山东德州新华印务有限责任公司
**开　　本** 880mm×1230mm　1/32
**印　　张** 11.25
**插　　页** 3
**字　　数** 225 千
**版　　次** 2018 年 9 月第 1 版
**印　　次** 2018 年 9 月第 1 次印刷
**印　　数** 1—1000
**标准书号** ISBN 978-7-5333-4019-3
**定　　价** **40.00 元**

# 序

我关注蒲先和先生其人，始于他与我商榷的一篇论文。

20 世纪 90 年代后期，淄川蒲氏族人、先和先生的族兄蒲先明依据他数十年间陆续收集和从友人处借阅的聊斋俚曲抄本，用毛笔小楷精心抄录了蒲松龄的十五种聊斋俚曲并寻求出版。蒲松龄创作的聊斋俚曲可谓中国俗文学的一流之作，其使用的语言更是地地道道的淄川方言，为方言学的研究提供了极其珍贵的第一手资料。但由于是方言作品，山东地区乃至北方地区之外的读者不容易读懂，而此前只有关德栋先生选注的《聊斋俚曲选》（齐鲁书社 1980 年版）对其中的《穷汉词》《墙头记》两种做过简注，全部聊斋俚曲的校注本尚未出现。出于以上原因，出版社提出建议，请蒲先明先生找一位研究者，在其抄录本的基础上进行校注，然后付梓印行。因为我是淄川人，又多年从事聊斋学研究，先明先生遂让其哲嗣蒲伟业与我商议此事，约我对聊斋俚曲进行点校和注释。

我为蒲先明先生的精神所感动，遂不揣简陋，黾勉从事，在先明先生提供的数种旧抄本和当时所能见到的一些俚曲版本的基础上，着意从方言、典章制度和用典几个方面，对聊斋俚曲作了校注。其结果便是题署蒲先明整理、笔者校注的《聊斋俚曲集》，1999 年由北京国际文化出版公司出版。

我的故里淄博市张店区沣水镇昌城村，旧属淄川县丰泉乡，与蒲松龄居处的蒲家庄相距约四十里。我在故乡生活了 20 年，高中毕业后在村里参加过几年的集体生产劳动，在家乡生活的阅历是我从方言的角度注释聊斋俚曲的基础。而蒲先和先生出生于与蒲家庄相去二里的莪庄，有过在村里务农十几年的阅历，且一直生活在淄川一地，故他对聊斋俚曲所使用的淄川方言的熟悉程度，可以说是远远地超过了我的。

正因为如此，先和先生读过《聊斋俚曲集》后，摘录出其中不确和释误的方言词语多条，写成《蒲邹本〈聊斋俚曲集〉注释辨误》一文，发表在《蒲松龄研究》2011 年第 1 期。细读此文，我感到获益良多。感激之余，遂有意去翻检、阅读先和先生有关蒲松龄和《聊斋志异》研究的论文。

我读先和先生的论文，第一印象是他的研究植根于淄川乡村生活的泥土之中，有着深厚的农村生活的基础。中国古代社会是典型的农业社会，人们的生活状况、饮食起居都与农事息息相关。可以说，不了解农业生产，不熟悉农事，就难以完整地认识和了解蒲松龄其人，也难以完整地认识和了解蒲松龄所生活的社会状况。

这里仅举先和先生在《〈《日用俗字》庄农章解疏〉补

正》一文中，对何茂活所作解疏中两个字的补正为例。

一是“杴”字。原解疏曰：“今一般作‘锨’，但扬场用的木锨或仍作‘杴’。”

蒲先和先生补正曰：“杴，专指木杴，又写作‘橛’。古时杴皆为木制，当时的木杴，今天也不应该写作‘锨’。锨，指如今所用的铁制的锨。听爷爷辈讲，他们年少时出粪还用过木杴。如今尚能见到的、早期出版的《庄农日用杂字》，‘制下镢和橛’句中还是用的木字旁。据此判断，铁制锨的普遍使用，当在清末民初之际。”

先和先生的补正，有文献的依据，更有来自生活阅历的知识，其言甚是。这一补正使我想到聊斋俚曲《慈悲曲》第四段中，张讷用杴去“除”一堆多年的灰土，“一个杴头使成了两半”的细节。我当年注释《慈悲曲》，同样没有意识到木杴与铁锨的区别。先和先生所做的补正使我受益匪浅。

二是“秦椒”一词。原解疏曰：“即花椒，因盛产于秦而得名。”

蒲先和先生补正曰：“秦椒，淄川人称尖辣椒为‘秦椒’。花椒，淄川人仍称‘花椒’。”

我翻检手边的两种大型方言工具书，一种是许宝华、宫田一郎主编的《汉语方言大词典》（中华书局1999年版），另一种是李荣主编的《现代汉语方言大词典》（江苏教育出版社2002年版），二书都收“秦椒”一词，释义俱为“辣椒”。“秦椒”本不生僻，属北方方言中的一般方言词，此解疏之误，盖原解疏者失检所致。两部方言工具书所列说“秦椒”

的方言点，计有北京，河北保定、邯郸，山西河津、临猗、万荣，山东济宁，河南郑州、洛阳、商丘、遂平、郾城、济源、新乡、安阳、汤阴，安徽阜南、界首、太和、亳州、涡阳、怀远，广东海康、雷州等地，未列山东淄川。记得我小时候，多次听奶奶说过“秦椒辣嘴蒜辣心”的话。先和先生的补正，可以说是补充了两部方言工具书中的方言点之缺。

先和先生是淄川蒲氏族中与蒲松龄情深意厚的族侄蒲振趾（字鑫斯）一支的后裔，他留心淄川蒲氏一族的历史与往事，时常就某些所关心的问题做深入的思考和探索，所以时有新见，可以订正如我这样在象牙塔里从事研究的一些研究者因社会考察不足而产生的认识的偏颇。

如蒲松龄与父兄“析箸”一事，有不少研究者以蒲松龄所作《述刘氏行实》所述细节为据，认为其父蒲槃主持分家存在偏向，行三的蒲松龄在分家时是吃了亏的。先和先生所写的《淄川的分家习俗兼谈蒲松龄析箸》一文，则对此事做了实事求是的分析。他先引述相关论著指出分家的原则是“均平”，继而从淄川一地的分家习俗出发，指出蒲槃主持的分家同样是均平的：蒲松龄兄弟四人，所分得的地亩、粮食都是均等的；刘氏的几个妯娌“弃朽败，争完好”的不过是锄镰锨镢、锅碗瓢盆之类的“杂器具”而已。

对于引发蒲松龄分家吃亏之说的关键问题，即《述刘氏行实》中“兄弟皆得夏屋，爨舍闲房皆具；松龄独异，居惟农场老屋三间，旷无四壁，小树丛丛，蓬蒿满之”的记载，先和先生认为这同样是兄弟分家时拈阄的结果。因为这三间农场老屋作为家产中搭配较好部分的一份，如果不是蒲松龄分到，也会是别的兄弟分到。

“兄弟皆得夏屋，爨舍闲房皆具”，而蒲松龄只分到了“旷无四壁”的“农场老屋三间”，这如何能体现分家“均平”的原则？先和先生在文中做了如下的分析说明：

> 蒲松龄分到的房屋固然破败，但是他分到的宅基地即所说的“农场”面积是相当大的，可以作为房屋狭陋的补偿。
>
> 同是在《述刘氏行实》一文中，蒲松龄即有这样的叙述：“后又生一女三男：次篪，次笏，次筠，十余年渐自成立。为婚嫁所迫促，努力起屋宇，一子授一室，而一亩之院，遂无隙地，向之蓬藋悉化茅茨矣。”这说明蒲松龄当时分到的“农场”有一亩之大，除了原有的“老屋三间”之外，还又在上面给四个儿子盖了房屋。不仅如此，从“因与沙釜一，俾各炊”句来看，四个儿子家的厨房也应当是有的。虽然蒲松龄说“向之蓬藋悉化茅茨”，之后在他49岁时，在园中建了“绿屏斋”，有《荒园小构落成，有丛柏当门，颜曰绿屏斋》一诗记此事；58岁，在房舍东侧又建一茅屋，名“面壁居”，有《斗室落成，从儿辈颜之面壁居》诗记此事；到74岁时，家中又建了磊轩，有《磊轩落成示箸》记此事。我们可以想象，这一亩之大的“农场”，解决了蒲松龄和四个儿子建房对宅基地的需求，这一优势，恐怕其他兄弟不存在，说明当时分家时，房产的搭配基本上是合理的。

我以为，先和先生从农村分家的习俗出发所做的分析考辨是合情合理的，因而是符合蒲槃为四个儿子析箸的历史事实的。

午未之交，先和先生将历年写成的论文汇为《聊斋琐议》一书，准备付梓出版。友人赵玉霞女士因与我联系，约我弁序于前。我与先和先生虽未谋面，但神交已久，今应命撰作此序，并以此祝贺先和先生的蒲学论文结集出版。

邹宗良

乙未谷雨前二日

于济南山东大学五宿舍之望云轩

# 扫清迷雾，唤回真容

## ——序蒲先和先生《聊斋琐议》

先和先生是位全才。退休前是区教研室物理教研员，退休后任区老年体协太极拳剑工作委员会主任，还是区诗词学会副会长兼秘书长。他读书多，文化底蕴深厚，古文水平也了得，且为人谦虚厚道，做学问认真，令人敬服。

他已独立出版过两本书。一本是《乡俗琐忆》，读此书，我佩服他的好记性，儿时的游戏与当地的习俗趣事都在他的笔下活生生地再现；一本是《般阳俚曲》，应该说是为抢救当地非物质文化遗产立了一功，为般阳文化增了光彩，这是很值得重视的！

如今，他把这部厚厚的书稿交给我，说让我看看。我翻了翻，从头到尾，六十多篇文章，大多数都是对蒲学研究的错误观点进行正误的。一篇篇仔细读下来，我就十分佩服他的勇气，佩服他的求实与钻研精神，佩服他精准的判断力。

几十年来，随着蒲文化的兴盛，蒲学研究的论文与专著出版也越来越多，比较有权威性的，看来先和先生皆有涉猎。说他的勇气，是说不管是哪位“大家”“专家”，只要发现了他们文中的问题与讹误，先和先生都毫不隐讳地指出，并表明自己的观点。比如蒲松龄的画像，明明是其后人主动捐献给国家的，而蒲学专家路大荒先生在其文章中无端说成是“从蒲姓一地主家追找出来的”，这种说法让蒲氏后人多么的寒心！先和先生在文中还原了真相，为蒲氏后人正名，这也等于提醒专家学者：做学问要实事求是，不要为了迎合形势，而把话说歪。

为什么敢与专家叫板？——当然不是“叫板”，是寻找真实。——那是因为自己占据了材料，掌握了真理，胸有成竹，理直气壮，而勇气也就由此而来。

领教他的求实和钻研精神，是看他文章中的质疑、辨误，总是以占有翔实的资料为基础，从而侃侃谈来，显得有理有据，令人信服。在《端的何处是聊斋?》一文中，先和先生写路姓专家认为故居之北堂屋三间就是“聊斋”；周村的孙方之先生认为“聊斋”不在蒲家庄，而在西铺。而先和先生层层剖析，先以事实否定了前者的“北堂屋”说，又以《聊斋作》一诗写于康熙十三年（1674），而此时蒲松龄尚未去西铺坐馆，从而否定了后者的“聊斋”在西铺说，并确论“聊斋”是在蒲家庄，这是很有说服力的论断。在《聊斋诗里觅“聊斋”》里，作者写道：上海复旦大学博士刘洪强认为“聊斋”是“心斋”而非“书斋”。作者以蒲松龄长孙蒲立德之《聊斋志异》跋予以反驳。马瑞芳先生认为蒲松龄的书斋先叫

“面壁斋”，后叫“绿屏斋”，最后才定名叫“聊斋”，先和先生先是指出此论值得商榷，然后写出其49岁时建“绿屏斋”，58岁时建“面壁居”，74岁时建“磊轩”，随后指出几个屋子皆与“聊斋”无关，而通过对蒲松龄题作《斗室》一诗的分析，认为这“仅可容膝”的“斗室”才是真正的“聊斋”。这一段推论，年号、年代、年龄都交代得清清楚楚，辨析论述有理有据，给人以“披尽黄沙始见金”的感觉，不由人不佩服他的精研精神。

再如《“西周生即蒲松龄”的五道门槛》，先和先生提出，如果说署名“西周生”的《醒世姻缘传》作者就是蒲松龄，应当跨过五道门槛：一是前辈皆没说他有此著作；二是说他将此书带进了坟墓，那又怎么会流传到世上；三是此书先于《聊斋志异》出版；四是蒲松龄几十年坐馆，没有时间著此长篇；五是蒲松龄的生活圈子里找不出书中主人翁的原型。由此自然得出《醒世姻缘传》作者不是蒲松龄的结论，可谓有理有据。类似的文章还有《蒲松龄与王渔洋关系的立足点》《“王渔洋给蒲松龄提供原始资料”辨》《淄川的分家习俗兼谈蒲松龄析箸》等篇目，无不是据实而辨，说理充分，令人信服。

我也看过电影《画皮》片段，十分惊异，这是《聊斋》里的《画皮》吗？看来真正喜爱《聊斋》的人皆有同感，先和先生为此写了文章——《〈画皮〉果真是“画皮”》，并在蒲松龄研究年会上宣读过。他实事求是地指出，新版电影《画皮》借用的只是《聊斋志异·画皮》的“皮”，实在说只是“画皮”这个题目，其内容与创作理念与蒲松龄及其原著已经没有任何关系。他很不客气地指出：这是“借蒲翁和《聊斋志异》来装点门面，蒙骗群众；对于不熟悉《聊斋志异》的人来说，则肯定是一种误导”。是啊！蒲翁原来的故事就很有教育和警示意义，为什么要把主旨改变呢？这种“挂羊头，卖狗肉”的做法实在是不可取的。这是文化的不正之风，应该得到纠正！

说他判断精准，特别表现在《〈《聊斋俚曲集》歇后语汇释〉辨正》《〈聊斋杂著〉中的土语例释》《〈醒世姻缘传〉中的淄川土语解释》等篇目。许多蒲文化研究者虽为专家，但不是处处皆专，特别对于淄川的方言土语，因了解不深，又没有深入调查，未免有时望文生义，看似解释得有道理，其实“失之毫厘，谬以千里”。而先和先生就不一样，正如他自己所说，他“出生在与蒲家庄相去仅二里的莪庄，长期生活在农村，并务农十余载，自小耳濡目染，对家乡的方言比较熟悉”，再加上年龄的优势，所以他有发言权。一些书中注解错误处，他能精准地指正，比如“面干粮”“落草”“跌歇”等。但是，并不是具备了以上条件的人，都可以像他那样精准地正误，因为这还需要文化知识，并是有心人。如“大利月”的解释，不但要了解淄川方言，还要懂点“阴阳五行”；“翻贴门神”的解释，要知道《隋唐演义》故事，还要熟悉地方风俗；而“旁牛”的解释，只有务过农并注意观察者，才能像他解释得那样到家。

从头至尾，仔仔细细阅完书稿，我想起了前人的两句诗

“扫清天北雾，卷起浪头山”，不禁由衷感叹。这本书确实是蒲学研究的正误集，称得起真正的学术专著。作为蒲氏的后世子孙，先和先生为祖先尽了责任，做了好事，蒲翁在天之灵当微笑颔首。而作为喜欢蒲文化的人们，不单是普通读者，就是众多蒲学研究专家，也是应该仔细读读的。

赵玉霞

二〇一五年元月于青竹斋

# 目录

## 释疑正误 / 113



## 史料文存 / 233

# 考证求信

# 蒲松龄就是蒲松龄

吕扬先生在他的新著《聊斋新说》（中国文史出版社2003年版）的《蒲松和蒲松龄》一文中指出，蒲松龄“一生都在实行双名制，即同时使用‘蒲松’和‘蒲松龄’两个名字”，并否定“‘松’是‘松龄’简称”的说法。对此，笔者不能苟同。兹将理由简述如下，与吕先生商榷，并就教于方家。

论述蒲松龄“一生都在实行双名制”，《聊斋新说》的主要依据是蒲松龄在他写的文章中自称“松”和“松龄”的情况多次交互甚至同时出现，并从蒲氏著作中列举了二十余条例证。为了便于分析，现将《聊斋新说》所列举的例证扼要摘录于下：

1.《蒲氏世谱》：松龄，字留仙，号柳泉居士，邑廪生，配刘氏，生四子。

2.《聊斋志异·折狱》：方宰淄时，松才弱冠，过蒙器许，而驽钝不才，竟以不舞之鹤为羊公辱。是我夫子生平有不哲之一事，则某实贻之也。

3.《夜雨思夫曲》的附记：康熙五年秋月之初，有邻村之贤妇者……故作是曲以志。松作。

4.《创修三圣祠碑》的落款：邑庠生蒲松龄撰。

5.《聊斋自志》：松，落落秋萤之火，魑魅争光；逐逐野马之尘，罔两见笑……松悬弧时，先大人梦一病瘠瞿昙，偏袒入室……寤而松生……

6.《呈石年张县公俚谣序》：松，数椽风雨之庐，十亩荆榛之产。

7.《上健川汪邑侯启》：松，载笔以耕，卖文为活。

8.《题时明府余山旧意书屋》：松老态从今，痴情似旧。

9.《唐太史命作生志》：松，一介寒癯，半生老鬓。

10.《征毕信涉逸老园诗启》：松，谬厕杂宾，叨陪二仲，系马先生之柳，脱屦长者之门。

11.《复与王司寇》：松，留心风雅，虽固有年，然东涂西抹，其实无所师授。

12.《创修五圣祠碑》的落款：淄川蒲松龄撰。

13.《青云寺重修二殿记》的落款：柳泉居士蒲松龄记。

14.《新建龙王庙碑》的落款：蒲松龄撰。

15.《述刘氏行实》：自称“松龄”者十余次。

16.《自题肖像》的落款：松龄又志。

17.《族谱序》：独是旧谱不修数十年矣，残缺失次，几不可以复考，幸而珂也有心，搜故抄而询黄发，趾也助以笔札，校窜年余，略能成册，松得受而考核传志之。

落款：邑廪生松龄沐手谨识。

在上述“例证”中，蒲氏确是时而称“松”，时而称“松龄”，这能不能说明蒲松龄“一生都在实行双名制”呢？回答是否定的。因为我们稍一比较就可以看出，其中自称“松龄”的有7条，自称“松”的有9条，既称“松”又称“松龄”的有1条。除第3条、第15条外，凡是自称为“松”的，都是在行文中，而自称为“松龄”的全是文章的落款！

我们翻阅一下与蒲松龄同时代人及其以后诸人的文章，其名为双字，在行文中皆以一字自称而落款署全名的比比皆是，决非如《聊斋新说》所言“从蒲松龄当时的周围环境，在正式场合简称其名者也不见其例”。下面我们列举几例：

例1　唐梦赉撰《县西关义市碑记》：若夫众捐之数不足，赉与张孝廉吉宸既重施于先，复倍补于后，始之终之，固其所也。

例2　唐梦赉撰《县志旧序》：赉弇陋无似，不足备顾问，聊为吮笔濡墨而已。

例3　赵金昆撰《焕山山市记》：昆自顾缘分浅薄，不获觏此奇观，每以为恨。（以上三例均见《淄川县志·艺文志》）

以上为与蒲松龄同时代的人，比之晚的例子又如：

例4　孙乃瑶撰《〈蒲松龄先生遗集〉跋》：今年冬，同学诸君以抄本未能广布，恐历久而佚失也，拟付诸剞劂，以公同好，嘱瑶为之校阅。

落款：邑后学孙乃瑶谨跋。（见路大荒整理《蒲松龄集》，上海古籍出版社1986年版，第430页）

例5　耿士伟撰《聊斋诗文》抄稿跋：伟世居桓台，比邻般水，去先生家不四十里……伟见是书隐见闪烁，殆有数在，恐愈久愈无以延其传也。

落款：乡后学耿士伟谨跋于蜀西巴县官廨。（见盛伟辑注《聊斋佚文辑注》，齐鲁书社 1986 年版，第 219 ~ 220 页）

以上几例，文后落款或者文前题名都是用全名，行文中都是用一字的简称，我们总不能说唐梦赉、赵金昆、孙乃瑶、耿士伟也叫唐赉、赵昆、孙瑶、耿伟，也都是“一生都在实行双名制”吧？其实这样的例子还很多，我们无须再去一一列举。

只此一条，就足以证明蒲松龄“一生都在实行双名制”的说法是缺少证据的。

蒲松龄等人为什么要在文章中将自己双字的名简称为一字呢？笔者以为一是历代沿袭的习惯。前人取名多为一字，故文章中自称当然只有一字。如《晏子春秋》中晏婴自称“婴”，《资治通鉴》中司马光自称臣“光”等，后人多效法之。二是行文韵律节奏的需要。就以蒲氏《聊斋自志》而言，属于骈文性质，多对仗句式，韵律和谐，节奏显明。倘若我们将该文中的三处“松”字全改为“松龄”读读看，便知道简称为“松”字的必要了。至于《述刘氏行实》，虽然同样是用文言文写成，但不讲求对仗和韵律，故不称“松”而用“松龄”，这也正说明了称“松”或“松龄”确实是行文的需要而不是“双名制”。

对外公开的社交文章的落款，当然要用全名，连姓也不能省的，这是人人皆知且都遵循的规律，无须多言。对于家族内的文字的落款，因为大家本是同姓，故而只具名，不写姓。蒲松龄的《族谱序》以及为父兄辈写的大量的小传，都是只署“松龄”二字。

如果蒲松龄真的实行“双名制”，为什么没有一次在这些场合署名为“蒲松”呢？其原因就是他根本就没有叫过“蒲松”！至于《聊斋新说》所举的第三条例证提到的《夜雨思夫曲》，是否为蒲松龄所作，还不能肯定（见刘瑞明《所谓〈聊斋小曲〉中的非蒲松龄作品》，载《蒲松龄研究》2002年第3期）。即使是蒲松龄所作，这种小曲显然不是对外公开的作品，单署一个“松”字，也不算意外。

说“松”是松龄的简称，其实也并不确切。因为他的名确实就是“松”，而“龄”则是他的“辈”。正如《聊斋新说》中所言，蒲氏“前八世中，因取单名辈分的标记并不明显”，后来，由于族中人口的增加，为避免重祖宗的名讳，族人见面便于相互间的称呼，所以增加了“辈”。一个人名便由姓、辈、名三部分构成。其中的“辈”多数在中间，也可以在最后一字，这在《蒲氏世谱》中有大量例证，且到现在也是如此。如蒲氏第十世有的为“浩”字辈，都用在第二字，叫蒲浩×；有的为“春”字辈，则全用在了第三字，叫蒲×春。在某些场合，说到某人的名，即指其除姓、辈之外的名，也就是前边所说的简称。笔者是蒲氏第二十二世，“先”字辈，名“和”，支系稍远些的弟弟们便多呼为“和哥”，子孙们便呼“和叔”“和爷”。谁要认为笔者名叫“蒲和”，那就错了。蒲松龄自称为“松”，义同此。《聊斋新说》中“后三兄弟不按‘兆’字辈起了”是对的，但是说“后三兄弟原名是什么？是三个‘龄’字吗？”这便错了，“龄”是三兄弟的辈，“柏”“松”“鹤”才是三兄弟的名。

至于“礼者，自卑以尊人”，所以“言必自称名，朋友相互必称字”是有道理的。不过这里的“自卑”应当理解为“谦虚”，不应该理解为低人一等或者低三下四，更不能认为是“自谦自卑到最低限度”。否则人人“言必自称名”不就都成了“自谦自卑到最低限度”了吗？笔者所列举的唐梦赉、赵金昆、孙乃瑶、耿士伟绝不会是“自谦自卑到最低限度”了吧？再如道光年间四川乐山县知县茹金，为时任四川荣县知县的王培荀所撰《乡园忆旧录》写的序中，也两次自称其名：“不获游其乡以览其胜，金心歉焉。”“金生西鄙，技陋雕虫，其言何足为君重。”——二人同为知县，自称其名又何来“科举败北者的多少屈辱和辛酸”？更谈不上“只有以奴态来适应”了。何况《聊斋新说》中作者也提到“孔子名丘，《论语》中丘字出现12次，都是孔子自称”，孔老夫子自称其名是“垂范”，蒲松龄自称为“松”便成了“以奴态来适应”了？

通过以上对比分析，可以肯定，《聊斋新说》中提出的蒲松龄“一生都在实行双名制”的说法是不能成立的。无怪乎朱其铠先生在为《聊斋新说》写的序中也称：“书中个别问题，我也觉得应该存疑，不必遽作论断。例如蒲松龄的双名制问题，对作者所论，我就持保留态度。”

蒲松龄就是蒲松龄！

2003年1月7日

# 聊斋诗里觅“聊斋”

蒲松龄以一部《聊斋志异》闻名于世，其“聊斋”在何处自然也引起了人们的注意。笔者曾针对媒体上发表的“聊斋”在西铺毕家之说，写过一篇《端的何处是聊斋?》（载《蒲松龄研究》2008 年第 4 期），论及“聊斋”应当在蒲家庄，而不应当在西铺。对此，也有人不予赞同，认为“‘聊斋’或无？或有……遍寻蒲翁文字，竟无一言说‘聊斋’‘端的’，哪怕是暗指也无片言只语，故难明端的”“若真要‘端的’聊斋何处，那就在蒲翁心中，随形之影，泛指而已”。上海复旦大学的刘洪强先生在《“聊斋”名义考》一文中也认为“‘聊斋’是‘心斋’非‘书斋’”。

“聊斋”真是只在“蒲翁心中”？“聊斋”真的是“心斋”而非“书斋”？蒲翁文字真是没有“片言只语”谈及“聊斋”？笔者以为，这个结论不免失之片面。

首先，我们可以肯定地说，“聊斋”并不只是在蒲翁心中，它是客观存在的。最有力的证明就是蒲松龄的长孙蒲立德在给《聊斋志异》写的跋中的文字："《志异》十六卷，先大父柳泉先生著也。先大父讳松龄，字留仙，别号柳泉。聊斋，其斋名也。"（见盛伟编《蒲松龄全集》，学林出版社1998年版，第936页）这里蒲立德明确地告诉人们，"聊斋"是其祖父的书斋名，当然是确实存在的。蒲立德的话，我们大概没有不承认的理由吧。

既然"聊斋"就是蒲松龄的书斋，那也就应该在蒲家庄他的家中。对此，马瑞芳老师发表了她的看法：人们都认为蒲松龄的书斋当然是"聊斋"，而"聊斋"就是聊天之斋。其实聊斋最早仅是蒲松龄写《聊斋志异》时虚构的书斋，现实生活中他的书斋先叫"面壁斋"，后叫"绿屏斋"，最后才定名为"聊斋"。（见马瑞芳《狐鬼与人间：解读奇书〈聊斋志异〉》，当代中国出版社2007年版）

马瑞芳老师对"聊斋"的论述也值得商榷。

那么聊斋到底在何处呢？从蒲松龄的诗集中我们找到了一些线索。请看：

康熙二十七年戊辰（1688），蒲翁49岁时，在园中建了"绿屏斋"，有《荒园小构落成，有丛柏当门，颜曰绿屏斋》一诗记此事。康熙三十六年丁丑（1697）蒲翁58岁，在房舍东侧又建一茅屋，名"面壁居"，有《斗室落成，从儿辈颜之面壁居》诗记此事。到康熙五十二年癸巳（1713），蒲翁74岁时，家中又建了磊轩，有《磊轩落成示箬》记此事。分析绿屏斋、面壁居以及磊轩建造的时间，相关诗的内容，似乎都与"聊斋"无干：从"端阳已过麦连阡，院落初成小构竣”句可以知道，绿屏斋是建于康熙二十七年（1688）的端阳节之后、麦收之前；而从“庭无隙地栽秋菊，道界长篱种晚菘”和“频煨榾柮云窟似”“西风飒沓雁行天”句可以看出，面壁居落成于康熙三十六年（1697）的深秋或初冬，二者相差9年且是绿屏斋建成在前，面壁居建成在后，所以马瑞芳老师“先叫‘面壁斋’后叫‘绿屏斋’”的说法便值得怀疑。至于“磊轩”，因蒲翁之“长男箬，字青笠，号磊轩”，可推断其当为蒲箬的书斋。

虽然蒲翁在诗中记述的绿屏斋、面壁居以及磊轩都与“聊斋”无关，但是并不能表明蒲翁家中别无房舍。从《荒园小构落成，有丛柏当门，颜曰绿屏斋》一诗中的“半亩荒园屋渐稠”句即可看出，蒲翁家中还有房舍若干。其中哪是“聊斋”呢？我们再来看蒲翁写于康熙四十九年庚寅（1710），也就是蒲翁从毕府撤帐归来第一年写的题作《斗室》的一首诗：

聊斋有屋仅容膝，积土编蓬面旧壁。
丛柏覆阴昼冥冥，六月森寒类窟室。
卓午东阡课农归，摘笠汗解尘烦息。
短榻信抽引睡书，日上南窗竹影碧。
怜我趁食三十年，辜负此君殊可惜。
垂老倦飞恋茅衡，心境闲暇梦亦适。
癯儒相习能相安，与以广厦我不易。

诗中首句“聊斋有屋仅容膝”可解释为“我（聊斋）有一间仅能容膝的小房子”，但是也可以解释为“‘聊斋’是一间仅能容膝的小房子”。无论怎样解释，从“怜我趁食三十年，辜负此君殊可惜”句可以看出，它不会是建成22年的绿屏斋，更不会是建成只有13年的面壁居。既是“辜负此君”30年了，说明在30年前这“斗室”就已存在。

30年前蒲松龄是否真有这么一间“斗室”呢？我们再看他写于康熙十一年壬子（1672）的两首题作《草庐》的诗中“草庐容膝易为安”“午昼松风小阁寒”“引睡惟翻种树书”“岁岁依然绕旧庐”的描写，与《斗室》中的“聊斋有屋仅容膝”“丛柏覆阴昼冥冥”“短榻信抽引睡书”相比较：二者都是一间仅能“容膝”的草房；都有松柏的“覆阴”，即使在炎热的夏天也觉得凉爽；房间里存放着不少书籍，困倦时可以信手抽书“引睡”；而且这“草庐”是在蒲翁在去西铺毕府坐馆之前的康熙十一年（1672）就有的，相去写《斗室》的康熙四十九年（1710）达38年；从“斗室”的称呼、“容膝”的狭窄来看，也不可能是蒲松龄一家人居住的正房。此时蒲松龄的年龄是33岁，正是他南游归来的第二年，其时，《聊斋志异》也正在写作之中。

综合以上相关诗句的描述，笔者认为：第一，“聊斋”是确实存在的；第二，“聊斋”不是“面壁居”，也不是“绿屏斋”。第三，蒲松龄在康熙四十九年（1710）71岁时写的诗中所描写的“斗室”，就是康熙十一年（1672）前家中已有的“草庐”，才是真正的“聊斋”。

# 蒲松龄画像面世前前后后

蒲松龄74岁那年九月，其四子蒲筠请江南画师朱湘鳞为他画了一幅肖像。蒲松龄对朱湘鳞的技艺十分赞赏，故赠朱湘鳞诗中有句曰："对灯取影真逼似，不问知是谁何人。"正是由于此画的留传，才让近三百年后的今人，瞻仰到蒲老先生的风采。

对于蒲松龄画像中华人民共和国建立后面世的经过，文字记载却大有出入。

最早谈及此事的是路大荒先生。他在发表于1954年5月28日《光明日报》上的《蒲松龄的故居》一文中写道："蒲松龄的后人原藏有蒲松龄的遗像一轴，抗战前秘不示人，他的族人也有许多人未曾见过。解放后不知下落，1953年2月由山东省文联和省文物管理委员会会同前往调查，才从蒲姓一地主家追找出来……"后来此文收入1980年出版的《蒲松龄年谱》和1962年初版、1986年新1版的《蒲松龄集》中。而杨海儒先生在他所著的《蒲松龄生平著述考辨》一书中称：

“1954年，蒲松龄之次子蒲篪的八世孙蒲英潭将家藏二百四十余年的蒲松龄生前画像真迹捐献给了国家。”

究竟是从“地主家追找出来”的呢，还是蒲松龄的后裔捐献的呢？有必要弄清楚。

为此，笔者曾为此事与蒲松龄的十世孙蒲章炳先生进行过深入交谈。蒲章炳先生对此事陈述的要点如下：

遵照松龄祖的遗嘱，他的书稿由长支保存，二支保存画像，世代相传。其间二百三十余年，蒲氏子孙为让画像免遭战乱兵燹之灾，托亲告友，几经周折，辗转收藏，可谓煞费苦心。到淄川解放前后，画像由松龄祖之八世孙蒲英潭保存。1953年春，路大荒与省文联陶钝三次找蒲英潭协商，动员他将画像献出。蒲英潭遂与家人商议，最后一致同意将松龄祖遗像捐献给国家，为新中国文化事业做一点贡献，上无愧祖宗，下无愧子孙。然而事隔一年，路大荒在他的《蒲松龄的故居》一文中无端说成是“从蒲姓一地主家追找出来的”，实在是失于武断。

笔者据蒲章炳先生所述内容分析，有三点事实应当澄清。

第一，路大荒先生所述“蒲姓一地主”所指即蒲英潭。据《蒲氏世谱》载，蒲英潭之父蒲人镐“开合盛烟房，不数年家道丰隆”，因而蒲英潭在土改中确实被划为地主成分。

第二，蒲英潭确系蒲松龄直系后代。

据《蒲氏世谱》载，从蒲英潭上溯，依次为人镐、国珍、尚位、庭桢、一渥、立悫、篪、松龄。可见蒲英潭为蒲松龄直系八世孙无疑。

第三，蒲松龄画像实为其直系后代蒲英潭最后保管并献给国家的。蒲英潭系地主成分，但不能因此否定他对祖宗遗物保管、捐献的功绩。

至此可以肯定，蒲松龄画像面世的经过，杨海儒先生的说法是正确的。而作为资深的蒲学专家，路大荒先生对蒲氏世系源流是熟悉的，与蒲英潭也是老相识。文章中的不实之词，绝非笔误，极可能是当时特殊时代背景的产物，不能不令人感到遗憾。

# 蒲松龄与蒲兆昌

对于蒲松龄画像上自题跋“作世俗装，实非本意，恐为百世后所怪笑也”，许多专家对此早就发表了一些意见，在此，笔者也想谈一点看法。

## 从一则民间传说谈起

蒲氏二十一世孙、现年93岁的蒲德章老人①，多次向兄弟子侄辈讲过一则传说：听老辈人说，我们这一支“章”字辈的十世祖蒲兆昌为明末举人，岳家为丰泉王氏。妻弟王八宅原为明朝重臣，后事李自成，再降清朝，以原官“招抚山东，代理河南”。蒲兆昌鄙其“四十三天保三主”，遂关系疏远。后来王氏购置茔田，王八宅选中黉山南麓吴家庄（现称莪庄，在蒲家庄东北二里许）村北一带，然而被时居吴家庄

① 本文写于2002年。族伯父蒲德章已于2005年辞世，享年96岁。

的姐姐以“王家占去，我和你姐夫百年之后往哪里埋”为由迫使其放弃。这自然进一步增加了蒲、王两家的矛盾。当时碍着姐姐的面子，王八宅也不好发作。后来王氏夫人去世，数年后蒲兆昌也去世了。当蒲兆昌去世的讣告送达王家，王八宅准备发难：乘吊唁之机，看一看蒲兆昌入殓时的穿戴：如果是大清的服饰，那就等于他归顺了大清，做了大清的臣民，以前耻笑降清的王八宅所谓“贰臣”便是出尔反尔，定要将其大大羞辱一番；如果着明朝的服饰，那就是大逆不道，更有文章可做。等王八宅来到蒲宅打开棺盖一看，却让王八宅大感意外：只见蒲兆昌头戴五梁道冠，身着八卦仙衣，足蹬白袜云鞋，一副道家装束！王八宅无可如何，遂恨恨地说了声：“蒲兆昌啊蒲兆昌，便宜了你。”悻悻而去。

## 对传闻真实性的探讨

蒲兆昌何许人也？据《淄川县志·举人》载，“蒲兆昌字文璧，天启辛酉科。晚侍母病不赴公车，抚孤侄如己出。生池孙”；《蒲氏世谱》载，“蒲兆昌字文赉，明天启辛酉举人，配王氏，子三：振鹭、振铎、振趾”。他与蒲松龄同为蒲世广的四世孙。蒲松龄在创修《蒲氏世谱》时为其写的小传中称其“为人质直任性，不曲随，不苟合。明鼎革，伪令孔伟其貌，将荐诸当路，公弗许；强之再三，不可，乃罢。自此日游林壑，无志进取。因诸父昆弟朝夕劝驾，勉就公车。至闱中，不任其苦，一场遂止。后经书业已中式矣，衡文者求二三场而不得，深以为恨。居家闭门自守，不预世事，遂精岐黄之术。问医者接踵于门，虽贫贱不拘也”。

《县志》中说蒲兆昌是“晚侍母病不赴公车”，一个“晚”字也道出了他原先是“赴过公车”的。那么这个“晚”字是在什么时候呢？《蒲氏世谱》做了说明：“明鼎革，伪令孔伟其貌，将荐诸当路，公弗许；强之再三，不可，乃罢。自此日游林壑，无志进取。”——是自明亡之后他才拒绝了对功名的追求。由此可见，蒲兆昌是一位死守“忠臣不事二主”的信条而不肯臣服于清朝的明末遗老。

蒲兆昌既然不肯臣服李自成，当然也不会对清朝屈膝。他的“勉就公车”是迫于“诸父昆弟”的“朝夕劝驾”，可以推知，他的辍考并非“不任其苦”，而是根本不愿做清朝的官。这种情况，在当时的蒲氏家族中应当是尽人皆知的。蒲氏世谱的创修在康熙二十七年（1688），处于当时的环境，蒲松龄只能将蒲兆昌拒绝伪令的推荐如实反映，而绝不能将他不肯降清的情节如实写入小传，只好含糊其词，以“为人质直任性，不曲随，不苟合”曲笔以记之。《淄川县志》中则以“晚侍母病”为托词。蒲松龄虽然没有参与《淄川县志》的编纂，但是他与康熙二十六年（1687）重修县志的唐梦赉、毕际有、袁藩等人交往甚密，对于县志与家谱中的不同说法，他应当是十分清楚的，之所以没有加以纠正，正说明二者都是“姑妄言之”的缘故。

那王八宅又是谁呢？查《淄川县志》与丰泉《王氏世谱》，明末清初并无名“王八宅”者。“招抚山东，代理河南”的是王鳌永。

王鳌永，字克巩，号蘅皋，号涧溯。明天启甲子年（1624）举人，乙丑年（1625）进士。蒲兆昌是天启辛酉年（1621）举人，二人中举时间相距3年，也就是只差一科，确是同时代人。蒲兆昌的祖父蒲生池做过直隶无极县知县，叔祖父蒲生汶做过直隶玉田县知县；丰泉王氏，在明清交替期间，更是科甲相继，声势显赫，两家联姻确有可能。但据《清史列传》所载，清兵入京之当年，王鳌永即在青州为义军首领赵应元所杀，而蒲兆昌是参加了一次清初的岁试，又行医若干年之后才去世的，故王鳌永参加蒲兆昌的葬礼之说不能成立。据此，有人否定了这一传闻的真实性。

传闻因其年代久远，难免出现张冠李戴的现象，但也绝非凭空杜撰。那么，参加蒲兆昌葬礼的到底是谁呢？

## 参加蒲兆昌葬礼的是王樀或者王樛

王樀，字雪因，号介侯。是王鳌永的侄子。《淄川县志·续义厚》极力称道他在家族中敦宗睦族的德行：抚孤侄成人、为王樛立嗣立祠。他实际上是这个大家庭主持家政的人。《淄川县志》和《王氏世谱》都有他出重资置祭田二百余亩、“祭享所余，以赡族众”的记载；宣统三年（1911）续修的《蒲氏世谱》序言中，也提及他“置祭田三顷，修家祠数座，今王氏令裔均沐其泽”。这与传闻中到黉山南麓购置茔田之说基本相符。据袁世硕先生的《蒲松龄事迹著述新考》考证，王橘叔兄弟排行第八，故蒲兆昌夫妇称其为“王八侄（儿）”或“王八宅”极有可能。

由于蒲兆昌对其伯父王鳌永的成见，加之在购置祭田时受到其姑母的阻止，王橘乘蒲兆昌发丧之机发难以羞辱之，也在情理之中。也许王橘前来吊唁时打着其二伯父也就是家族中“招抚山东，代理河南”的官衔，而乡人在流传中为了增加声色，便渲染、演变成来吊唁的就是“招抚山东，代理河南”的王鳌永。

后来读《王氏世谱》发觉这一说法有点问题：王橘“行八”之说，源自袁世硕先生的《蒲松龄事迹著述新考》一书，而《王氏世谱》中王橘在兄弟中排行应为第七，而排行第八的是王樛。王鳌永早于蒲兆昌去世，他的儿子王樛于顺治五年（1648）入了镶蓝旗籍，为拜他喇布哈番（后定汉字为骑都尉），为顺治皇帝看中，据说“时内外章疏，悉以得公译正”，康熙三年（1664）又补右通政使。据袁世硕先生的《蒲松龄事迹著述新考》载，“顺治末、康熙初，王樛因生母、嫡母之丧，数年居里”，康熙帝即位为1661年，蒲兆昌为天启辛酉年（1621）中举，此时六七十岁，故王樛参加蒲兆昌葬礼亦有可能。实际上，按传统风俗，蒲兆昌葬礼，王橘、王樛都是应当参加的。

## “作世俗装，实非本意”的诠释

蒲兆昌与蒲松龄同为蒲世广的四世孙，而蒲兆昌年龄远大于蒲松龄。关于蒲松龄与蒲兆昌的交往资料没有留下多少，除《蒲氏世谱》中蒲松龄为蒲兆昌写的小传，我们知道的只有《聊斋志异·三生》一篇内容是蒲松龄听蒲兆昌讲的：“刘孝廉，能记前身事，与先文贲兄为同年，尝历历言之。”虽然蒲松龄与蒲兆昌的交往我们不知详细，蒲松龄与蒲兆昌之子振铎（字觉斯）、振趾（字鴌斯）叔侄间过从甚密却是有据可查的。蒲松龄南游归来，振铎、振趾设酒为其接风，蒲松龄有诗志之；二人多次请蒲松龄为其代写书启、募疏，还一同创修《蒲氏世谱》。蒲松龄《忆侄鴌斯》一诗更述及叔侄间从小到老始终无间的友谊：“阿咸坦白人，稚齿同戏谑。表里无榛梗，至老尚如昨。岁时登我堂，开襟慰间阔。”从现有资料来看，在蒲氏家族诸子侄中，与蒲松龄关系最密切的就是振铎、振趾二兄弟。

按照农村风俗，蒲兆昌的葬礼蒲松龄是必须参加的，因此传闻中蒲兆昌在服饰问题上的安排，王氏发难而未能如愿的过程，蒲松龄应该是目睹了。这一事件给蒲氏家族和蒲松龄都会留下极其深刻的印象。青壮年时代的蒲松龄，既要设馆养家糊口，又忙于参加科举考试以期博得一官半职，也许对此不十分在意，但是到了晚年，“谁知一事未成就，共作白头会上人”“无似乃祖空白头，一经终老良足羞”时，很可能时时回忆起他这位性格倔强的老兄。对于兆昌老兄道服入殓的追忆，不能不让他在“作世俗装”画像时本能地产生一种深刻的自省——第一，自己一生在科举道路上的辛勤攀登，只是换来了一个徒有虚名的岁贡生，既没有给子孙带来经济上的利益，更谈不上封妻荫子、提高后代的社会地位。比起他那位不肯仕清，“日游林壑”“不预世事”，为乡亲解除病痛的老兄来，并没有多得到什么。早知如此，何必大半生在科举道路上挣扎！第二，作世俗装的肖像是留给子孙后代瞻仰的，而与道袍入殓的老兄形成一种鲜明的对比，他考虑到这种反差可能产生的影响，但是又不可能做其他装束，故而使他在画像上写下了“作世俗装，实非本意，恐为百世后所怪笑也”的跋语，也就是理所当然的了。

可见，“作世俗装，实非本意”的跋语，确如赵怀珍先生所言，“是他内心世界诸多矛盾的再一次表现”，但又不仅仅是“壮志未酬，实所不甘，又无可奈何”的喟叹，还包含了蒲兆昌无形中在他身上施加的压力。这样的解释也许更为合理。

2003 年 12 月改

2015 年 1 月又改

# 蒲松龄与玉米、红薯

电视连续剧《聊斋先生》第四章《郢中诗友》有这样一段叙述：

蒲松龄："说起银子，我还真有几锭，是孙大人给的。"他在身上一阵掏摸，忽然变色，过了片刻，一拍脑袋："你看我这记性，路上碰到一群饥民，全都送给他们了。"

刘氏叹了一口气。蒲松龄："孩子他娘，我对不起你。"

刘氏苦笑一下："其实，我们精打细算，日子也能过得下去。你看墙上——"

墙上挂着一捆捆的红薯、一扎扎的玉米、一袋袋的麦子。旁边注着日月。

引起笔者注意的是蒲松龄家墙上的玉米和红薯。

在网上搜一下，类似的叙述，在有关蒲松龄的文章中屡见不鲜。如：

“聊斋正房是一间很普通的农家房舍，门前植有石榴和松树，按照当年的模样，门旁挂着金黄的玉米棒和串串红辣椒，显示出浓郁的鲁北农家风味，这是当年蒲松龄创作《聊斋志异》的地方。”

“很欣赏蒲松龄的《煎饼赋》，有几句真美：（若用荞麦面来制作）‘则如秋练之辉腾’；（若掺进玉米面）‘如西山日落，返照而霞蒸’。”

“还有一次，家里只剩冬瓜可以充饥了，蒲先生呢，端上汤盆来，上漂着一艘小船，论内容没有，只不过是玉米面糊糊里加上一点青菜而已。而蒲先生呢，给自己的这个汤菜来了个好听的名字：门泊东吴万里船。”

……

以上叙述，都认为蒲松龄生活的时代，玉米、红薯是主要的粮食作物，其实这完全是人们凭空想象出来的：蒲松龄生活的清顺治、康熙年间，淄川地区根本不种植玉米和红薯。

据专家考证，中国对玉米最早的记述是在明嘉靖三十九年（1560）《平凉府志》里，当时叫它番麦。李时珍的《本草纲目》中称它为玉蜀黍，说它“种出西土，种者亦罕”，说明当时玉米虽已传入我国，但极少种者。成书于明万历年间的《金瓶梅词话》在描述西门庆的食谱时，几次提到玉米蒸饼。从玉米蒸饼能上西门庆的餐桌，也足见其为稀缺之物。

到蒲松龄生活的清顺治、康熙年间，玉米和红薯在淄川是否已经开始大量种植呢？我们可以从蒲松龄的相关农事著述中找到证明。

在蒲松龄的《日用俗字·庄农章第二》中，写到了种豌豆、豆角、棉花、芝麻、黍子、穄子、谷、麦子、高粱、䅟子、绿豆、白豆、荞麦、糯稻，并没有玉米和红薯；在他的《农桑经》中写到了种豌豆、稗、棉花、谷、麦、黍、稷、芝麻、高粱、绿豆、荞麦、旱稻，也没有提到如何种玉米和红薯。这就足以证明：在当时，淄川百姓并不种植玉米和红薯。

玉米和红薯何时传入淄川呢？比较可靠的是《淄川县志》中相关记载。在清康熙二十六年（1687）修的《淄川县志·物产》中，谷属只有大麦、小麦、荞麦、粟、秫薥、黍、穄、芝麻及各种豆类。在乾隆八年（1743）续修的《淄川县志·续物产》中亦不见玉米、红薯踪迹。至乾隆四十一年（1776）重续的《淄川县志·重续物产》，谷属中始新增“玉秫薥”，在菜属中新增“薯（俗名地瓜，有红、白两种，白者味尤甘美）”字样。

可见，玉米和红薯在淄川的种植，当在乾隆八年（1743）之后，此时蒲松龄去世至少也有三十年了。在蒲松龄生活的时代，是没有玉米和红薯的。至于认为摊煎饼时“掺进玉米面”则摊出的煎饼“如西山日落，返照而霞蒸”，更是无稽之谈：玉米面是黄白色，掺进去怎么会“如西山日落，返照而霞蒸”？只有掺进高粱面，才会使煎饼呈红色。

2009 年 3 月 4 日

# "柳泉先生小像"考

偶然在网上"搜狐空间·铁风博客"读到一篇题为《疑问中的收藏——蒲松龄的另一幅画像》的文章，觉得作者提出的问题很值得注意。原文不长，转载如下。

当你在蒲松龄纪念馆参观，步入"聊斋"的时候，会看到一幅蒲松龄的遗像。这是聊斋先生生前的写真画像。是他74岁那年，其四儿子蒲筠请江南画家朱湘鳞画的。

画面上有蒲松龄的亲笔题志两则。一则是："尔貌则寝，尔躯则修，行年七十有四，此两万五千余日所成何事？而忽已白头。奕世对尔子孙，亦孔之羞。康熙癸巳自题。"一则是："癸巳九月，筠嘱江南朱湘鳞为余肖此像，作世俗装，实非本意，恐为百世后所怪笑也。松龄又志。"

蒲松龄这一遗像能够得到保存和面世，是难得而珍贵的。这使我们在读了聊斋先生那脍炙人口的奇思妙文后，还能够看到作者真实的栩栩面容，的确是一件幸事。

路大荒先生在《蒲松龄年谱》中介绍画像的征集和保存过程说：“蒲松龄的后人原藏有蒲松龄的遗像一轴，抗战前秘不示人，他的族众也有许多人未曾见过。解放后不知下落。1953年2月，由山东省文联和省文物管理委员会会同前往调查，才由当地一蒲姓家献了出来。”①

最近，笔者有机会读到《蒲松龄研究》（1992年第4期）刊登的张崇琛先生《清初知识分子心态的绝妙写照——蒲松龄〈画像题志〉发微》（以下简称《发微》）一文。文中通过对画像的容貌、姿势、服饰、题志的精到分析，以及援引有关史料，认为：“蒲松龄的画像及其题志，实是研究蒲氏晚年思想及其心态的第一手资料。”

我市蒲学研究界知名学者赵怀珍先生，也在他的《蒲松龄画像〈自题〉小议》（《蒲松龄研究》1999年第1期，以下简称《小议》）一文中，着重对画像的题志进行了分析，得出充分结论：“（蒲松龄）这两则题跋，是其当时痛苦矛盾心境的真实写照，是研究蒲氏晚年思想的重要资料。”

两位先生的结论，笔者甚有同感。

张先生在《发微》文中又说：“关于蒲氏的画像，王培荀《乡园忆旧录》早有著录，然世人多未之见。”并引用了《乡园忆旧录》收录的清人马子琴题词，随后说：

① 此处引文有误，详见前《蒲松龄画像面世前前后后》。

“这（题词）与现存画像，也是颇相吻合的。”

赵先生在《小议》中，也引用了《乡园忆旧录》中“蒲柳泉先生小像”的“马子琴题词”。

这又使笔者产生了疑问：蒲松龄生前到底有几幅画像？王培荀在《乡园忆旧录》中所说“蒲柳泉先生小像”，是蒲松龄纪念馆目前所珍藏的蒲松龄画像吗？

《乡园忆旧录》（蒲泽校点，齐鲁书社1993年版）的作者王培荀，字景叔，号雪峤。他是旧淄川县丰泉乡（今淄博市淄川区罗村镇）大窎桥村人。清道光元年（1821）举人。王培荀曾任四川酆都、荣昌、新津、兴文等县知县。他在四川为官期间，辑成《乡园忆旧录》一书，记述山东及故乡淄川的山川风物、人文掌故。

张、赵两位先生的引文出自《乡园忆旧录》卷八“蒲松龄小像”条，但引用不全面。该条的全文是：“蒲柳泉先生有小像，不知谁作。马子琴题之云：‘双眸炯炯岩下电，庞眉大耳衬赤面。口辅端好吟须长，奕奕精神未多见。’余不具录。按：先生诞时，母梦老僧入室，形容枯瘦，偏袒，胸贴膏如钱。及生，有黑志在乳际，而生像乃如是。读《聊斋志异》者，无不想见其人，此诗能貌其梗概，故节录之。”

从文义可以看出，王培荀见过“蒲柳泉先生小像”。

马子琴其人，《乡园忆旧录》卷三“马桐芳”条有记载：“马子琴，号西坡，名桐芳。长山（今淄博市周村区）人，苏山舅氏婿。余往外家，见诗一册，洒然异之。

问之，知为子琴作，是时年方十六也。……晚年多病，行不离杖。无子，一女归余子绍宗。”

据此记载，马子琴是王培荀舅舅的女婿；王培荀与马子琴又是儿女亲家。既然马子琴能够见到“蒲柳泉先生小像”，并为之题诗，毫无疑义，王培荀所见的“蒲柳泉先生小像”与马子琴所见到的是同一幅！

接下来的问题是：马子琴与王培荀共同见过的蒲松龄肖像是哪一幅？

大家都知道，蒲松龄纪念馆现存蒲松龄画像，上面有蒲松龄的亲笔题志。如果王培荀见过的是蒲松龄纪念馆现存的画像，他绝不会在《乡园忆旧录》中说：“蒲柳泉先生有小像，不知谁作。”因此，王培荀所说的“蒲柳泉先生小像”，肯定是另有所指！

而这一幅“不知谁作”的“蒲柳泉先生小像”，与现存画像相比，无论是画面的风格还是内容，都完全不一样的！

现存的蒲松龄画像，蒲松龄是“作世俗装”，正襟危坐，一派道貌岸然的姿态。而“蒲柳泉先生小像”，却是衣衫不整——“偏袒”，能看见“胸贴膏如钱”且“有黑志在乳际”。画面完全是蒲松龄《聊斋志异·自序》中所描述的“自画像”。如果不是这样，王培荀也绝不会说“生像乃如是”。王培荀虽然见过“蒲柳泉先生小像”，但除了对画面有所描述外，没有作进一步的介绍。恐怕画上既没有作者署名，也没有署作画时间。如果有的话，王培荀不会不作说明。

再说，王培荀所见的“蒲柳泉先生小像”，有马子琴题词，现存蒲松龄画像没有。

由此看来，“蒲柳泉先生小像”不是蒲松龄纪念馆目前所珍藏这幅画像！也就是说：当时还有另一幅蒲松龄肖像传世。我们推测，蒲松龄的肖像至少有两幅：

一幅是画风严谨、一笔不苟的人物肖像工笔画——这是大家都见过的；还有一幅，与前者风格迥异，应该是一幅笔法遒劲的写意画。

我们可以想象得出来：“蒲柳泉先生小像”画中的主人翁或坐或立，不修边幅，坦然自若；“双眸炯炯”，神采奕奕；“庞眉大耳”“口辅端好”，宛然一位忠厚长者的形象。

从画作的大胆直露，能抓住主人翁的主要特点来看，其作者必定与蒲松龄熟识。笔者推测：“蒲柳泉先生小像”的作者，极有可能是蒲松龄的好朋友，清代康熙年间为重修《淄川县志》绘制“般阳二十四景图”的王敏入。

铁风先生①在他的文章中提出“蒲松龄的肖像至少有两幅”，特别引人注目。他的论据主要有三条：第一，如果王培荀见过的是蒲松龄纪念馆现存的画像，他绝不会在《乡园忆旧录》中说：“蒲柳泉先生有小像，不知谁作。”第二，“不

① 铁风，为笔者同乡苏加庆先生。

知谁作”的“蒲柳泉先生小像”，与现存画像相比，无论是画面的风格还是内容，都完全不一样的。第三，王培荀所见的“蒲柳泉先生小像”有马子琴题词，现存蒲松龄画像没有。

对于这三条论据，我们逐一分析一下。

先看第三条。

铁风先生认为王、马所见的蒲松龄小像上面应当“有马子琴题词，现存蒲松龄画像没有”。其实这一论据不太可靠。因为其依据是《乡园忆旧录》中的“马子琴题之云”六字。“题诗”，可以有两种解释：“一是指就一事一物或一书一画等，抒发感受，题写诗句。多写于柱壁、书画、器皿之上；二是指所题写的诗句。”试想，王培荀和马子琴看到的“蒲松龄小像”连作者是谁都不知道，说明他们与画像的持有人关系并不密切，能够在上面题写诗句的可能性不大，所以这里的“马子琴题之云”，就有可能是马子琴在看了小像之后，根据看到的蒲松龄的形象，题写了一首诗罢了。所以用现在蒲松龄画像上没有马子琴的诗，而断定王、马见到的肯定是另一幅小像，理由不够充分。

再看第二条。

铁风先生说“‘不知谁作’的‘蒲柳泉先生小像’，与现存画像相比，无论是画面的风格还是内容，都完全不一样的”，依据是王培荀的“生像乃如是”五字。这里的“乃如是”，铁风先生的解释是“衣衫不整——‘偏袒’，能看见‘胸贴膏如钱’且‘有黑志在乳际’。画面完全是蒲松龄《聊斋志异·自序》中所描述的‘自画像’”，其实这也只是叙述了问题的一个方面。从《乡园忆旧录》原文的点断来看，“生像乃如是”并非紧承上文的“先生诞时，母梦老僧入室，形容枯瘦，偏袒，胸贴膏如钱。及生，有黑志在乳际”，而是独立成句。这也可能有两种解读：一是如铁风先生所说，“画面完全是蒲松龄《聊斋志异·自序》中所描述的‘自画像’”；二是就王培荀的语意，又可理解为：蒲松龄有过“药膏如钱，圆粘乳际”的自我描述，马子琴见了“蒲松龄小像”，才知道蒲松龄的形象“原来是这样”（双眸炯炯岩下电，庞眉大耳衬赤面。口辅端好吟须长，奕奕精神未多见）。做此解释的另一理由是：蒲松龄虽然没做官，但作为地方上一名颇有影响的文人，断不会如《核舟记》中之佛印“袒胸露乳”让人给画像。再者，从马子琴的题诗中对蒲松龄眼、眉、耳、面、口、须和精神面貌的描写，也不能得出与现在蒲松龄画像有明显不同的结论。不然，张崇琛先生也不会说“这（题词）与现存画像，也是颇相吻合的”。

再看第一条。

笔者认为，最能证明铁风先生“蒲松龄的肖像至少有两幅”观点的，主要在这一条论据。

路大荒先生在《蒲松龄年谱》中介绍“蒲松龄的后人原藏有蒲松龄的遗像一轴，抗战前秘不示人，他的族众也有许多人未曾见过”，说明没有特别知己、亲密的关系，是不可能看到蒲松龄的画像的。如果能见到的人，自然与蒲翁的后代关系非同一般，这画像的作者是谁，肯定不难从蒲翁后代嘴里得到。既然王培荀说“不知谁作”，正说明他们绝不是在蒲翁后代家中看到的；而祖宗的画像，后代子孙是万万不可能借给他人传阅的。由此可见，王、马看到的“蒲松龄小像”并非现在馆藏的画像，这是最可靠的证据。

铁风先生的文章，确实给蒲学研究者提出了一个新的课题。

蒲松龄的另一幅画像在哪里呢？除马子琴和王培荀，还有谁见过？自王培荀在世至今也不过150余年，画像又流落到哪里去了？

这在蒲翁及其后人的著述中，没有发现任何蛛丝马迹。

笔者近日在网上阅读有关蒲松龄的研究信息，偶然在中国网上发现一篇赵青林先生撰写，原发在《光明日报》上的文章。所署时间为2008年11月26日，题目是《〈聊斋〉手稿传奇：500万元转给蒲松龄后人》，其中有一段文字引起笔者的注意：

> （蒲文珊在捐献了《聊斋志异》手稿之后）1951年5月20日，刘伯涛收到东北人民政府寄来的500万元（东北币）奖金。他当即如数将奖金转给了蒲文珊。蒲文珊无比激动，第二天又送来了蒲松龄亲笔所著，从未流传的《农桑经·草虫篇》，说：“把它也交给国家吧。”
>
> 刘伯涛动情地说：“人民感谢你！”
>
> 蒲文珊嘴唇颤抖着对已担任县委书记的刘伯涛说：“刘书记，我要把知道的都告诉你。祖父蒲价人来东北时还携来了蒲松龄按《聊斋志异》内容绘制的《聊斋行乐图》一轴，上有蒲松龄画像及清代名儒赞合诗。在我和

弟弟分家时,《聊斋行乐图》被弟弟带走了。"

看到此处,笔者不禁眼前一亮:《聊斋行乐图》!什么叫行乐图?按照相关词典的注释是"自写小像或别人为自己画的小像"。照蒲文珊"蒲松龄按《聊斋志异》内容绘制的"说法,可以知道这幅《聊斋行乐图》的作者有可能是蒲松龄自己!而"按《聊斋志异》内容绘制"可以理解为按《聊斋志异·自序》中"药膏如钱,圆粘乳际。寤而松生,果符墨志"的形象画的。正因为此画乃蒲松龄的自画像,才可以画得比较狂放不羁,才可能让有名望的人在上面题写诗句,以装点门面,上有"清代名儒赞合诗"正说明了这一点。说不定马子琴的诗也在上面。

那么被蒲文珊弟弟带走的《聊斋行乐图》下落何处,该文接着说:

> "你弟弟在哪儿住?"
>
> "分家时他搬到咱县郜家店村住。不久又搬迁了,从此杳无音信。"
>
> 刘伯涛把《草虫篇》送交东北人民政府后,又开始寻找《聊斋行乐图》。他先后三次到郜家店村召开座谈会、走访老住户,均无结果。
>
> 1952年秋,刘伯涛调离西丰县,查找《聊斋行乐图》之事随之搁浅……
>
> 如今,刘伯涛提起下落不明的《聊斋志异》半部原稿及《聊斋行乐图》时,仍感慨万千:"这是件牵动炎黄子孙的憾事。"

笔者又查阅了杨海儒先生的《蒲松龄生平著述考辨》。在该书《聊斋手稿何以流落辽宁》一文中，杨先生引用1956年11月26日《人民日报》载蒲文珊《关于〈聊斋志异〉原稿》的一段原文，（蒲文珊）说道："同时尚有最可宝贵的一卷《聊斋行乐图》，长有六丈的巨幅，由先叔父英芳廉价售出，后来听说这幅为伪满沈阳税务监督署长王家鼐所得……"

引文中蒲文珊也谈到《聊斋行乐图》一事，且说该图"长有六丈"——无怪上边有"清代名儒赞合诗"，极可能是在原行乐图的基础上，将名儒题咏拼接上去，才成为"长六丈"的巨幅的。只是图的下落叙述有所不同：蒲文珊的叔父英芳卖出。

无论是刘伯涛转述蒲文珊的说法，还是蒲文珊自己的说法，有一点是共同的，那就是蒲松龄除七十四岁时朱湘鳞为其画过像，确实还有另一张画像——《聊斋行乐图》。这幅画到底是蒲松龄自己画的还是朋友画的，虽不可考，但可以肯定的是画上蒲翁的形象比较放浪形骸，上面有名人题写的诗句。王培荀和马子琴看到的，马子琴在上面题过"双眸炯炯岩下电，庞眉大耳衬赤面。口辅端好吟须长，奕奕精神未多见"的，就是这幅《聊斋行乐图》。

这幅"小像"的下落至今不明，重见天日的可能性，怕是很渺茫了。

2011年7月12日初稿

2011年7月26日修改

# 指头画起源的一条旁证

指头画，亦称“指墨”，是中国画的一个特殊画种。至于它始于何时何人，历来有三种说法：第一，唐代画家张璪；第二，清世祖福临；第三，清初康熙、雍正年间的画家高其佩。关于第一、二种说法，过去已有不少人讨论，因无画迹流传，多取不敢苟同的态度。唯第三种说法，既有文字资料为证，又有大量画迹流传，至今一直占绝对优势。

高其佩（1660—1734），辽宁铁岭人，字韦之，号且园，又号南村，后人多称高铁岭。他以指头画擅名于清康熙、雍正年间，风靡一时。二三百年来，继之者不乏其人，形成了一个新兴的画派。

蒲松龄在《日用俗字·丹青章第十》中有句云：“近年又有指头画，能将一艺动官家。”“近年又有指头画”，说明指头画的出现是在“近年”，排除了“唐代画家张璪”的可能。高其佩比蒲松龄晚出生二十年，待其指头画名扬海内时，正与蒲松龄老年写作《日用俗字》的时间相符。“能将一艺动官家”句，说明指头画的创始人地位不会太高，当然不会是清世祖福临。

蒲松龄的“近年又有指头画，能将一艺动官家”可以作为高其佩创始指头画的一条旁证。

2010年11月24日

# 文贲非文贵

朱其铠先生主编的《全本新注聊斋志异》（人民文学出版社1989年版）中的《三生》篇，对“先文贲兄”句的注释为“指作者族兄蒲兆昌。蒲兆昌，字文贵，‘文贵’当因‘贵’‘贲’形近致讹。《淄川县志》谓兆昌字‘文璧’，未知何据。蒲松龄在《蒲氏世谱》（现存蒲松龄纪念馆）中曾作如下记载：‘兆昌，公字文贵，明天启辛酉举人。形貌丰伟多髭髯，腰合抱不可交。所坐座阔容二人，每诣戚友，辄令健仆荷而从之。为人质直任性，不曲随，不苟合。明鼎革，伪令孔伟其貌，将荐诸当路，公弗许；强之再三，不可，乃罢。自此日游林壑，无志进取。因诸父昆弟朝夕劝驾，勉就公车。至闱中，不任其苦，一场遂止。后经书业中式矣，衡文者求二三场不可得，深以为恨。居家闭门自守，不预世事，遂精岐黄之术。问医者接踵于门，虽贫贱不拘也。松龄谨识。’”

朱先生的注释，错在最关键的“蒲兆昌，字文贵”：蒲兆昌的字是“文贲”，不是“文贵”！《三生》篇中的“先文贲兄”没错,《淄川县志》中的蒲兆昌字“文璧”是因为“璧”与“赍”同音所致。

笔者是蒲兆昌的十一世孙，对此知之甚确。当然，朱先生的错是有原因的：是他所查阅的《蒲氏世谱》中误将“文赍”抄作“文贵”，以讹传讹，让朱先生上了当。

2009年4月

# “三生有幸落孙山”新诠

秋藤老树灯影寒，布袍萧索鬓发斑。
一世无缘附骥尾，三生有幸落孙山。
肌冷素裳悲情鬼，面妖花背叹狐仙。
聊托荒斋写孤愤，《志异》书成追马迁。

对于王颜山先生的这首七律，记住的人并不会太多，但诗中的颔联“一世无缘附骥尾，三生有幸落孙山”，可以说与郭沫若先生的“写鬼写妖高人一等，刺贪刺虐入骨三分”一样，无人不晓。对于王颜山先生这一联诗句的含义，历年来人们也形成了共识。如《鲁中晨报》曾刊文写道：“‘一世无缘附骥尾，三生有幸落孙山’的诗句，写出了蒲老先生穷其一生，奋而科举而不第，又因其名落孙山而成就了《聊斋志异》的人生经历。这两句诗从因果关系上十分精到地揭示了其中蕴含的哲理。”河南的《平顶山晚报》也有文章介绍：“的确，如果当年蒲老夫子中了状元，是不会有《聊斋志异》这本小说集留给后人的。”在淄川区政府网站上，相关介绍更加直截了当："难怪后人评价蒲松龄是'一世无缘附骥尾，三生有幸落孙山'。蒲松龄的不幸，使中国少了一个平庸的封建官吏，却多了一个伟大作家。"

从大量的相似文章可以看出，人们对"一世无缘附骥尾，三生有幸落孙山"的理解就是：蒲老先生幸亏没有考中举人、进士而步入仕途，才有了《聊斋志异》，才有了后世的辉煌！

这看似合理的诠释，虽然在社会上有着广泛的共鸣，但是如果仔细推敲起来，还有片面和武断之嫌。

笔者就此谈一点看法。

第一，我们先从蒲松龄创作《聊斋志异》的时间和参加科举考试的时间来分析，二者是否有因果关系。

康熙三年（1664），蒲松龄的好友张笃庆在《答蒲留仙来韵》诗中说："君自神仙客，吾岂帝都师？"张笃庆称蒲松龄为"神仙客"，当然不是认为蒲松龄要求仙访道，只是以此形容蒲松龄喜欢谈论乃至记录神仙鬼狐的故事。同年，张笃庆又有《和留仙韵》七律二首，其中有句云："司空博物本风流，涪水神刀不可求。君向黄初闻正始，我从邺下识应侯。"从这两联中可以看出，张笃庆认为蒲松龄以黄初、正始为宗，像西晋张华那样，搜集整理神鬼故事，是虚幻不实的。张笃庆对蒲松龄的"不务正业"颇不以为然，诗中含有规劝之意。而我们从张笃庆的诗中可以看出，蒲氏在20岁时已经开始并热衷于后来称之为《聊斋志异》的创作活动。

在同邑前辈唐梦赉为《聊斋志异》写的序中说蒲松龄"于制艺举业之暇，凡所闻见，辄为笔记，大要多鬼狐怪异之事。向得其一卷，辄为同人取去；今再得其一卷，阅之，凡为余所习知者，十之三四，最足以一破小儒拘墟之见，而与夏虫语冰也”。唐氏与蒲松龄交往始于康熙十一年（1672）前后，可见蒲松龄在30岁时，其创作活动仍在继续，而且开始在文人中间传播，产生一定的影响。

据蒲松龄写于“康熙已未春日”（1679）的《聊斋自志》中“才非干宝，雅爱搜神；情类黄州，喜人谈鬼。闻则命笔，遂以成编”来看，从30岁到40岁，蒲松龄的创作活动一直没有中止，在40岁这一年，初步结集成书，且定名为《聊斋志异》。

从《聊斋志异》中《鸲鹆》《五羖大夫》《马介甫》《狐梦》等篇的内容来看，蒲松龄到西铺毕际有家坐馆后，《聊斋志异》的创作仍在继续。据《蒲松龄志》介绍，《聊斋志异》的创作，“直到年逾花甲，方才逐渐搁笔”。

我们再来看蒲松龄的科举道路。据专家研究，自顺治十五年（1658）蒲松龄19岁以县、府、道三第一补博士弟子员之后，参加乡试十次，屡败屡战，屡战屡败，直到51岁，在妻刘氏的干预下，才停止了仕途攀登的脚步。“顾儿孙入闱，褊心不能无望，往往情见乎词，而孺人漠置之。”（《述刘氏行实》）

比较蒲松龄《聊斋志异》创作过程和在科举道路上跋涉的过程，二者基本是同步的。由此我们可以得出第一个结论：蒲松龄并非在科举失败后才创作《聊斋志异》的，所以《聊斋志异》的问世，与蒲松龄的名落孙山并无因果关系。因此，

"名落孙山而成就了《聊斋志异》之说"不符合事实。北京师范大学文学院教授于天池发表在2008年11月17日《中山商报》的文章《蒲松龄：科举落魄成就伟大〈聊斋〉》，也从反面证明了这一点。于教授在文章中说蒲松龄："就这样孤苦了一辈子，在贫困线上挣扎了一辈子，在科举考试的路上落魄了一辈子，在写小说的路上奋斗了一辈子。"又说："历史是公正的，如不是科举的失败，让他安下心来潜心写作，我们今天就不会看到流传千古的《聊斋志异》。"于教授的话显然是自相矛盾的：既然"在科举考试的路上落魄了一辈子，在写小说的路上奋斗了一辈子"，又哪里来的"如不是科举的失败，让他安下心来潜心写作"？所以于教授的说法，恰恰证明了蒲翁写《聊斋志异》与科举考试的失败没有任何关系。

第二，我们假设蒲松龄青壮年时期即黄榜高中，是否会中止《聊斋志异》的创作。

几十年来，人们在分析《聊斋志异》创作动机的时候，大约是出于"突出政治"的惯性，往往强调并片面理解了"孤愤之书"，而忽略其"才非干宝，雅爱搜神；情类黄州，喜人谈鬼"的一面。好像蒲松龄写作《聊斋志异》的目的全在于发泄胸中的不满，揭露封建社会、科举考试的弊端。凡研究过《聊斋志异》及其创作过程的人都能发现，对于鬼狐世界的痴迷，才是支持他顽强地甚至可以说是不屈不挠地进行创作活动的动力。好友张笃庆一再写诗规劝他："司空博物本风流，涪水神刀不可求。""谈空误入《夷坚志》，说鬼时参猛虎行。咫尺聊斋人不见，蹉跎老大负平生。"蒲松龄在康熙十一年（1672）乡试落榜后，孙蕙在给他的信中也说：“兄台绝顶聪明，稍一敛才攻苦，自是第一流人物，不知肯以鄙言作瑱否?”人的精力和时间是有限的，朋友劝说是真诚的，这些，蒲松龄不会不明白。但他不仅没有因此而停止鬼狐故事的搜集和创作，反而以朋友们的不理解而苦恼！他的绝不放弃，说明了在他的心目中，鬼狐故事的写作与科举考试的地位是同等重要，二者都不能放弃！试想，抱定了这样决心的蒲松龄，因步入仕途而放弃《聊斋志异》的创作，只能说是人们一厢情愿的假设罢了。

第三，假设蒲松龄步入官场，会不会因其随波逐流，导致《聊斋志异》中不可能出现讽刺、揭露官场黑暗，亦即“刺贪刺虐”的篇章?

存有这种观点的人，也是想当然的。

我们先来看一下蒲松龄的性格和为人处世的态度。

蒲松龄的至交李希梅之婿与其叔父沈德符叔侄争产，李希梅找蒲松龄，希望蒲松龄支持其婿。蒲松龄认为不可。后来沈德符迁怒于蒲松龄。蒲松龄在《与沈德符》信中写道：“弟如于希梅稿曾动一笔，便灭门绝户，了一家儿。”“骂当所骂，则被骂者受之；骂所不当骂，则骂人者自受之。”“如以弟言为诬，不妨焚诸神庙，暴之同人，区区之心可质之也。”疾言厉色，毫不留情，足见蒲松龄的眼里容不得半点沙子。

蒲松龄好友王鹿瞻的妻子不孝，把公爹赶出家门，致使其死在异乡旅店。蒲松龄听说后，马上写信给王鹿瞻：“兄不能禁狮吼之逐翁，又不能如孤犊之从母，以致云水茫茫，莫可问讯，此千人所共指。”又说王如不赶紧处理好父亲的后事，则“恶名昭彰永不耻于人世矣!”结果，蒲与王断绝了关系。

对朋友是如此，对支持、关心和帮助自己而受到自己尊重的人，他又是如何呢?

他得知孙蕙的族人和奴仆狗仗人势横行乡里，便写了《上孙给谏书》直陈其过；淄川蠹吏康利贞声称得到王渔洋的举荐，要复任淄川漕粮经承，蒲松龄闻知，立即致书王渔洋直陈其事，毫不避忌地说出：“学中数人，直欲登龙赴愬(诉)”“恐搅扰清况”的话来。

蒲氏这种“天性伉直，引嫌不避怨，不阿贵显”（蒲箬《柳泉公行述》)、“即平素交情如饴，而苟其情乖骨肉，势逼里党，辄面折而庭争之，甚至累幅直陈，不复恤受者之难堪”(蒲箬《祭父文》）性格的人，如果进入到官场，便会三缄其口，随波逐流，那也只是一种毫无凭据的假设而已。我们为什么不能假设他进入官场后，对官场的内幕了解得更多，写出的文章更加深刻犀利呢?

关于“蒲松龄的不幸，使中国少了一个平庸的官吏，却多了一个伟大的作家”一说，笔者的看法，其原意倒并不是说蒲松龄只能做一个平庸无为的官吏，其实又是沿袭了几十年的“政治挂帅”的惯性：封建社会的官吏，都不会是好官!其实历史已经告诉我们，封建社会也有不少清正廉明，为国家、为百姓鞠躬尽瘁的好官。仅以淄博而言，孙蕙、赵执信、王渔洋、毕自严，哪一个不是凭着一身正气、忠君爱民而彪炳史册的？

第四，蒲松龄如果做了官，是否会“脱离群众”，不能体察老百姓的疾苦，因而失去反映老百姓疾苦的创作素材？

这也未必。我们也可以从一些官员身上找到证明。

王渔洋生于官宦世家，官高位显，他仍然写了不少揭露统治者剥削压迫人民、反映人民生活疾苦的诗，如《复雨》《春不雨》《秦邮曲》《养马行》《蚕租行十解》等篇。其中《蚕租行》诗前序言中说：“丁酉夏，有民家养蚕，质衣钏鬻桑，而催租急，遂缢死。其夫归见之，亦缢。王子感焉，作是诗也。”内容叙述一个女子辛苦养蚕，打算把自己的嫁时衣物、首饰卖掉，换钱买桑叶。丈夫才走出门，里正便进门来催租。“阿夫持襦去，里正持符来；汉中索军租，不得还顾私！”在里正的逼催逼下，夫妇生活无计可施，双双自尽。末二章道：“蚕应黑瘦尽，军租持底当？痛哭视孤儿，毕命朱丝绳。阿夫还入门，不复见故妻：‘生既为同衾，死当携手归！’”

王诗所反映的社会现实，不算不深刻。

在乾隆年间为官的郑板桥，也写了不少反映下层百姓疾苦的作品。最有代表性的《逃荒行》中写道：“十日卖一儿，五日卖一妇。来日剩一身，茫茫即长路。”“道旁见遗婴，怜拾置担釜。卖尽自家儿，反为他人抚。路妇有同伴，怜而与之乳。咽咽怀中声，咿咿口中语。似欲呼爹娘，言笑令人楚。”

王渔洋和郑板桥的诗，读起来催人泪下。他们并没有因地位的改变而对百姓的疾苦视而不见！我们又有什么证据说蒲松龄做官之后就一定“平庸”，写不出为百姓伸张正义的文章来呢？

第五，王渔洋、郑板桥等官员们既有文才，又有正义感，为什么在后世的名声远远不及一介寒儒的蒲松龄呢？

这与他们做没做官没有关系。关键问题是他们在文学上的主攻方向与蒲松龄不同。王渔洋被称为“一代诗宗”，是“神韵派”的创始人，一生著作等身，在当时也是名满全国；郑板桥能书善画能诗，直到如今在书画界仍然是大名鼎鼎。但是诗、书、画毕竟属于高雅艺术，它本来就不容易全面地反映繁杂的社会生活，尤其不容易为平民百姓所接受。阳春白雪，和者盖寡，它只限于被知识阶层所认同。因此，在平民百姓中能知道王渔洋、郑板桥名讳的，怕也不多。而《聊斋志异》则大不相同。原文虽然属于文言，但经过历代文人的诠释，早已化为老百姓的口语，深入到社会底层，真正达到家喻户晓的程度。其影响之大，是诗、书和画无法企及的。

他们之所以在文学上选择了不同的主攻方向，根源是他们对文学的认识、爱好不同。对《聊斋志异》这样的文字，他们或不愿为之，甚至不屑为之。以王渔洋而论，他虽然对《聊斋志异》感兴趣，却并不曾把这部书的价值提到应有的高度，只看作是“姑妄言之姑听之”的鬼狐故事而已。所以他一直没有答应蒲松龄请他写序的要求。而稍后的纪晓岚说得更直接：“燕昵之词，媟狎之态，细微曲折，摹绘如生。使出自言，似无此理；使出作者代言，则何以闻见之？”因而王渔洋的《池北偶谈》、纪昀的《阅微草堂笔记》无法与《聊斋志异》相提并论。

据以上理由，我们应当肯定：第一，蒲松龄创作《聊斋志异》的动因并非“无缘附骥尾”，所以二者之间不存在因果关系；第二，蒲松龄如果进入仕途，仍然会有《聊斋志异》的问世。

那么笔者是怎样理解王颜山先生的“三生有幸落孙山”的呢？

人们都知道，一向受宠信的王渔洋，在刑部尚书任上被康熙皇帝借王五一案罢官；郑板桥“以岁饥为民请赈，忤大吏，遂乞病归”。在历代官场，正直的人，往往会到处碰壁，所谓直道不容身、直道多不偶。以蒲松龄“不阿显贵”，每遇不平事则“累幅直陈，不复恤受者之难堪”的性格，步入官场之后，势必寸步难行。因之获罪、降职、罢官自然难免，甚至招来杀身之祸也不无可能。正是因他“一世无缘附骥尾”，也就得以在贫穷和忙碌中以享天年，且有《聊斋志异》一书传世，自然是“三生有幸”了。

2010年10月17日改定

2010年11月18日又改

# 商榷质疑

# 《问天词》作者质疑

《问天词》多年来在民间广为流传，多认为是蒲松龄所作，路大荒先生 1936 年出版的《聊斋全集》将其收入。到 1962 年路大荒先生在新出的《蒲松龄集·编订后记》中说："过去《聊集》中所收的，如《问天词》，据蒲氏后裔国政说是蒲立德的作品；文中'到如今大清康熙己亥年四千九百零六载'句，原是'到而今大清乾隆正二年四千九百零四载'，这与上句'帝尧登极甲辰岁'计算相合，可见确为蒲立德作品不误。"故而不再收入其中。

其实，此前路大荒先生多次谈到过《问天词》为蒲立德所作：1934 年路大荒先生在《蒲松龄遗著补考》一文中即记述了蒲国政前辈"此非柳泉先生所著，是东谷先生（立德）著，后为传抄者误署为先生著也"的说法；又说："考先生墓表载卒于康熙五十四年……己亥又为康熙五十八年。是此书最早亦在先生殁后四年所出。又见旧抄本句云：且说那帝尧登极甲辰岁，到如今大清乾隆丙辰年。此篇非先生所著无疑焉!”在1955的《〈聊斋全集〉中的〈醒世姻缘〉与〈鼓词集〉的作者问题》一文中，又补充道：又有旧抄本亦题名蒲立德。

综合路大荒先生的叙述，确定《问天词》为蒲立德所作的根据主要有：第一，蒲国政前辈所说；第二，旧抄本中有“到如今大清乾隆丙辰年”或“到而今大清乾隆正二年”之句，或有题名蒲立德者；第三，是“到而今大清乾隆正二年四千九百零四载”与上句“帝尧登极甲辰岁”计算相合。

路大荒先生之说，似成定论，之后未见到专家学者发表不同意见。近年，笔者仔细推敲，觉得路大荒先生的《问天词》“确为蒲立德作品”之说的依据并不充分，理由主要有以下几个方面。

第一，就流传至今，我们所见到的《问天词》版本和抄本，包括路大荒先生1936年收入《聊斋全集》的，都说的是“混沌初开共一元，下有黄泉上有天。康节先生算的准，十二万九千六百年。唐虞以前都不论，荒唐事迹不堪传。且说帝尧登极甲辰岁，到而今大清康熙己亥年四千九百零六载……”这说明虽然有蒲国政前辈“乾隆正二年”“四千九百零四载”一说，显然“大清康熙己亥年”和“四千九百零六载”之说更为普及。持“乾隆正二年”“四千九百零四载”一说的为什么只有蒲国政前辈一人，而其他的蒲氏族人并不知道？（蒲先明老先生在生前还说他考证过，《问天词》就是三老祖即蒲松龄所作）蒲国政前辈所处的年代距蒲松龄生活的时代相去也有二百多年，他的话，可信度能有多少？

第二，尽管旧抄本中有“到如今大清乾隆丙辰年”或“到而今大清乾隆正二年”之句，或有题名蒲立德者；但流传更多的还是“到如今大清康熙已亥年”与题名蒲留仙者，否则，当初路大荒先生在编撰《聊斋全集》的时候也不会采取后面的说法。既然两种版本并行，如果没有充分的证据，是不能据此肯定其中哪一版本的说法更正确的。

第三，判断蒲国政老前辈的说法即《问天词》为蒲立德所作是否正确，关键在于“到而今大清乾隆正二年四千九百零四载”，与上句“帝尧登极甲辰岁”计算是否相合，即弄清相隔帝尧登极“四千九百零四载”是不是“大清乾隆正二年”。

要弄清这一问题，首先要弄清帝尧登极是哪一年。但是查一查历史典籍，帝尧何时登极，并无准确的记载。其中比较可信的说法有：

1.《辞海》中的《中国历史纪年表》。该表准确纪年是始于公元前841年，即周共和元年。据此，周“共和”以前已是不可考，夏、商之前自然更是无法得知其详了。

2. 辛亥革命期间所用过的黄帝纪年。黄帝纪年是用传说中黄帝诞生或者黄帝即位的一年作为元年。孙中山先生当选临时大总统，就任时发表电文，确认公元1912年1月1日即黄帝纪年4609年11月13日，亦即中华民国的元年元旦。照此算来，从传说中的黄帝到1912年也才4609年，那么远在黄帝之后的尧，到远在民国之前的康熙、乾隆，哪里能有4900多年呢？

3. 无论是蒲松龄所作，还是蒲立德所作，既然被认为是蒲氏的作品，自然蒲松龄自己的说法最可靠了，那么转而看被确认为蒲松龄所作的《历字文》。在《历字文》中，蒲翁也只是说到“帝尧陶唐氏，帝喾之子，又曰伊祈氏，在位七十有二年”。文中是既无尧的出生年月，也无尧的登极时间。

4. 为了进一步弄清这一关键问题，从互联网上查了一下，也得到了一个答案：一篇佚名帖子告诉我们，帝尧出生在公元前 2357 年，卒于前 2258 年。照此说法，我们假设他一出生就登极，到乾隆末年 1795 年也只有 4152 年，离那“四千九百零六载”或者“四千九百零四载”还差着 700 多年！所以根据这一说法也得不到路大荒先生所说的结果。

既然帝尧登极的时间不能确定，那就缺少了最根本的推算依据，那用四千九百零六载抑或四千九百零四载来推算是乾隆还是康熙，根本就无法进行！哪里还谈得上是“康熙”对还是“乾隆”对呢！

第四，在《史记·五帝本纪》中，查到一条按语，是皇甫谧说的：“尧以甲申岁生，甲辰即帝位，甲午征舜，甲寅舜代行天子事……”我们假设皇甫谧的说法是正确的，再来推算一下。甲辰年经过 4904 年应当是丁亥年，经过 4906 年应当是己丑年，都与“乾隆正二年”的丁巳或者“乾隆丙辰年”不合！可见路大荒先生的“计算相合说”也很难让人信服。

我们再按照上面推算的结果来分析一下。假设“四千九百零六载”的年数记错了，而干支“己丑”不错，则既可以是康熙四十八年（1709），也可以是乾隆三十四年（1769）；假设“四千九百零四载”误记，其干支“丁亥”不错，则既可以是康熙四十六年（1707），也可以是乾隆三十二年（1767）。如果是康熙四十八年或者康熙四十六年，当时蒲松龄尚健在，也正好是在他多次乡试失意之后，那就不能把他排除在作者之外；如果是乾隆三十二年或者三十四年，则于乾隆十六年去世的蒲立德也不会是《问天词》的作者了。

第五，据常理分析，一篇作品，作者所署的写作时间应当是比较可信的，然而就路大荒先生引用的材料来看，既有康熙，又有乾隆；既有己亥，又有丙辰和乾隆正二年的丁巳。这单单说“康熙己亥”是“误抄”似乎也难以让人信服。即使《问天词》确实写于康熙己亥年，那康熙五十八年己亥（1719）蒲松龄已经去世4年，蒲立德30岁左右；而上一个己亥年为顺治十六年（1659），其时蒲松龄20岁。30岁的蒲立德能写，为何20岁的蒲松龄就肯定不能写？何况早在此前蒲松龄就已经写出《督丈词》呢。

通过以上分析至少可以确定，路大荒先生的“《问天词》确为蒲立德所作”之说的理论根据还不是很充分的。至于该文的作者是谁，还值得继续探讨。

**附一**　《淄川县志·三续灾祥·日月合璧记》载：“按宋史《郊祀志》，帝尧在位时有此，距今四千一百七十有九年矣。”《日月合璧记》的作者为道光元年曹佳和。按该文说法，帝尧距道光元年为“四千一百七十有九年”，与“四千九百零六载”和“四千九百零四载”都相去甚远。

**附二** 一次笔者与族叔蒲喜章、族兄蒲先登同去看望族兄蒲先明。先明兄说，他曾推算过，从帝尧登极甲辰岁到大清康熙己亥年确是四千九百零六载。仓促之间，笔者没有询问他推算的依据。现在先明兄已仙逝，不知他是否有记录供参考。

# 莲花庵之游质疑

由日本人平井雅尾收集、编订而成的《聊斋小曲》，其中有十一首被盛伟先生收编入《蒲松龄全集》。在这十一首小曲中，有一首《尼姑思俗曲》，曲末有“附后”一段文字，说明蒲松龄写此曲的动因：“康熙十有二年，暮春之初，寂寞无寥（聊），与高念东徒步而游。偶至邑城东北之故有莲花庵，即同入随喜……”

这段话颇让人生疑。

查《淄川县志》，淄川境内莲花庵只有一处：“莲花庵县东北二十里，河东庄西。石岗状类莲花，上建白衣庵，名曰青莲。见张明经诗注。”莲花庵处罗村庄东，河东庄西，去淄川县城逾二十里。当时蒲松龄 34 岁，高珩已 63 岁，二人“徒步而游”，能远涉二十里去莲花庵，显然是不可能的。

对此，只能有两种解释。

其一，此曲并非蒲氏所作。伪作者不谙淄川地理，欲显其真，反露其假。

其二，蒲、高二人并非从淄川县城或蒲家庄出发，而是从距莲花庵不远的某处村庄出游的。

据盛伟先生编《蒲松龄全集·蒲松龄年谱》第23页（总3377页）载，“康熙十二年癸丑（1673），三十四岁。是年，先生设馆丰泉乡王氏家中”。丰泉乡王氏家居鸾桥村，距莲花庵四五里，蒲、高二人从王氏家中去莲花庵倒是合乎情理。

但是据苏家庆先生研究，蒲松龄设馆丰泉乡王氏，却并不在鸾桥村，而是在仙人乡马家庄（《蒲松龄设帐淄川县仙人乡马家庄考证》，载《蒲松龄研究》2006年第1期）。如此一来，蒲、高二人从鸾桥村去莲花庵的推测又难以成立。

看来，《尼姑思俗曲》的真伪还有待进一步考证。

# “西周生即蒲松龄”的五道门槛

对《醒世姻缘传》作者的研讨，已有大半个世纪。笔者近读部分专家学者的文章，都透露着作者为蒲松龄的倾向。作为蒲氏族人，自然也希望这一倾向变为现实。但是希望终归是希望，而学术研究是讲求实事求是的，即使拿不出铁证，推理也应当是毫无漏洞，才能服人。据笔者的分析，要想确认《醒世姻缘传》一书为蒲松龄所作，也就是肯定蒲松龄即西周生，至少应当在以下几个方面做出合理的解释。进一步说，即便能肯定《醒世姻缘传》为蒲松龄所作，下面几个方面，仍然是值得探讨的。

## 一、蒲氏后人“说法”的可靠性

马瑞芳先生在她编写的《狐鬼与人间：解读奇书〈聊斋志异〉》（当代中国出版社 2007 年版）中说，“在蒲松龄的许多后人那儿听到这样的说法：《醒世姻缘传》是‘三老祖’

的作品”。蒲松龄去世后头枕的一部书“蒲氏后人众口一词，说是《醒世姻缘传》”；20 世纪 90 年代在修建聊斋宫时马瑞芳先生被聘为文学顾问，当时“蒲家庄的党支部书记、蒲松龄嫡孙蒲文君说是《醒世姻缘传》；到了 21 世纪，蒲文君的继任蒲长春还说是《醒世姻缘传》!”并表示，“根据我研究蒲松龄的经验，有些民间口耳相传的东西不能轻易否定”。

如果照马瑞芳先生所说，“这些民间口耳相传的东西不能轻易否定”，那么我们再看一看比马瑞芳先生更早一代的路大荒前辈的说法。路大荒前辈在他的《〈聊斋全集〉中的〈醒世姻缘〉与〈鼓词集〉的作者问题》中说：“《醒世姻缘》这部书未经胡适考定以前，我二十年来，为蒲松龄的遗著，向其后裔及县中宿儒时常访求，从未听说过还有《醒世姻缘》一书。”（见路大荒《蒲松龄年谱》，齐鲁书社 1980 年版，第 99 页）那么，同是关于《醒世姻缘》的传说，是大半个世纪前蒲氏后裔的话可靠些呢，还是大半个世纪后的蒲氏后裔的话可靠些呢？为什么前辈不曾有的“传说”，到后辈却出现了，这一现象应当作何解释？这个“传说”的可靠性还谈得上吗？

## 二、《醒世姻缘传》是怎样传出去的？

按照马瑞芳先生的了解，蒲氏族人传说，“里边的人物和故事都是有原型的，因为小说跟原型太相近，这部书引起了不小的纠纷。受到‘诬蔑’的家族要求蒲松龄销毁这部作品。

蒲松龄就把这部没有列入墓表的著作带进了坟墓”。——问题又来了：如果是《醒世姻缘传》在没有刊印之前，蒲老先生就把它原稿带进了坟墓，那世上流传的《醒世姻缘传》刊本又是根据什么为底本刻印出来的呢？反之，倘若这部书的稿本已经流传出去，并且刊印出版，那蒲老先生把它带进坟墓还有什么意义？

## 三、《醒世姻缘传》是谁投资刊印的？

蒲松龄的代表作《聊斋志异》成书后，一直无力付梓。据杨复吉《梦阑琐笔》所载，“蒲留仙《聊斋志异》脱稿后百年，无人任剞劂。乾隆乙酉、丙戌，楚中、浙中同时授梓。楚本为王令君某、浙本为赵太守起杲所刊”。而孙楷第《中国通俗小说书目》卷七所载，“日本享保十三年（清雍正六年）《舶载书目》已有《醒世姻缘》，所记序、跋、凡例与今通行本全同，则是书刊行至迟亦在雍正六年以前矣”。

从杨说与孙说可知，《聊斋志异》最早刊行是在乾隆乙酉年（1765），《醒世姻缘》则是在雍正六年（1728）前已经出版了。

这里又明显摆出了一个问题：在作为蒲松龄为之付出毕生心血的《聊斋志异》无力出版的情况下，蒲松龄又是托付什么人投入巨资出版了《醒世姻缘》却又不为外界知晓的？

## 四、蒲松龄有无写《醒世姻缘传》的条件？

《聊斋志异》是短篇小说集，蒲松龄可以利用闲暇边搜集素材边写作，“闻则命笔，遂以成编”。这样占去了他几十年的业余时间。而《醒世姻缘传》是百万言的鸿篇巨著，不可能像创作《聊斋志异》那样“集腋为裘”。一生为养家糊口而教书，为改变命运而应考，为“雅爱搜神”“喜人谈鬼”而撰写《聊斋志异》，又写了大量俚曲、杂著的蒲松龄，哪来的闲暇写这部鸿篇巨著？蒲松龄在《聊斋俚曲·蓬莱宴·仙女抄书》中借文箫的口写明了当时抄写文字的速度：“专工一日，能写几篇？纵有快手，能写几千？四五万字，也得十天。”照这样的速度，一部《醒世姻缘传》单是抄写，也要一年的工夫！济南的朱湘雇人专门抄写《聊斋志异》，还用了十个月的时间，那创作《醒世姻缘传》没有三四年的时间全力以赴，是办不到的。蒲松龄一生中有这样的条件吗？

## 五、《醒世姻缘传》的原型是谁？

杨复吉《梦阑琐笔》里记录鲍廷博的说法：“留仙尚有《醒世姻缘》小说，盖实有所指。书成，为其家所讦，至褫其衿。”马瑞芳先生也从蒲氏后人那里听到类似的说法，且认为“大约便是曾确有其事发生”。

“为其家所讦”的“其家”是谁家呢？当然应当从蒲松

龄所熟悉的圈子里去找。

先看蒲氏本家。蒲氏家族一共出了三个知县：蒲生汶、蒲生池和蒲瑞。其中只有蒲生池同晁思孝一样是以贡生任知县的。《淄川县志》载："蒲生池，字古洲，无极知县。祷雨祈晴，无不立应，邑人刻石识之。修葺养济院，核其破冒，茕独沾实惠焉。尝自矢曰：'此辈米薪尚尔侵克，独不思身后耶？'任三年致仕。"不仅无恶声，且只做了三年知县，并不曾与晁思孝一样做过知州。况且蒲生池同蒲松龄的祖父蒲生汭是亲叔兄弟，蒲松龄与蒲生池的曾孙觉斯、鑫斯关系极为友好（蒲松龄南游归来，二侄备酒为其接风；二侄多次请蒲松龄代其写书启；在蒲松龄 73 岁那年，还有诗悼鑫斯："阿咸坦白人，稚齿相戏谑。表里无榛梗，至老尚如昨。"）。蒲松龄绝不可能拿他这位祖父"开涮"；如果真拿他这位祖父做了晁思孝的原型，觉斯、鑫斯与他这位叔叔的关系也不可能这样密切。

在同蒲松龄接触密切的圈子里，同晁思孝经历相似的是蒲松龄的馆东毕际有：晁思孝是由岁贡选了华亭县知县，又升任北通州知州，后褫职还乡；毕际有则系顺治二年（1645）拔贡入监，顺治十三年（1656）考授山西稷山知县，十八年（1661）转南通州知州，康熙二年（1663）"以通州所千总解运漕粮，积年挂欠，变产赔补不及额，罢归"。如果说蒲松龄把毕际有当作晁思孝的原型写入小说，同样令人难以置信。毕际有对蒲松龄友好、契重，蒲松龄也将毕际有当作可以依赖的知己，这从蒲松龄的挽毕际有的诗中可以看出："今生把手愿终违，零落山丘对斜晖。海内更谁容我放，泉台无路望人归。”“临别清谈还竟夕，谁知永诀已千秋。”毕际有去世后，蒲翁与其子毕盛钜关系依然甚是相得：“宵宵灯火共晨昏，十八年来类弟昆。”“年年援止情无限，只恐别时不忍云。”也正是靠了在毕家坐馆，蒲松龄才摆脱了穷困，过上了“沃壤犹堪留种黍，粗衣幸至不悬鹑”的生活，还能继续完成《聊斋志异》的创作。作为善恶分明、疾恶如仇的蒲松龄，如果把毕际有写成晁思孝式的人物，岂不是恩将仇报，成了忘恩负义的小人？这是万万不可能的。

在蒲松龄生活的圈子里，《醒世姻缘传》的原型又能是谁呢？

以上五个疑问如果找不出合理的答案，轻言西周生就是蒲松龄，是不能让人心悦诚服的。

2008年10月3日写定

2010年11月24日修改

# 蒲松龄与王渔洋关系的立足点

伊丕聪先生编著的《一代诗坛领袖王渔洋》（作家出版社2003年版）一书的第三章，谈到了王渔洋与蒲松龄的关系。书中将王与蒲关系的立足点概括为王渔洋“破除了封建社会等级贵贱羁绊，冲破世俗的等级观念，冒着清廷关于严令禁‘淫词小说’的政治压力与风险，鼎力支持和保护了蒲松龄及其《聊斋志异》”。为证明这一观点，书中引用了以下论据。

第一，蒲松龄《聊斋志异》初稿流布于世后，一些士绅文士读后，拍案大骂：“‘一派胡言，有伤风化。’‘蒲生孤介峭曲，尤不与进世相俯仰，终难成才！’”“在蒲松龄四面楚歌，百般愁苦之际，王渔洋伸出了援助之手。他力排众议支持蒲松龄，不顾个人安危，不管等级界限贵贱尊卑观念，以‘批经史杂家体’之笔，给《聊斋志异》做了高度评价。此笔力沉雄，以千钧雷霆之势力挽狂澜，保住了蒲氏被文字狱扼杀（原文如此——笔者注），使《聊斋志异》得以传世”。

第二，1687年，“王氏值丁父忧家居，他看到驿丞送来邸报上关于禁‘淫词小说’的圣谕后，心情十分沉重，深为蒲松龄及其《聊斋志异》担忧，他连忙去淄川拜访好友唐梦赉，两人共同探讨了康熙皇帝关于禁‘淫词小说’的谕旨与前段有关蒲松龄《聊斋志异》引发的社会风波，上下斡旋，以求达到不犯时忌，保住《聊斋志异》”。

第三，“几年后，《聊斋志异》基本定稿，蒲松龄又通过王玉斧呈送渔洋。他为《聊斋志异》《文集》题跋。”“这种评文略义的文坛泰斗评论，无异给《聊斋》贴上了国字号的保护标签，纵使有意发难者也无能为力。”“在王渔洋为《聊斋》评点的影响下，唐梦赉、高珩等名士也为其作序。1689年，夏秋间，禁‘淫词小说’之风强然，王氏又赋《戏书蒲生〈聊斋志异〉卷后》。”“殊不知，正是这首诗给蒲松龄免除了一场杀身之祸。”

第四，1711年，淄川知县康利贞又以“淫词小说”旧案重提，蒲氏只得抓住康利贞贪贿之事写信呈王渔洋求助，欲达一箭双雕之目的。

伊先生的论点以及所引用的论据是否可信呢，笔者以为还有探讨的必要。

要讨论王、蒲二人关系的立足点是不是“冒着清廷关于严令禁‘淫词小说’的政治压力与风险，鼎力支持和保护了蒲松龄及其《聊斋志异》”，首先要看蒲松龄的《聊斋志异》是否在被禁的淫词小说之列。

第一，查阅相关资料，清代查禁淫词小说，自顺治间开始。顺治九年（1652），“题准琐语淫词，通行严禁”。至康熙四十八年（1709）六月，议准“淫词小说及各种秘药，地方官严禁”，五十三年（1714）四月，“九卿议定坊肆小说淫词，严查禁绝，版与书俱销毁，违者治罪，印者流，卖者徒”。以后雍正、乾隆、嘉庆、同治直到民国，皆严令查禁。蒲松龄作为一名努力求取功名的读书人，而且曾在孙蕙任上做过幕僚，对于这一禁令自然是一清二楚，也就是说，他是在知道皇帝查禁淫词小说的前提下开始写《聊斋志异》的。试想，如果《聊斋志异》真的会归入“淫词小说”而属查禁范畴，他会冒这样的风险吗？如果确实“才非干宝，雅爱搜神；情类黄州，喜人谈鬼”，他按捺不住非写不可，也会秘密进行。而实际上他不但写了，而且还流传于社会，还希望达官贵人给以褒扬。这说明了什么呢？

第二，《聊斋志异》书尚未成，谢病家居的刑部侍郎高珩、罢官的翰林院检讨唐梦赉即为之作序予以肯定；书成，山东布政使喻成龙又通过淄川县令周统请蒲松龄去济南，欲以重金购《聊斋志异》书稿；至乾隆年间，最先刊印《聊斋志异》的赵起杲是现任知县。他不会不知道在乾隆五年（1740）编成的《大清律例》内有禁止坊肆印卖淫词小说的条款：“民坊肆市卖一切淫词小说，在内交与八旗都统、都察院、顺天府，在外交督抚等，转行所属官弁严禁，务搜板书，尽行销毁。有仍行造作刻印者，系官革职。军民杖一百，流三千里。市卖者杖一百，徒三年。买看者杖一百。”如果《聊斋志异》是淫词小说，他会冒着被革职的危险去出版发行吗？

即便作为《四库全书》总纂官的纪晓岚对《聊斋志异》

的评论也不过说道："今燕昵之词，媟狎之态，细微曲折，摹绘如生。使出自言，似无此理；使出作者代言，则何从而闻见之？又未所解也。"（见纪晓岚弟子盛时彦作《姑妄听之·跋》）并无是否犯禁之语。

如果我们排除头脑中"《聊斋志异》是淫词小说"的偏见，再来看伊先生所举的例证，又会得出何种结论呢？

其一，即使有"蒲松龄《聊斋志异》初稿流布于世后，一些士绅文士读后，拍案大骂：'一派胡言，有伤风化。''蒲生孤介峭曲，尤不与进世相俯仰，终难成才！'"之说，不过是批评蒲松龄写《聊斋志异》不务正业，难以考取功名，也并不能说明《聊斋志异》就是淫词小说，也不能说明《聊斋志异》有被扼杀的危险。

其二，王渔洋于康熙二十六年（1687）年去淄川，袁世硕先生认为"有可能是为吊唁毕盛育而来淄川的，同时也顺便到淄川城里造访唐梦赉，对唐梦赉前年冬天到新城吊唁其父丧，表示答谢"。如果这种推测不成立，从蒲给王的书信"耳灌芳名，倾风结想。不意得借公事，一快十年书，甚慰生平"和蒲回忆此次见面的诗句"花辰把酒一论诗，二十余年怅别离""遥忆黑头已珥貂，相逢快语彻清宵"的融洽热烈、轻松和谐气氛，也可以断定王来淄川的目的不会是为了解决《聊斋志异》的生存问题。至于王渔洋所作诗歌《宿唐济武太史志壑堂即事》"新竹捎檐夜气清，忽闻山鸟报寒更。单衾唤起潇湘梦，落月已西天未明"的"严肃清冷情绪"，完全可能是对新故父亲的怀念，未必就是对蒲松龄和《聊斋志异》前途的担心。

其三，王渔洋并没有给《聊斋志异》写过序，也没有题过跋，只是写过《题〈聊斋文集〉后》。所以，他并不曾给《聊斋志异》“贴上国字号的保护标签”。再者，《聊斋志异》的高序写于康熙十八年（1679），唐序写于康熙二十一年（1682），据袁世硕先生的考证，此时王渔洋还没有看到《聊斋志异》，所以不可能是“在王渔洋为《聊斋》评点的影响下，唐梦赉、高珩等名士也为作序”。

其四，为康利贞之事，蒲松龄写信给王渔洋，其原委蒲松龄包括此信在内的四篇书札和《请清漕弊呈》《求革蠹漕康利贞呈投吴县公》等七篇呈文讲得很清楚。蒲松龄写信给王渔洋，是因为康熙四十九年（1710），已被革职的康利贞返回淄川，扬扬得意地宣称已得到王渔洋的荐举，明年复任漕粮经承，蒲松龄才婉言劝王渔洋切勿帮助康利贞复职，以平民愤的，与淫词小说毫无干系，当然谈不上什么“一箭双雕”。再者，康利贞并不是知县，而是一名漕粮经承。

通过以上分析，笔者认为，王渔洋与蒲松龄的关系，还是以袁世硕先生的说法比较中肯：“在王士禛一方，他是以一位朝官、文学名流的身份，对一位本来不出名的文学作者发生了兴趣，赞赏其文才，给予了一定的鼓励；在蒲松龄一方，他是由于在落拓不遇和文学创作的困惑中，受到了这位高官、文学名流的褒誉，而感到非常欣慰，颇有知己之感，自然对王士禛非常钦敬”。若说是王渔洋“保住了蒲氏被文字狱扼杀（原文如此——笔者注），使《聊斋志异》得以传世”，证据便十分不足了。

# 也说“司空博物本风流，涪水神刀不可求”

## ——与刘洪强先生商榷

刘洪强先生的《蒲松龄二十五岁创作〈聊斋志异〉质疑》一文（载《蒲松龄研究》2010 年第 4 期），认为张稔穰、马瑞芳、李灵年等专家论述的“蒲松龄在 20 多岁时就开始创作小说”是不能成立的，其理由是张笃庆康熙三年（1664）写的《和留仙韵》中“司空博物本风流”句“是指张笃庆而非蒲松龄”；“涪水神刀不可求”句“是指蒲松龄比作能工巧匠蒲元之外并元（应为‘无’——笔者注）任何深意，绝不能因此而得出蒲松龄写《聊斋志异》来”。

笔者认为，刘洪强先生对张笃庆《和留仙韵》诗意的理解是不正确的。下面将逐条进行分析，与刘先生商榷。

# “司空博物本风流” 是 “指张笃庆自己” 吗?

刘先生认为“司空博物本风流”并非指蒲松龄，列举了“蒲松龄说”的两条“矛盾”：一是蒲松龄此时才24岁，正“沉浸在举子业中”“于情于理他也不会进行小说创作”。其二是《博物志》与《聊斋志异》差别“实在不小”“即使不是风马牛不相及也是相去甚远的”，故而认为张笃庆不会“拿《博物志》比《聊斋志异》”。

分析刘先生的论据，明显是站不住脚的。

第一，蒲松龄不仅“24岁”时“沉浸在举子业中”，“至五十余岁尚希进取”（蒲箬《清故显考岁进士候选儒学训导柳泉公行述》）。照刘先生的说法，他在50岁前“于情于理”也不会写《聊斋志异》了？再者，这“于情于理”只是人们的一种主观臆测，而臆测是作不得证据的。

第二，对于张笃庆不会“拿《博物志》比《聊斋志异》”，刘先生对“比”字的理解显然过于狭隘了。照刘先生的理解，蒲松龄在《聊斋自志》中的“情类黄州，喜人谈鬼”也不能成立了：苏轼老先生是太守被贬，你蒲松龄不过是个穷秀才，你怎么能与苏大人相“类”！其实人人都明白，苏、蒲在“喜人谈鬼”这一点上有共同处，就可以相“类”了。如刘先生文章中所言，“当下学者都把《博物志》归入志怪小说”，既然是志怪小说，为什么与《聊斋志异》不能相比？其实，将《聊斋志异》与《博物志》相类比，前人早有先例：清乾隆间著名诗人董元度在他的《贺新凉》词中就有“庄语难谐世，拂残编，《搜神》《博物》，谈仙说鬼”。蒲松龄的孙子蒲立德也在为《聊斋志异》写的跋中说：“此《山经》《博物》之遗，《远游》《天问》之意，非第如干宝《搜神》已也。”

刘先生又说，“‘司空博物’并不是指蒲松龄”“实际上‘司空博物本风流’这里张笃庆用张华指自己”“涪水神刀不可求”而用蒲元指蒲松龄。其理由一是“古人常拿历史上与自己同姓的名人指自己，与友人同姓的名人代指朋友”。二是“张笃庆《和留仙韵》的颈联（应为‘颔联’——笔者注）‘君向黄初闻正始，我从邺下识应侯’正好是一说蒲松龄，一说张笃庆自己，也与颌（‘颌’应为‘颔’——笔者注）联‘一说自己，一说蒲松龄’相吻合”。

这说法也是以偶然代替必然的结果。“古人常拿历史上与自己同姓的名人指自己，与友人同姓的名人代指朋友”是有的，但这并不能成为必然、成为规律；按照格律诗的写作要求，颔联分说二人，首联未必要分说二人，反之亦然。这样的例子俯拾皆是。如蒲松龄的《寄孙树百》：

君疲牛马身犹病，我困遭逢数亦悭。
三载行藏真落水，十年义气已阑珊。
不堪蟋蟀愁中听，但把茱萸醉后看。
千里踟蹰何所寄？惟凭尺一劝加餐。

此诗首联出句说的是孙树百，对句说的是蒲松龄自己，而其余三联则都是蒲松龄的自述了。可见刘先生认为《和留仙韵》的首联“一说自己，一说蒲松龄”并不可靠，那么

“实际上‘司空博物本风流’这里张笃庆用张华指自己”的说法也只能是想当然的了。

刘先生的文章中又解释说“在这里，张笃庆只是仅仅用张华来比作自己，以便与下一句的蒲元比蒲松龄相对而已”，这说法更是站不住脚。古人写诗，字斟句酌，张笃庆幼承家学，热衷诗道，当时诗坛盟主王士禛曾评其诗《邢太保赐剑行》曰：“此卷无一句不佳，无一字不工。”不要说张笃庆，就是一般的诗人，也不会为了“相对”而把与自己毫不相干的人和事扯到自己的身上。

## “涪水神刀不可求”试解

正如刘先生所言，“涪水神刀”确实与“三国时的著名能工巧匠兼铸剑师蒲元有关”。

《太平御览》卷三四五所引《蒲元传》：“君性多奇思，得之天然，触类之事出若神。不尝见锻功，忽于斜谷为诸葛亮铸刀三千口，熔金造器，特异常法。刀成，自言‘汉水钝弱，不任淬用；蜀江爽烈，是谓大金之元精，天分其野。’乃命人于成都取之。有一人前［取］至，君以淬刀，言‘杂涪水，不可用’，取水者犹悍言不杂。君以刀画水云：‘杂八升，何故言不杂?’取水者方叩头首伏云：‘实于涪津渡负倒覆水，惧怖，遂以涪水八升益之。’于是咸共惊服，称为神妙。刀成，以竹筒密内铁珠满中，举刀断之，应手灵落，若薙生刍，故称绝当世，因曰神刀。今之屈耳环者，是其遗范也。”

从张笃庆“涪水神刀不可求”句诗意分析可知，他对蒲元“以刀画水云：‘杂八升，何故言不杂?’取水者方叩头首伏云：‘实于涪津渡负倒覆水，惧怖，遂以涪水八升益之。’于是咸共惊服，称为神妙”“刀成，以竹筒密内铁珠满中，举刀断之，应手灵落，若薤生刍”的说法并不认可，以为这种神乎其神的传说是子虚乌有的，是“不可求”——根本不存在的。

那么张诗的首联“司空博物本风流，涪水神刀不可求”的表面意思就很明显了：“像张华那样撰写《博物志》本来是件风流高雅的事业，但是想从中寻求一条立身扬名、光宗耀祖的道路，就像那蒲元制造神刀的淬火技术一样，是根本不存在的，亦即完全不可能的。”而其深层含义就是委婉地规劝蒲松龄，像张华那样搜罗、撰写荒诞不经的神怪故事，不是我们应该做的，走这条路只会贻误学业，是不能实现我们跻身仕途的理想的。

张笃庆写这首诗的时间是康熙三年（1664），其时蒲松龄25岁，故而张稔穰先生“蒲松龄在二十多岁的青年时期就不仅喜谈神仙鬼狐的故事，而且已经开始了《聊斋志异》的创作”、马瑞芳先生“二十五岁的蒲松龄给朋友留下了喜搜奇猎异的印象，说明他已开始收集、写作志怪故事了”以及李灵年先生“这时他二十四五岁，可能已开始了《聊斋志异》的写作”是符合实际的。

2011年7月10日写定

2014年3月16日再改

# 牵强附会，矛盾百出

## ——评张永红先生《〈聊斋志异〉作者蒲松龄命运不济的风水之谜》

对于蒲松龄屡试不第、一生坎坷的原因，不少专家学者著文分析，虽然未必完全中肯，却也各有道理。最近读到张永红先生《〈聊斋志异〉作者蒲松龄命运不济的风水之谜》，尽管叙述得“有根有据”，却总觉得用封建迷信的论据来解释，实在牵强附会，令人难以置信。

张永红先生说：“蒲松龄故居的山东淄川地区有两条河交汇，一是‘孝妇河’，传说是为纪念一位孝顺媳妇而得名；二是‘般水’，九曲十八弯与‘孝妇河’汇合。然而，两水汇合后‘匆匆北下’入海，形成南高北低的大地势格局。按中国风水学‘形法’说法，蒲松龄命运不济，首先就是因为淄川的‘形法’属于‘凶格’。”

照张先生的“凶格”理论，淄川范围的文人都应当因着“凶格”影响而偃蹇一生才是。其实大不然：明嘉靖三十八年

(1559)成进士、任浙江道监察御史的王君赏，隆庆五年(1571)成进士、官至大理寺左寺丞的王晓，万历五年(1577)成进士、任礼部仪制司主事的张敬，万历八年(1580)成进士、右佥都御史巡抚浙江的高举，万历二十三年(1595)成进士、通政使司左通政王盂震，万历二十九年(1601)进士、文渊阁大学士的张至发等人，都辉煌了一生。既然淄川的“形法”属于“凶格”，那就应当是“凶”及所有的淄川人，为什么偏偏“凶”在蒲松龄身上，而在其他人身上不起作用?

除了“淄川的‘形法’属于‘凶格’”之外，张先生又分析了蒲松龄故居的风水：

> 蒲松龄故居，坐北向南偏西，即癸山丁向。因大地势原因，形成了蒲松龄故居北低南高，东高西低，宅形格局……中国风水学有“前高后低，长幼昏迷；后低前高，一生奔逃”之忌。昏迷——并非病态，而是指执着而不明智的精神状态。奔逃——并非逃亡，而是指奔波劳禄，背井离乡。
>
> 由蒲家庄东大门进入蒲家庄的呈S形的曲径，按《水龙经》原理，这种曲水可以有效防止“直泄水”的散气。可见，蒲家先民还是注意运用了风水知识矫正地势。但不幸的是，当曲径经过松龄故居门前时，正赶上“反弓”水，而不聚气。可见，主人在世时家业已不景气。蒲家世代读书，却与仕途无缘，人生坎坷与蒲家地势风水成对应关系，不能说是一种巧合。

看来张永红先生还确实对蒲家庄的地形、蒲松龄纪念馆的位置做过仔细的研究，所以对街道、宅院的描述都符合实际。可惜他不了解的是，现在蒲松龄纪念馆包括故居，并不是蒲松龄的家！所谓“北院正房三间，为蒲松龄的诞生处和其书房‘聊斋’”之说，那些对蒲松龄一知半解的人才会相信。试想，蒲松龄25岁时兄弟分家，他分得的是“农场老屋三间，旷无四壁”，以后随着儿女的成长，陆续修造，才“半亩荒园屋渐稠”，“诞生处”与“聊斋”哪里会是同一座房子呢？蒲氏家族年长的人都知道，现在的“故居”，既不是蒲松龄诞生的“北房”，也不是他生活过的“聊斋”，而是他的九世孙居住过、又经政府重修而成的。蒲松龄的故居到底在哪里？已经没有人说得清了。张永红先生的一番论证，只不过是望风捕影罢了。

2012年12月23日

# 蒲松龄？孙树百？

重门洞豁见中藏，意气轩轩更发扬。

他日勋名上麟阁，风规雅似郭汾阳。

这首《树百问余可仿古时何人？作此而答之》的七言绝句，被不少专家学者在述及蒲松龄生平时所引用。如侯岱麟先生在《蒲松龄与王士祯》一文中说："有一日，孙蕙问蒲松龄：'你可仿得哪一位古人？'蒲松龄作诗回答说：'重门洞豁见中藏……风规雅似郭汾阳。'"（见《读书》1979年第6期）马瑞芳先生在她的《讲聊斋》中也说："有一次孙蕙问他，你想仿效古时候的什么人啊？他回答：'有朝一日我的名字能上凌烟阁，气派像汾阳王郭子仪。'"连蒲松龄故居导游词中，也说"蒲松龄是抱着'他日勋名上麟阁，风规雅似郭汾阳'的宏图大志，但是由于各种因素的制约，始终未能如愿。"

这是对蒲松龄诗的误解。

理由之一：蒲松龄虽然19岁曾以县、府、道三试第一进学，"文名藉藉诸生间"，但到十余年之后的康熙九年

(1670)去宝应县为孙蕙做幕僚，依然是一袭青衿。“年来憔悴在风尘，貂敝谁怜季子贫”(《寄家》)的蒲松龄面对29岁已成进士的孙蕙，奢谈自己“风规雅似郭汾阳”，岂不是天大的笑话？别说是蒲松龄，换作任何人，也不可能这样狂妄无知。

理由之二：退一步说，如果蒲松龄真的口出狂言，将自己比作郭子仪，那么“赖有孙阳怜瘦骨”，同情、关照自己的孙蕙，又该以谁相比？难道比作皇帝不成？这是绝不可能的。

所以会造成这一误解，问题出在这首诗的题目标点上。“树百问余可仿古时何人作此答之”，既可以标点为“树百问余：‘可仿古时何人？’作此答之”，也可以标点为“树百问：‘余可仿古时何人？’作此答之”。准确的标点应当是后者，即“孙树百问：‘我可以仿效古时候的什么人啊？’(我)写了这首诗来回答他。”这里的“余”，即指孙树百自己。蒲松龄对同情、关照自己，跻身官场又有所作为的孙蕙，称颂其前程无量，会像郭子仪那样建功立业，是十分合乎情理的。

即使诗题照前者标点，其中的“可仿古时何人”也有两种可能，即“你(指蒲松龄)可仿古时何人”抑或“我(指孙蕙自己)可仿古时何人”，并不一定非指蒲松龄不可。

又：赵蔚芝先生的《聊斋诗集笺注》中对此诗的注释说：“这首七言绝句是作者在宝应为回答孙蕙的询问而作的。作品赞美了孙蕙胸怀坦荡、意气轩昂的性格特点，并勉励他像郭子仪那样立功成名。”这一说法才是符合实际的。

# 无烛，抑或无月

笔者幼时读《聊斋志异》，对《考城隍》篇中“有花有酒春常在，无月无灯夜自明”两句诗虽然不理解，却觉得很美，因此留下了很深的印象。后来读到上海古籍出版社 1979 年版的铸雪斋抄本《聊斋志异》，发现该篇中这两句诗是“有花有酒春常在，无烛无灯夜自明”，“无月”变成了“无烛”。又读盛伟先生《聊斋全集·聊斋志异·考城隍》，句中也是“无烛无灯”。再读任笃行与马瑞芳二位先生主编的《全本文白对照聊斋志异》，同篇诗句又成了“无月无灯”。

到底是“无烛”，还是“无月”？

据《铸雪斋抄本聊斋志异·出版说明》，“乾隆十六年(1751)，历城张希杰根据济南朱氏殿春亭抄本过录了一个本子，是为《铸雪斋抄本聊斋志异》。殿春亭抄本是雍正元年(1723) 根据蒲松龄的原稿本抄录的”。那就是说，“无烛无灯夜自明”是蒲翁原著；然而马瑞芳先生在《全本文白对照聊斋志异》的“代序”中说：“任笃行先生多年来一直进行聊斋版本研究，对‘三会本’出版后发现的各种聊斋新抄本进行了仔细的研究和考定，根据各种有价值的抄本，考定出一个新校本……比起前此所有的本子都更准确。”那就是说，“无月无灯”才是“更准确”的。

看来，从现有的《聊斋志异》版本中解决“无烛”和“无月”孰正孰误的问题，是有些困难了。

既然如此，我们不妨凭个人的理解，来比较一下二者孰优孰劣。

曾在媒体上看到过，有人赞同“无烛无灯夜自明”，理由是“没有蜡烛，没有灯火，有月亮普照才能看到光明；如果没有了月亮，又没有灯火，还明什么明?”

这话说得实在。

然而说这“实在”话的人，显然是不懂诗的，因为诗不是客观事实的写照。

我们先看出句“有花有酒春常在”。这一诗句的意思是说，只要有鲜花、有美酒，无论什么季节，感受也如同春天一样。很明显，这“有花有酒”的“春”，并不是时令中的春季，而是诗人心底的一种感受。如果有人质疑说，“夏日炎炎，秋风萧瑟，严冬酷寒，即使有了花、有了酒，也绝不会是‘春天’!”这肯定会成为诗坛笑料。

再来看对句。如果写作“无烛无灯夜自明”，解作“虽然没有灯火，没有蜡烛，只要有明月照耀，夜也是光明的”，景象倒是写实了，却完全没有了内涵，也就不成为诗了。再看“无月无灯夜自明”。没有月亮、没有灯火的夜本来就是黑暗的，为什么还要说“夜自明”呢？这恰恰是“诗眼”所在——一个人，只要心地光明，他眼前的世界永远是光明的，与外界是否光明并无关系！这也才与出句相应。

如果结合《考城隍》篇的内容再做进一步的探讨，“有花有酒春常在”可以看作是外在条件对人的影响，即可以改变人的客观感受；而“无月无灯夜自明”，却又表明，客观条件只能改变人的感受，却不能改变人的本性的。这完全符合《考城隍》篇的旨趣。

可见，“无月无灯”远胜于“无烛无灯”。

# 《画皮》果真是“画皮”

据关德栋、车锡伦先生所著《聊斋志异戏曲集》的《序言》介绍，当蒲松龄的《聊斋志异》第一个刊本（青柯亭本）出版不久，即有聊斋戏出现了；到清末，已知的聊斋故事被改编成杂剧、传奇的约有20种；到了近代，京剧和各种地方戏曲中改编、上演的聊斋戏估计在150种以上。改革开放之后，聊斋影视、戏曲的改编、上演，更是呈现一派百花齐放的局面。特别是今年新版电影《画皮》的上映，更是引起空前的轰动。正是在这轰动中，笔者产生了一点疑惑，在与朋友们的交流中，也引起了一些共鸣，想在此提出来，请专家们指正。

媒体在关于新版电影《画皮》的报道中称该片是“改编自传统名著《聊斋志异》的新东方魔幻巨制”，该片宣传营销总监真鉴对记者表示：“《聊斋志异》是我国传统文化的一朵奇葩，而电影新版《画皮》则是在忠于原著故事和原作者创作理念的基础上创新改编的。”

笔者想探讨的是，新版电影《画皮》是不是“忠于原著故事和原作者创作理念”？这样的作品能不能叫作“改编”？

大家都知道，《画皮》是《聊斋志异》中的经典篇目。即使没有读过《聊斋志异》的人也了解其故事情节：王生遇到一个恶鬼变成的美女，将其领回家中，“乃与寝合”。后来他不听妻子的劝告，不听道士的警告，以致被恶鬼裂腹摘心，在此不再赘述。那蒲翁的创作理念是什么呢？蒲松龄在该篇末的“异史氏曰”中也说得很明白：“愚哉世人！明明妖也而以为美。迷哉愚人！明明忠也而以为妄。”这正如著名评书家陈士和老前辈在他的评书《画皮》中借市上疯颠乞人之口所唱的：“叹世人，多不悟。明明伤人虎，却当多情妇。当面人，转面鬼，笑在脸，凶在腹。一朝露出真面目，可怜开膛又破肚。从今改前非，孺子还可恕。”也就是说，这篇故事的创作理念是讽喻世人观察事物要看其本质，不要为其表面现象所迷惑的。

那么我们来看一看新版电影《画皮》的故事情节：先是“英雄救美”：大将军王生救出了正在害人的妖狐小唯。再是王生的感情在妻子和妖狐之间犹豫、徘徊；继之是妖狐被王生与妻子真挚的爱情所感动，遂幡然悔悟，用自己的生命成全了王生与妻子的爱情！至于新版电影《画皮》的创作理念呢，新华社记者黄艳的文章说得很中肯：“看得出导演陈嘉上想要在电影中抒发‘以家庭和亲情为重’的道德观。”

这十分清楚地告诉人们，无论是故事情节，还是创作理念，新版电影《画皮》与蒲翁《聊斋志异》中的《画皮》相去何止十万八千里！无怪有的媒体直言不讳地说：“影片所讲述的故事无论内容还是立意都和原著相去甚远。”（新华社记者黄艳）“电影《画皮》只能说借用了《聊斋》的名而已，其实是一个彻头彻尾的爱情故事。”“剥去新版《画皮》的‘皮’，我们看到一个温暖的、充满现代感的爱情故事。”（《鲁中晨报》记者尹珂、王兵）

可见，新版电影《画皮》借用的只是《聊斋志异·画皮》的“皮”，其内容与创作理念与蒲翁已经没有任何关系了！

与之相类似的，还有淄博市改编上演的五音戏《云翠仙》。《云翠仙》也是《聊斋志异》中具有典型意义的篇目：主人公梁有才是个轻薄无行，受赌徒的怂恿而欲卖妻为娼的卑鄙小人，结果受到狐妻的惩罚。蒲翁写此故事的意旨在鞭笞梁有才一类见利忘义之人的同时，提醒人们：“故以善规人，如赠橄榄；以恶诱人，如馈漏脯也。听者故当省，言者可勿戒哉?”再看五音戏《云翠仙》的剧情：狐狸仙子云翠仙路遇贫生梁有才，遂生爱意，自媒自嫁与其成婚。恶少赵世虎见云翠仙貌美，便设下圈套，欲将其霸占。狐家姐妹闻讯后，便变作了云翠仙的模样，进入赵府大闹花堂，恶徒被惩罚，云翠仙与梁有才又重归美满生活。无须比较即可看出，故事情节与原著同样是毫无相同之处，立意也与原著风马牛不相及，不过是沿袭了传统戏曲的老套罢了。

新版电影《画皮》与五音戏《云翠仙》的上演，对于熟悉《聊斋志异》的人来说，会觉得改编者是在借蒲翁和《聊斋志异》来装点门面，蒙骗观众；对于不熟悉《聊斋志异》的人来说，则肯定是一种误导：原来蒲松龄的《画皮》和《云翠仙》竟是这样！

我们不妨再来看一看古人是怎样改编聊斋戏的。清代西泠词客编写了一出杂剧叫作《点金丹》，单从剧名无论如何也看不出它与《聊斋志异》有什么关系，但是从剧中的书生由做官的鬼亲作媒娶狐妇为妻，书生因口无遮拦，惹怒贵公子，被诬陷强奸杀人入狱，狐婢充作妓女接近正德皇帝，诉明冤情，得以昭雪的情节，人们就会知道这杂剧是改编自《辛十四娘》。

关于聊斋戏的改编，巩武威先生在《论“聊斋戏”的改编》（载《蒲松龄研究》2004 年第 3 期）中概括为三种情况：一是遵循原著的改编，如《胭脂》《姊妹易嫁》；二是以主要人物为出发点，重新增删组合，突出主要人物的命运并有所突破，如据《劳山道士》改编的《王七学道》、据《仇大娘》改编的《祯姑》；三是不同的篇目合而为一，如蒲翁自己根据《商三官》《席方平》改编的《寒森曲》。巩武威先生的分析是很中肯的。

我们就拿这三条改编原则来衡量一下新版电影《画皮》和五音戏《云翠仙》：第一，不是遵循原著的改编；第二，不是不同篇目糅合而成。那么这两出戏是不是“以主要人物为出发点，重新增删组合，突出主要人物的命运并有所突破”的改编呢？据笔者的理解，所谓“突破”，是在保留原著中“人物命运”的基础上有所突破。那渔猎女色的王生成了坐怀不乱的柳下惠，吃人的恶鬼成了充满爱心的仙狐，无情无义的市井之徒梁有才得到了美满的爱情。这样是非颠倒的改编，人们能承认是“突破”吗?

笔者并不是想评价新版电影《画皮》与五音戏《云翠仙》的优劣，质疑的是把这种只保留原著之名，而内容与原著毫不相干的作品，称作“改编”，能不能让人信服。

2008年12月15日

# 训诂名物

# 《聊斋俚曲》中“您”字的音和义

在蒲松龄的《聊斋俚曲·磨难曲》中，有多处使用了“您”字。您，据《现代汉语词典》的解释是“nín 人称代词，你（含敬意）”；《汉语大字典》的注释是“nín 代词。1. 同‘你’。2. 今为‘你’的敬称”。而在淄川方言中，并无“nín”这一读音。因此，讨论一下“您”字在《聊斋俚曲》中的音和义，是有必要的。

先以盛伟先生所编《聊斋俚曲集·磨难曲》为依据，看下列几例“您”字的用法。

例一　这一干奴才都是该死的！马知县也该砍头的！暂且上刑收监，伺候下夹棍，到过午时夹您这奴才们。（第554页）

例二　一伙少年衙役都商量说：“现官不敌现管，咱趁着如今不干个时道，更待何时？况且咱会方娘子一面也好。”便应声道：“小的们就去。”老马说：“您到是中用的。到那里定把方氏拿来。”（第585页）

例三　骂只骂您太不贤，依仗着您哥是个官。任拘你势力怎么大，破上一死不怕天。不怕天，嗄相干，骂到你明年又明年。(第606页)

例四　娟娟，你快起来，一大些人来拿您爹爹来。(第633页)

例五　奴才们听，奴才们听：你和您那小畜生，不但说是没冤仇，并不知他名和姓。(第633页)

例六　您那达，您那达，听的您大叔来了家，到是诈钱还不妨，满口里说那欺心的话。央及他，央及他，话儿把人活气煞！就是您达那老乌龟，心头火也按不下！(第633页)

例七　你若能插上官花，你若能戴上乌纱，那时才压的仇人下！您爹您爹的样发达，他自然就来归家。我儿不用你心牵挂。(第639页)

例八　俺这里已经数日，那杨蕃领兵二十万，并不敢前来，落的俺金银美人，抢来快活。请您二位王爷来这里吃酒。(第696页)

例九　合庵回头说道："您都听着，爹爹说的极是。我也是谨守父训，不敢教子弟浮华。"太公说："您都散去，我待休息休息。"(第704～705页)

分析以上各例句，可知"您"字的语义有三：例一、例二、例九中的"您"字是指"你们"；例三中的第一个"您"字是指"你"；例三中的第二个"您"字，例四、例五中的"您"字，例六中的4个"您"字，例七、例八中的"您"

字，意思都是“你的”。

所有例子中，“您”只有一例同“你”，却无一处表示“‘你’的敬称”！

那么在淄川方言中，表示“你们”“你的”的词是什么，怎样读呢？

熟悉淄川方言的人都知道，表示“你们”，读音为 ngén。如：ngén 还不走，俺可待走嗹！（意为“你们”还不走，我们可要走了）。表示“你的”，读音为 ngén 或者 ngén ~（~表示韵母 én 拖长）。如：乜不是 ngén 老师啊，你咋还不做声呢？（那一个人不是你的老师吗，你怎么不和他说话呢）；这堆地瓜是俺唵，那一堆才是 ngén ~嗹。（这堆地瓜是我的，那一堆才是你的）。

实际上淄川人在把 ngén 变成书面语言时，往往写成“恁”字。笔者记得，中华人民共和国成立前后上小学时，村里的老教师在教学时总是把“您”字读成 ngén，这便是极好的说明。《汉语大字典》对“恁”字的注释“（二）nín 你；您”。“您”“恁”相通，正说明蒲翁在《磨难曲》中使用的“您”字，与淄川方言中的“恁”是一致的。

山东师范大学文学院张俊阁先生在《近代汉语第二人称代词“您（恁）”的来源》中说道：“金元时期是汉语与阿尔泰语接触融合的时期，其间汉语第二人称代词‘你’在领属格的位置上，受阿尔泰语领属格辅音词尾一的影响发生了鼻音音变，即‘你’由［ni］→［nin］因而出现了借音字‘恁’和新造字‘您’。”“变化后的‘您（恁）’也多用于领属格（属格又称为领属格、生格、所有格，表示任何事物的领属关系，回答‘谁的、什么的’等问题）。”从上面所列举《磨难曲》中“您”字的用法，与张俊阁先生的论述完全相符。

从以上分析可知，《聊斋俚曲》中的您字，读音就为ngén，其语义根据语境不同可分别表示：1. 你。2. 你们。3. 你的。而其中以表示“你的”为主要用法，绝无现代“‘你’的敬称”之意。

2011年7月14日

# “⿱艹𦐇”字析

在电脑上写读书笔记，想键入《聊斋志异·青凤》篇中“⿱艹𦐇耳辑首”，但其中的“⿱艹𦐇”字打不出来，遂到互联网上查，想从别人输入的《青凤》中粘贴下来。结果“⿱艹𦐇”字没查到，却意外发现这句话的不同版本，摘录于下。

（一）一则皇急道上，望见生，依依哀啼，阘耳辑首，似乞其援。生怜之，启裳衿提抱以归。（《古代文学》考试样题）

（二）一则皇急道上。望见生，依依哀啼，翦耳辑首，似乞其援。（《聊斋志异选》插图本）

（三）一则皇急道上，望见生，依依哀啼，葛耳辑首，似乞其援。（网文·一鸣扫描，雪儿校对）

（四）望见生，依依哀啼，? 耳辑首，似乞其援。生怜之，启裳衿，提抱以归。（网文）

（五）一则皇急道上，望见生，依依哀啼，毾耳辑首，似乞其援。生怜之，启裳衿提抱以归。（刘福新《〈聊

斋志异〉蹇涩字词试解》)

（六）一则皇（通“惶”）急道上。望见生，依依哀啼，塌耳辑首，似乞其援。生怜之，启裳衿，提抱以归。

原文注云：塌耳辑首：垂耳缩头，畏惧驯顺而又有所期求的样子。塌，此为鄙人所采用同音近义的借字，文中原字为“䕫”，《中华大字典》注此字：“托盍切，音榻，合韵。草名，可作布。见《集韵》。”或其引申之意为下垂貌。辑，敛，缩。（瓢饮沧海博客《聊斋志异·青凤》小注）

（七）一则皇急道上。望见生，依依哀啼，耳辑首，似乞其援。（盛伟编校《蒲松龄全集》，学林出版社1998年版）

（八）一则皇急道上。望见生，依依哀啼，翕耳辑首，似乞其援。生怜之，启裳衿，提抱以归。（袁健、弦声校点《聊斋志异》，齐鲁书社1997年版）

我们再对以上所摘录的语句中对“䕫”字作分析：

第一，写作“阘”字。

阘，音tà。【名】1. 楼上小户。2. 门楼上屋。阘，门楼上屋。——《广韵》。3. 门上横梁。门上梁谓之瑂，瑂谓之阘。——《营造法式》。4. 长狭而低的坐卧用具。后作“榻”。【形】1. 庸碌；卑下。2. 垂貌。也作“塌”。

第二，写作“翦”。

翦，音jiǎn。1. 斩断；除去。2. 消灭；削弱。3. 剪刀。4. 用剪刀铰。5. 删除。6. 挥动；扑打。7. 谓两手交叉。8.

量词。用于花枝。9. 通“践”。10. 通“浅”。11. 姓。

第三，写作“葛”。

葛，音 gé，1. 多年生草本植物，茎可编篮做绳，纤维可织布，块根肥大，称“葛根”，可制淀粉，亦可入药（通称“葛麻”）。2. 表面有花纹的纺织品，用丝做经，棉线或麻线等做纬。音 gě，姓。

第四，写作“?”。

显然是无法键入而以问号代替。

第五，写作“毾”。

毾，音 tà，有花纹的细毛毯，如“又有细布、好~~”。

第六，写作“塌”。

原文已有说明。

第七，只有“耳辑首”。

估计亦为不能键入所致。

第八，写作“翕”。

翕，音 xī。【动】1. 闭合；收拢。2. 聚集。3. 顺从。4. 变动。【形】1. 和好；一致。2. 盛。翕，盛也。——《广韵》3. 迅疾。

我们再来看《青凤》文中“蓊耳辑首”的意思。任笃行、马瑞芳主编的《全本文白对照聊斋志异》中翻译为“抿耳缩头”，显然是正确的。再比较上面对八种表述的分析可以看出，其中“蓊”“葛”“毾”都是毫无道理的；而“阘”字可作“垂貌”解，“翕”字可作“闭合；收拢”解，基本符合句中原意；实事求是的只有第六种，虽然用了同音字替代，解释却是清楚的。

铸雪斋抄本《聊斋志异》（上海古籍出版社 1979 年版）该篇该处为“蓊”。盛伟编校《蒲松龄集》（学林出版社 1998 年版）该篇该处亦为“蓊”。盛本曾以半部手稿本、康熙间抄本及青柯亭本等版本校勘，可以认定，“蓊”为当初蒲公原用字。

“蓊”字，《中华大字典》注此字：“托盍切，音榻，合韵。草名，可作布。见《集韵》。”若说“或其引申之意为下垂貌”，实属牵强。蒲翁当年为何用此字，不得而知。揣测情理，倘用的是“阘”字（繁体为“闒”），则不可能误为“蓊”；倘用的是“翕”字，则误为“蓊”字似有可能。

孰对孰错？仅仅推测而已。

2013 年 1 月 15 日

# 说“狐”

偶与王一千先生谈及《聊斋志异》，王先生说：“《志异》中所说的狐，极可能不是狐狸，而是‘黄鼬’，即黄鼠狼。”

王先生的话引起笔者的注意，遂先搜集关于黄鼠狼和狐的资料，结果如下：

黄鼬（学名 Mustela sibirica）：俗名黄鼠狼，因为它周身棕黄或橙黄，所以动物学上称它为黄鼬。体长 250 ~ 390 毫米，形体细长，四肢短。颈长头小，可以钻很狭窄的缝。尾长约为体长之半，尾毛蓬松。背部毛棕褐色或棕黄色，吻端和颜面部深褐色。鼻端周围，口角和额部白色，杂有棕黄色。身体腹面颜色略淡，尾部与背部同色。肛门腺发达。

又：黄鼬身体修长，四脚短小，是世界上身子最柔软的动物之一。因为黄鼬的腰软善曲，可以穿越狭窄的隙缝。

狐：哺乳动物的一属，形状略像狼。毛赤黄色，性狡猾多疑，遇见攻击时，肛门放出臭气，乘机逃跑。

又：它形状略像狼，面部较长，吻尖、尾长、尾毛蓬松。

《辞海》：哺乳纲，犬科。体长约 70 厘米，尾长约 45 厘米。

再翻《聊斋志异》，重点寻找其中关于“狐”的细节描述。摘记搜寻结果，并把狐、黄鼠狼相关资料比较整理如下：

一、“窃意，无乃压狐耶？微窥之，物大如猫，黄毛而碧嘴，自足边来。”“言次，物忽缩其腹，细如管，几脱去。翁大愕，急力缚之，则又鼓其腹，粗于碗，坚不可下。”（《捉狐》）

比较结论：此“压狐”为黄鼬无疑。

二、“忽阴晦，巨霆暴作，一物大于猫，来伏身下，展转不离……弟必大贵，此狐来避雷霆劫也。”（《小翠》）

比较结论：此“狐”仅“大于猫”，亦似黄鼬。

三、“扉后有瓶，每闻妇翁来，狐辄遁匿其中。”（《狐入瓶》）

比较结论：狐能“入瓶”，就其大小而言，非狐，当为黄鼬。

四、“会清明上墓归，见小狐二，为犬逼逐。其一投荒窜去；一则皇急道上，望见生，依依哀啼，葛耳辑首，似乞其援。生怜之，启裳衿提抱以归。”（《青凤》）

比较结论：能“启裳衿提抱以归”，亦当为黄鼬，如为狐，“启裳衿提抱以归”则不可能。

五、“狐惊痛，啼声吱然，如鹰脱韝，穿窗而去。”（《伏狐》）

比较结论：能“穿窗”（旧时房屋的窗棂之间距仅五六厘

米），符合黄鼬之体征，故仍为黄鼬。

六、“一更向尽，闻穴中戢戢然，似数十百人作耳语。众寂不动。俄而尺许小人，连遻而出，至不可数。……惟遗一小髻如胡桃壳然，纱饰而金线，嗅之，骚臭不可言。”（《小髻》）

比较结论：形体大小、数量、发髻大小之描述，皆似黄鼬而非狐。

七、“女随手而变，黑色如狸。众大骇，海石掇纳袖中……问：‘此何物？’曰：‘亦狐属。吸人神气以为灵，最利人死。’”（《刘海石》）

比较结论：从能“纳入袖中”看，是黄鼬非狐。

八、“一夕共话，忽墙头苏然作响，其声甚厉。张异之，胡曰：‘此必家兄。’张云：‘何不邀来共坐？’曰：‘伊道业颇浅，只好攫鸡啖，便了足耳。’”（《胡四相公》）

比较结论：登墙头，攫鸡啖，正是黄鼬习性。

九、“场中积麦穰如丘，家人日取为薪，洞之。有狐居其中，常与主人相见，老翁也。”（《河间生》）

比较结论：居于柴草洞中，亦黄鼬习性。

十、“启关出视，血点点盈阶上；墀中有小狐首数枚，大如碗盏焉。”（《周三》）

比较结论：狐首“大如碗盏”，亦似黄鼬。

十一、“俄顷，见金甲神降于其家，狐方在室，颜猝变，现形如犬，绕屋嚎窜。”（《牛同人》）

比较结论：“形如犬”，此当为狐。

从比较结果可以看出，蒲松龄《聊斋志异》中所描写的狐，并非单单指狐，不少情况下是指的黄鼬，亦即黄鼠狼。

2010 年 2 月 27 日

# 热糟·热槽

《聊斋俚曲·墙头记》第二回，王银匠上场时有几句词是：“生着一炉火炭，手拿一把铁钳，热糟长放在炉前。”句中的“热糟”是什么？蒲邹本的注释是“热酒”。

火炭、铁钳，都是干银匠活所必需的，这“热酒”放在炉边是干什么用的，不禁令人生疑：难道当银匠的都要一边干活，一边喝酒不成？为此，笔者访问过几位长者，都说不出个子丑寅卯来。

2008 年 12 月 15 日，笔者特意去淄川新亚商场拜访一位专门加工金银首饰的师傅。师傅姓林，南方人。笔者向他提出了“热糟”的问题，因为口音不同，他听不明白。笔者把问题写在纸上让他看，他明白了，说：“不是‘热糟’，是‘热槽’，用铁做成的，是用来制作各种首饰的一种模具。现在制作工艺改进，已经不用了。”原来是“热槽”，一种制作首饰的模具，而不是“热糟”——笔者终于明白了，向林师傅表示了感谢。

为了验证一下林师傅的答案，走出新亚商场，笔者又转到淄洪路上，由消防队西去不远处，找到另一家加工金银首饰的门头。店主是一位妇女，比较年轻，笔者有点失望。既然来了，也得问一问。但是一把问题说明，她立即从橱子下边取出一盒“热槽”：确实是铁制的，近 1 厘米厚，上面有凹形首饰花纹。她说：“制作金银首饰时，要先将金银熔化，再将其捶扁，然后放在‘热槽’上捶成带花纹的成品。由于制作工艺的改进，现在这些热槽都不用了。因自己的手艺是祖传，所以还保存着这些玩意儿。”笔者说起曾请教过林师傅。“老林那里是没有的。”她说。

至此，问题完全解决了：王银匠是将“热槽”长放在炉边，而传抄者误将“热槽”写成了“热糟”。

**附** 文章写成之后，笔者又看到 2009 年 4 月 1 日《淄博日报》刊登刘培国先生的《探寻淄博老手艺之三 · 最后的博山银匠》一文，文章写到当年博山庆祥银楼总经理，八十八岁的刘衍升“也只有在工作之余的闲暇，看着那些支撑了刘姓家族艰苦生存的银活工具，熔化金银的陶瓷坩埚、塑形的铁槽、锻打金器银器的铁砧、拔丝用的撕车”。

文中“塑形的铁槽”，显然就是“长放在炉边”的“热槽”，进一步证明“热糟”显系“热槽”之误。

2009 年 4 月

# 撮猴

李万鹏先生《〈禳妒咒〉中的“要猴子”》（载《蒲松龄研究》2008年第3期）一文中写道：蒲松龄先生的著作中，多处提出过要猴，其中《日用俗字·僧道章》说：“撮猴、挑影唱淫戏，傀儡场挤闹熏腾。”这是有“康熙甲申岁（1704）正月自序”年代可考的记载，与西周生《醒世姻缘传》互相参照，可见明末清初淄川一带猴戏的普及和相似。

应当指出的是，蒲松龄先生《日用俗字·僧道章》中“撮猴、挑影唱淫戏”的“撮猴”，并非如李万鹏先生所说的“要猴子”，而是指“撮布猴”，即木偶戏。

撮，在淄川方言中有“上举”的意思，如“大怪二怪三铃铛，把他爷来撮到墙头上”。表演木偶戏的人，都是把木偶人物“撮”高进行表演（淄川一带无提线木偶戏）。又因表演的节目中多有孙悟空即“孙猴子”这一形象，如《猪八戒背媳妇》《大闹天宫》等，所以当地百姓都把木偶戏称作“撮布猴”。中华人民共和国成立初期，还不时有“撮布猴”

的艺人到村里演出。

作为驯兽表演的“要猴子”，在淄川也时有所见，其称呼正如《禳妒咒》中所叙述的，在“猴”字前加一“要”字，而不加“撮”字。

2009年2月18日写成

2009年9月2日修改

# 稷下

不少人谈起或注释蒲松龄的《地震》一文，都认为清康熙七年（1668）发生郯城大地震时“蒲松龄在临淄其表兄李笃之家做客”。有的则更确切地说蒲松龄的表兄李笃之“居住的临淄齐都镇刘家庄，稷下学宫的遗址就位于此”。

这一说法是错误的。

发生地震时，蒲松龄不是在临淄，而是在济南。

蒲松龄诗文中的“稷下”“稷门”都是指的济南，而并非临淄。济南自北魏称齐州，唐天宝元年（742）改齐州为临淄郡，五年（746）又改为济南郡（见《历城县志》）。后遂以“稷下”“稷门”代指济南。许多专家论证过这个说法，如曲阜师范大学郭丽和云南民族学院李金玲的《蒲松龄笔下的稷下与稷门》一文［载2003年5月《山东理工大学学报（社会科学版）》］所说，“蒲氏生活的时代，齐地的政治文化中心早已不是临淄而是济南。他使用过去指代齐国都临淄的‘稷下’‘稷门’移代济南。”蒲松龄《再到济南，喜箬儿入泮》诗中“再到稷门菊尽霜，风催荷梗冻银塘”明确说明到“稷门”即到济南。从蒲松龄的其他涉及“稷下”“稷门”的诗中“迎秋坠粉莲房老，掠水风来草阁寒”“年年作客芰菱乡”“野水浮荷绿满塘”，也可以看出是描写济南的。

另外，还有一点重要的证明。我们知道，蒲松龄所写的地震发生的地点是在郯城。而蒲松龄在《地震》一文中写到“忽闻有声如雷，自东南来，向西北去”，根据地理位置判断，只有在济南才能感觉到地震是“自东南来，向西北去”，如果在临淄，则感觉到的将会是“从南来，向北去”。

2009 年 2 月 18 日写成

2009 年 9 月 2 日修改

# 砂挼子·逆行虫

笔者年轻时读冯镇峦评《聊斋志异》，记得在《孙生》篇中有冯氏评语曰：“挼挼草中虫置枕中，亦令男女相悦。”“挼挼草中虫”为何物？不得而知。

日前笔者偶翻《本草纲目》，于卷四十二虫部发现一种名为“砂挼子”的虫，又称“倒行狗子”或“睡虫”。唐朝的陈藏器解释说，这种虫“是处有之。生砂石中，作旋孔。大如大豆，背有刺，能倒行，性好睡”；其功效为“生取置枕中，令夫妇好合”。笔者觉得这不就是冯氏所说的“挼挼草中虫”吗？这种虫笔者应该是见过的。遂搜检旧时日记，终于查到。

那是1972年夏天，笔者在太河水库当民工。水库大坝主体工程基本告成，总干渠开始动工，我们寨里公社的民工奉命到北马鹿村去打山洞。从水库搬迁到北马鹿，房子还没有找好，我们暂时住在河滩上修辛大铁路的民工遗留的工棚里。当时笔者的日记中有这样一段记载：

## 六月六日　晴

在工棚东边和公路之间，是一片树林，洋槐、青杨高低参差，组成一道绿色的屏障。林间是一片砂地。晚饭后，我们来到这片砂地上，研究前天发现的一种我们称之为“逆行虫”的小虫。

树下的砂地上，有许多漏斗状的小坑，坑有小枣那么大，粗粗看来，好像下雨时树叶上连续滴落的水滴，在砂上砸出来的。每个小坑里都有一个小虫。小虫的身体呈砂色，尖尖的小头上长着长长的、弯弯的两根刺。当有蚂蚁或者其他小虫落进这些小小的漏斗坑的时候，它立即从坑底砂里钻出来，把刺刺入虫蚁的身体，虫蚁很快便会死去，做了它的美餐。

这虫有个特点，它不会向前走，只会倒行，它很容易就能倒着钻进砂里去。它的头很有力，并且有弹性。我们故意用砂把它的小坑填平，它就会用它的头一点点地把砂弹出来，重新造出一个小坑。建立小砂坑是它赖以捕食的手段：匆匆而行的虫蚁极容易滑入坑中，四周细小松动的砂粒，又使它们无法逃出。为了捕捉更多的小虫，逆行虫们都把坑挖在树下，好坐守那些从树上落下来的小青虫。

逆行虫平时总是藏在坑底的砂内，当它觉察到有猎物落入坑中时，它才急速地用头把砂弹开，出来捕食。它的这一特性，也使它极容易上当：我们可以用细草棒轻轻搔动它坑中的砂粒，把它引出来。

这种从没听说过，更没见过的家伙到底叫什么，没人知道。

对照《本草纲目》上的叙述，这“逆行虫”无疑就是砂挼子。不过这种虫正如《本草纲目》所述，是生在砂子中，并非如冯镇峦所言为“挼挼草中虫”，不知是冯氏所言有误，还是另有所指。

四十多年了，不知马鹿村边的淄河滩上，还有没有这虫？

# 释疑正误

# 端的何处是“聊斋”？

蒲松龄的一部《聊斋志异》，让人们对“聊斋”产生了兴趣。先是在蒲松龄故居修复之初，老前辈路大荒先生认为故居之“北堂屋三间，相传即是‘聊斋’”，从而题写了“聊斋”木匾，悬于故居北房，至今犹在；去年蒲松龄研究年会上，孙方之先生在《蒲学圣地西铺》一书中提出了新的观点：“聊斋”不在蒲家庄，而是在西铺；之后，孙青云先生又在《淄博晚报》上撰文《聊斋新议》，进一步为“聊斋”在西铺一说提供了证据。

笔者读过《蒲学圣地西铺》《聊斋新议》二文之后，觉得有些论据还稍显牵强，尚有继续探讨的必要。

《蒲学圣地西铺》认为，“聊斋”不可能在蒲家庄而应该在西铺，论据之一是“‘聊斋’顾名思义，为闲聊之斋也，须大户人家才可能设”，而蒲松龄“只分得‘先祖农场荆棘蒿莱中仅存老屋三间’，居所简陋，无兴致也无条件设‘聊斋’”。

其实，“斋”，就是屋子，常用于书房、商店的名称（见

《现代汉语词典》相关注释)。因为是“屋子”即可谓“斋”，故未必只有大户人家才能设。至于蒲氏的“老屋三间”，是其兄弟析箸时的事，迨至后来，儿孙渐长，岂能总是“老屋三间”？从蒲氏的诗作中可以看出，戊辰年（1688）即有“绿屏斋”建成，诗中且有“半亩荒园屋渐稠”之句；丁丑年（1697）又建成“面壁居”，以后还又建成“磊轩”。因而孙方之先生“有何兴致和条件设‘聊斋’”之说是不能让人信服的。

《聊斋新议》一文中又引用《石隐园诗草》髯痴的诗句“石隐园林妙，聊斋在此传。奇观多志异，大笔显柳仙（柳仙，当为留仙——笔者注)。毕宅开筵第，蒲公脱稿年。至今般水上，称道主人贤”，来证明“聊斋”就在毕府。然而，细品该诗，其中“聊斋在此传”句只能理解为《聊斋志异》一书在此传留、传播，并不能成为“聊斋”就在毕府的证据。

至于《蒲学圣地西铺》书中所述的“现年八十五岁的毕正亭是‘聊斋’的见证者。他童年时，曾见过‘万卷楼’旁有座砖房，门额上有砖雕篆书‘聊斋’二字”，《聊斋新议》一文中述及“毕聿德老人说：‘聊斋’就在石隐园内，我亲眼见过”，也都未必可信。单从其一说在“万卷楼”旁、一说在“石隐园内”的相互矛盾，也可以看出，老年人的记忆有时也可能出现失误。据毕际有的《石隐园记》中所云：“石隐园先少保公所构也。园在第后……”蒲氏在《读书石隐园，两餐仍赴旧斋》一诗中所写的“两餐往返足二里，归去汗浃如流水”都明白地告诉我们，石隐园与住宅区相距有程，不可能有个“聊斋”既在“万卷楼”旁，又在“石隐园内”。况且生于1895年的路大荒先生年龄要比毕正亭大20多岁，作为资深的蒲学专家，多次到过西铺，如果真有一座题额“聊斋”的房舍存在，他岂有不知道的道理？

我们还可以从蒲松龄本人角度来分析。他虽然一生没有做过官，但也算是淄川地区的文化名人，也有些身份，依他的性格和处世态度，是断不肯将主人家的书斋“据为己有”，而以之给自己的作品命名，并当作自己的别号的。

可见，“聊斋”在西铺一说，缺少可靠根据。

“聊斋”是否在蒲家庄呢？我们也可以从蒲松龄的诗作中找到一些线索。

其一，蒲氏的诗作《聊斋》中云：“聊斋野叟近城居，归日东篱自把锄。”“青鞵白帢双蓬鬓，春树秋花一草庐。”《斗室》一诗中又云：“聊斋有屋仅容膝，积土编蓬面壁居。”“怪我趁食三十年，辜负此君殊可惜。”从中不难看出，蒲氏涉及“聊斋”的，都是写的蒲家庄，而在西铺所写的诗中均不见有“聊斋”一说。其二，最能说明问题的是蒲氏题作《聊斋作》一诗。据专家们认为可信度最高的《聊斋偶存草》记录，该诗写于甲寅年（1674），亦即康熙十三年，此时蒲松龄尚未去西铺毕家坐馆。既然此时已有“聊斋”，“聊斋”当然不会在毕家而在蒲家庄了。

# “聊斋”是“聊天的茅亭”？

《咬文嚼字》2005年第6期刊载了任水湖先生的《古代书名十二问》一文。文中的第十一问是：“清朝的《聊斋志异》是一部谈狐说鬼的小说集，你知道其中的‘聊斋’是什么意思吗？”之后在第7期对这一问题给出的答案是：“《聊斋志异》的作者蒲松龄在科举场中屡试不第，于是潜心创作。他在路边搭建茅亭，取名为‘聊斋’，内设茶水，过路人只须讲讲故事、传闻，或聊聊天，便可免费享用。蒲松龄将听到的奇闻异事，整理成文。‘聊斋’就是‘聊天的茅亭’。”

“聊斋”就是“聊天的茅亭”？这种说法有什么依据？

出现这种说法，显然是受邹弢的《三借庐笔谈》影响：“作此书时，每临晨携一大磁罂，中贮苦茗，具淡巴菰一包，置行人大道旁，下陈芦衬，坐于上，烟茗置身畔。见行道者过，必强执与语，搜奇说异，随人所知；渴则饮以茗，或奉以烟，必令畅谈乃已。”然而这一说法经不起推敲：蒲松龄家境贫寒，“薄产不足自给，故岁岁游学，无暇治举子业”，妻子刘氏为一家人糊口计，以至于“丰年时将野菜挑”（见蒲箬《清故显考岁进士、候选儒学训导柳泉公行述》）。他要教书借以养家糊口，又要准备科举考试，还要挤时间写作，哪里有去路边设茶听故事的福气呢！

故邹氏之说，虽在民间广为流传，却早为众多蒲学专家否定。鲁迅先生在其《中国小说史略》中亦称其“则不过委巷之谈而已”。

我们再来查一查《现代汉语词典》：斋，“屋子，常用于书房、商店的名称”；亭子，“盖在路旁或花园里供人休息用的建筑物，面积较小，大多只有顶，没有墙”。那么退一步说，即使蒲松龄偶尔有暇道旁设茶，也断不会将“只有顶，没有墙”的亭子当作他的书房的。

“聊斋”是什么？在蒲松龄的长孙蒲立德为《聊斋志异》写的《跋》中说得很明确：“《志异》十六卷，先大父柳泉先生著也。先大父讳松龄，字留仙，别号柳泉。聊斋，其斋名也。”（见盛伟编《蒲松龄全集》，学林出版社 1998 年版，第 936 页）20 世纪 50 年代蒲松龄故居修复之初，据蒲学专家路大荒先生考证，故居之“北堂屋三间，相传即是‘聊斋’”，从而题写了“聊斋”木匾，悬于故居北房，迄今犹存，凡到蒲松龄纪念馆参观者，都会见到。① 道听途说之语，须认真考证其真实性，否则以讹传讹，贻误后人。

---

① 此说亦不确。详见《聊斋诗里觅“聊斋”》篇。

# 施愚山是王渔洋的门人吗?

伊丕聪先生在他著的《一代诗坛领袖王渔洋》一书中谈及:“蒲松龄字留仙,别号柳泉居士,以其《聊斋志异》扬名,因号聊斋先生。由于王渔洋门人施闰章是蒲氏老师,因自居晚辈。”在附于《纪念王渔洋诗词选》后的《王渔洋先生年表》“顺治十三年丙申”条中,伊先生也有“诗友施闰章(渔洋门人)抵历下,任山东学政”的记载。

施闰章是王渔洋的门人吗?这个说法值得商榷。

据相关资料记载,施闰章生于明万历四十六年(1618),王渔洋生于明崇祯七年(1634),施比王年长15岁;施顺治六年(1649)中进士,顺治十三年(1656)已任山东学政,而王顺治十二年始中进士,可见,施既不可能受业于王,王也不可能是施的房师。

对此,桓台陈庆爱先生的十六集电视连续剧文学剧本中的看法也可佐证:

施闰章:“这就已经委屈了王大人了!王大人乃戊戌

年殿试二甲进士，按旧例，应留任京官，可朝廷也是朝令夕改，偏巧从戊戌科二甲以下全改授外任，岂不是委屈了王大人？”

徐、陈、余皆连连颔首。

王渔洋赶紧岔开话题：“咱们诗友难得一会，不谈这些。”

余怀站在下首：“也是。还未坐呢！快都入座。王大人请上坐，你们三位分长幼坐定，如何？”

王渔洋：“还是悉按长幼为妥，施公年龄最长，应为上座……”

施闰章：“还是王大人上坐……”

王渔洋：“施公在我未殿试之前，您就任山东提学使，论起来，我该是施公门生辈上的人呢！”

施闰章：“王大人折煞我也！不敢当，不敢当……”

关于施闰章与王渔洋的关系，最近从“中华诗词论坛”上看到一篇文章，很能说明问题。文章相关内容是这样说的：“王渔洋身上有个例子，可以看出高官与诗坛的关系。施愚山年纪比王渔洋大十六岁，诗名早著，而且据我看，诗才也远过王氏。可是看看王氏对施氏的记述：‘己未在京师，登堂再拜，求予定其全集。’这话出在他的《池北偶谈》，我从《清诗史》里抄来的。这位长者要向后辈‘再拜’，我不知道他拜时心里想些什么。王氏的态度倒是清楚的，他受之无愧，甘之如饴，完全没有惭愧之情，而视为当然之事。从中国的传统来讲，尊老是基本的行为规范，即便迫于时势、权位，施氏非得向他再拜，他在事后作记录之时，也不该宣扬。正常的做法是，别谈这事的细节。可是王氏完全没有考虑到这些，而得意扬扬地记下来了。这个心态可以说明当时诗界如何受制于官位了，受制得王氏都不觉得那是违背常情的了。”

这段话，更充分说明，施闰章不会是王渔洋的门人。

# 谁是原创?

族叔喜章打电话告诉我，赵怀珍兄发现“有志者，事竟成，破釜沉舟，百二秦关终属楚；苦心人，天不负，卧薪尝胆，三千越甲可吞吴”这副对联的作者并非蒲松龄，其原创乃是明代人胡寄垣。

笔者从小就听大人们说这是蒲翁的励志联，怎么成了胡寄垣的？可是仔细想来，说是蒲松龄的，根据又在哪里？翻路大荒前辈的《蒲松龄集》，没有查到；翻盛伟先生的《蒲松龄全集》，也没有查到。

为了弄个究竟，到“百度”搜索，有了以下几种结果。

——“有志者，事竟成，破釜沉舟，百二秦关终属楚；苦心人，天不负，卧薪尝胆，三千越甲可吞吴”，这是清代小说家蒲松龄撰写的读书联，说的是西楚霸王灭秦和勾践卧薪尝胆灭吴。为表达读书创作《聊斋志异》不达目的不甘休的意志与决心，他用项羽大破秦兵和勾践灭吴雪耻的史事来激励自己，鼓舞自己。

——这是蒲松龄在自己后期的科举考试屡次不中、落魄至极之际，亲自写下的励志自勉联。开始时它是刻在铜尺之上的，后悬置于书房……整副对联气势磅礴、催人奋进，引用了史上非常著名的两个典故，一个是楚霸王项羽破釜沉舟灭大秦，另一个是越王勾践卧薪尝胆吞吴国。蒲松龄以此联激励自己，终于以一部《聊斋志异》名垂青史。

但是这并不能作为证据，只能是一种“说法”，因为这些言论没有出处。

再查，就有不同的说法了。

——这副大家很喜欢的名联，都以为是清代著名文学家蒲松龄的原创，连篇累牍的引用都说成是蒲松龄的书斋联、书案镇纸励志联，令人深信不疑。

究竟谁是这副著名的脍炙人口的对联的作者呢？

——刘曙光的《“有志者，事竟成”一联的作者到底是谁》（载《语文建设》2006 年第 6 期）一文说，据清人邓文滨的《醒睡录》记载，“有志者，事竟成……”这副对联是明朝人胡寄垣写的。《醒睡录》中有这样一段话：“吾邑前明孝廉胡寄垣初入学，试下等，愤甚。即登楼读书，不下梯者三年，自题联云：‘有志者，事竟成，破釜沉舟，百二秦关终属楚；苦心人，天不负，卧薪尝胆，三千越甲遂吞吴。’后数年遂中。”

——《山西日报》2004 年 8 月 23 日载：《喻世明言》其中录“题书斋联——有志者事竟成，破釜沉舟，百二秦关终属楚；苦心人天不负，卧薪尝胆，三千越甲可吞吴。〔作者〕

胡寄垣，明代人，生平事迹不详”。

——此联在民间广为流传，影响甚大，传说作者亦甚多，一说为金正希作，一说为蒲松龄题镇纸铭联。清人邓文滨《醒睡录》笔记，作者为明人胡寄垣。

邓文滨是何许人呢？网络上介绍说：“邓文滨为清道光年间黄梅籍秀才，书法严谨稳健，大气恢宏。黄梅诸多名胜、山岩，均留有他的书刻。《申报馆丛书》中刊有邓文滨著《醒睡录初集》。”

金正希什么样的人呢？网络上有这样的记载：“金正希，即金声，崇祯初成进士。清兵南下，率众据险抗清，恢复了安徽的宁国等县，不久清兵大至，战败被捉，于弘光元年（1645）被害。余曾读吴恭亨《对联话》，其中记载：‘金又有题书室联云：破釜沉舟，百二秦关终属楚；卧薪尝胆，三千越甲定吞吴。精气四射，咄咄逼人。后日之起兵与清军战，此联即其张本。’”可见金正希是作者也不是空穴来风。

吴恭亨的简历也可以查到：吴恭亨（1857—1937），字悔晦，湖南慈利人。近代古文家、诗人，南社社员。以游幕、教读为业，能诗文，工联语。曾任进步党慈利县主任干事、《慈利县志》总纂。所著《对联话》，上承梁章钜《楹联丛话》，保存了道光年间至民国初年不少名人的联作，有较高的史料价值。另有《悔晦堂对联》《悔晦堂丛书》等。

对以上材料加以比较，我们可以看出：

第一，说蒲松龄为原创的，虽然没有在蒲翁的著作中找到原始的记载，后人却是“连篇累牍”地引用，也就是说可以见诸后人的文字中。

第二，说是胡寄垣原创的，也并非在胡的著作中查到，也是见诸后人邓文滨的《睡醒录》记载。

第三，说是金正希原创的吴恭亨，又比邓文滨晚几十年，也只是见于他的《对联话》中。

第四，如果在明冯梦龙编著的《喻世明言》中确实有"题书斋联——有志者事竟成，破釜沉舟，百二秦关终属楚；苦心人天不负，卧薪尝胆，三千越甲可吞吴"，那原创绝不会是蒲松龄而可能是胡寄垣了，可是翻遍《喻世明言》，也没有找到这副对联的踪迹。

由此可见，蒲松龄说、胡寄垣说、金正希说同样是见于后人记载，缺少第一手资料，难做定论。

"有志者，事竟成，破釜沉舟，百二秦关终属楚；苦心人，天不负，卧薪尝胆，三千越甲可吞吴"的作者问题，还有待后人解决。

# 蒲松龄故居坐落位置释疑

某一版九年义务教育初中教材《中国历史》第21课《清朝文化（三）》中，插入一幅蒲松龄画像。文字说明为“蒲松龄（1640—1715），山东淄川人。他的故居坐落在山东淄博市淄川区蒲家庄的南北大街上……”可是，凡到蒲松龄故居参观过的人都知道，故居的大门位于贯穿蒲家庄东西两门的东西大街路北，郭沫若先生题写的“蒲松龄故居”墨底金字匾额悬于大门上方，与教材中坐落在“南北大街上”的说法不一致，造成部分师生的迷惑。

是否教材有误？笔者以为有必要据实说明。

事实上现在人们到蒲家庄参观的是“蒲松龄纪念馆”，而蒲松龄故居只是其中的一部分。进馆北行，穿过两道砖砌角门进入的第二重院落，才是蒲松龄先生故居。其大门便在两角门之间，东向，沿纪念馆东院墙外北行三十米便可从外面看到，现在经常关闭。路大荒先生曾著文说明：蒲松龄的故居在淄川县城东八里蒲家庄北巷内，东向大门一间，北堂屋三间，相传即是“聊斋”。（该文发表在 1954 年 2 月 28 日《光明日报》，后收入《蒲松龄年谱》。）后来故居扩修，改为从现在的大门出入，郭沫若先生题写的匾额也移了过来。

可见，蒲松龄故居确实坐落在现北街上（实为北巷，当地人称“胡同”），教材上的说法基本上是正确的。

# “王渔洋给蒲松龄提供原始资料”辨

盛伟先生在《蒲松龄与王渔洋》（见孙勃等主编《聊斋拾粹》，山东文艺出版社1990年版，第179页）一文中说，王渔洋“经常给蒲松龄提供原始资料，这对蒲松龄写《聊斋志异》有不少帮助。《聊斋志异》中的《龁石》《侠女》《林四娘》《五羖大夫》《小猎犬》《妾击贼》《王者》，都是根据王渔洋《池北偶谈》中的故事改写而成”。

袁世硕先生《蒲松龄与王士禛交往始末》（见袁世硕《蒲松龄事迹著述新考》，齐鲁书社1988年版，第195页）中说，王士禛“撰成于康熙二十八年冬之《池北偶谈》，又采摭了《聊斋志异》数篇，载于卷二十六之《小猎犬》，篇末注明了：‘事见蒲秀才松龄《聊斋志异》。’”袁文中又引用于盛庭、李时人《〈聊斋志异〉与〈池北偶谈〉》一文中的话说：“王士禛《五羖大夫》《贤妾》《心头小人》《天上赤字》《小猎犬》五篇，同在《偶谈》卷二十六，且依次排列。它们与《聊斋》对应的篇目，不仅题材内容相同，连标题、语句也大多相同，应该说它们是同出于《聊斋》的一组作品。其最后一篇《小猎犬》说‘事见蒲秀才《聊斋志异》’一句，很可能是当时几篇抄在一起最后的说明，并非仅指《小猎犬》一篇。”袁世硕先生在书中又说王士禛“读了《聊斋志异》中的《邵士梅》篇，便批曰：‘邵前生当为栖霞人，与其妻三世为夫妇，事更奇也。高东海（邵士梅之前生）以病死，非瘐死，邵自述甚详。’”

从袁世硕先生引证的资料可以看出，《聊斋志异》与《池北偶谈》中的相同篇目，有的是二人就所闻所见各自写出，有的是蒲文在先、王文在后，故盛伟先生所说王渔洋“经常给蒲松龄提供原始资料”、《龁石》《侠女》《林四娘》等篇“都是根据王渔洋《池北偶谈》中的故事改写而成”之说便显得根据不足了。

# 《〈聊斋俚曲集〉歇后语汇释》辨正

读了吴庆峰、张金霞二位先生的《〈聊斋俚曲集〉歇后语汇释》一文，收获颇丰。正如二位先生所言，“歇后语有极强的时间性、地域性”，“二百多年后，事过境迁”，许多歇后语让现代人读起来，确实不好理解。吴、张二位先生的文章，对广大读者阅读《聊斋俚曲集》提供了很大的帮助，但是也正因为时间的变迁、地域的不同，致使文章中也出现了一些表述不明甚至错误之处，兹列举数条如下，与二位先生共商。

**原文1　艾焙子灸着那连连骨——疼着他那脚后跟了**

**【原注】**……连连骨是长在身体上边，离脚后跟很远，所以“艾焙子灸着那连连骨”歇“疼着他那脚后跟了”。

**【辨析】**“连连骨是长在身体上边，离脚后跟很远”的解释，并没有说明哪块骨头是“连连骨”。这会让人觉得是从“疼着他那脚后跟了”逆推而得出“离脚后跟很远”。用“果”来推“因”，不能把问题讲清楚。

**【正解】**连连骨就是胫骨，即在小腿内侧，从前面能摸到的这块骨头。它的外侧分布着足三里、上巨虚、条口等重要穴位。因为它显露在小腿前面，因而被灸时脚后跟不会感到疼痛。故“艾焙子灸着那连连骨”歇“疼着他那脚后跟了”。

**原文6　草蛤蜊缝至行头里——成了个憨蛋**

**【原注】**草蛤蜊，疑是苍耳的果实，圆形，有刺，扎人。行头，泛指衣服。所以“草蛤蜊缝至行头里”歇“成了个憨蛋”。

**【辨析】**理解这一歇后语，必须先弄清楚什么是“行头”和“草蛤蜊”。“行头”，就是“毬”，今作“球”。《辞海》注释：“即‘鞠’。古代的游戏用具。以皮为之，中实以毛，蹴踢为戏。”草蛤蜊，用麦秆或其他较柔软的草秆搓成绳，然后编成直径20厘米左右的环状物，用来垫在饭锅下面，使其稳定并防止烫坏桌子的用具（旧时饭锅多为半球状底）。

**【正解】**草蛤蜊，用草编制成的垫锅用具。行头，即球。古时的球不充气，内实以毛发。如果将草蛤蜊填充在球里，球没有弹性，不容易踢起，故“草蛤蜊缝至行头里”，歇“成了个憨蛋”。

**原文7　拸塑匠两口子扎春牛——忙着那忙哩**

**【原注】**拸塑匠，即扎彩匠。春牛，打春用的土牛。……这种春牛后亦用纸扎。打春以后，农忙开始，所以“拸塑匠两口子扎春牛”歇“忙着那忙哩”。“忙着那忙”是说正忙着那春牛哩……

**【辨析】**既是“立春前一日用土牛打春”，那一定在立春之前就把春牛做好了，用“打春以后，农忙开始”说明“拸塑匠两口子扎春牛”歇“忙着那忙哩”，便无道理。后文“‘忙着那忙’是说正忙着那春牛”也没有说出理由来。

**【正解】**“忙着那忙”的第二个“忙”字，实为“牤”，“牤”意为公牛，也可泛指牛。“忙着那牤”，指正在忙着扎春牛。故“移塑匠两口子扎春牛”歇“忙着那忙哩”。

**原文9　吹鼓手吊下驴来——回头朝下哈哈**

**【原注】**吹鼓手，吹喇叭的。喇叭有大有小，大喇叭吹起来声音是“哈哈哈”的。所以“吹鼓手吊下驴来”歇“回头朝下哈哈”。“回头朝下”，自然“哈哈”不起来。其实际意思是，我们这些人都要吃大亏，倒大霉。

**【辨析】**注文说“吹鼓手”是“吹喇叭的”，不确切。吹鼓手吹的是唢呐，喇叭只是唢呐中较大的一种；“回头朝下”自然“‘哈哈’不起来”也不确切，因为回头朝下吹唢呐也能吹出声音来。

**【正解】**吹鼓手，指吹唢呐的。淄川方言管吹唢呐叫“吹哈哈”。吹鼓手从驴上掉下来，弯腰向下吹，就像送葬的孝子弯着腰“哈叭老天”地哭一样。其实际意思是（若不是马知县重金贿赂了军门臧品），大家都免不了受刑，被枷打得哭天嚎地，如丧考妣一般。

**原文17　二月二的煎饼——摊了**

**【原注】**煎饼的制作，先磨出糊子，再把糊子倒在烧热的鏊子上，用刮板在鏊子上抹平抹薄，这就是“摊”。这里用摊煎饼的“摊”谐软摊的“摊”（今字多作“瘫”）……

【辨析】只解释了摊煎饼的“摊”，没有说明为什么是“二月二”的煎饼才“摊了”。

【正解】旧时过年（春节），家家都办下足够的“干粮”，即蒸下馒头、蒸包，摊下煎饼。正月里人们走亲访友，看戏看灯，不再办“干粮”。直到正月二十几，最晚月底，办下的干粮都吃完了。一出正月，家家都必须再办干粮。而一般家庭的主食都是煎饼，所以“二月二的煎饼”才歇“摊了”。

**原文28　净了包袱的线匠——没零卖，发了纩子了**

【原注】……从字面上说，“发了纩子”，是指连线纩子也卖给人家了。这里实际是指李氏又打又骂，发狂了。

【辨析】纩，当为桄，指绕线的工具，亦指在桄子上绕好取下来成圈的线。卖线，不会连绕线的工具也卖掉。

【正解】包袱里的线一点没剩地卖完了，一定是成“纩子”地批发给了买主。所以“净了包袱的线匠”歇“没零卖，发了纩子了”。意思指李氏狠狠地揍了张讷一顿：“一把抓过来，那小腚上打了四五十下。”

**原文29　酒坛淌出糟来——鼓了袋子了**

【原注】……如果“酒坛子淌出糟来”，那就是“鼓了袋子”，“就坏了”。

【辨析】什么是“鼓了袋子”？“酒坛淌出糟来”与“鼓了袋子”有什么关系？没有解释清楚。

【正解】“鼓了”，就是“胀破了”。自己酿酒，都要用布袋将酒糟过滤出来。装酒糟的袋子被酒糟胀破了，酒糟就淌出来了。所以“酒坛淌出糟来”，歇“鼓了袋子了”。意思同“露了馅”。

**原文40　犸虎咬着老羊——吃下他下半截，他也是不做声的**

**【原注】**犸虎，指虎、狼一类凶猛的野兽。《聊斋俚曲集·磨难曲》第二十三回：“淌里洋来淌里洋撞，马虎好似狼。”所以，“犸虎咬着老羊”歇“就吃下他下半截，他也是不做声的”……

**【辨析】**淄川方言中，犸虎就是狼，并非也指老虎，见《淄川方言·动物》。《磨难曲》中的“马虎好似狼”，是一种插科打诨的玩笑语言，并不表示犸虎与狼是两种动物。据说绵羊在受到野兽或人的侵害时，不会叫唤。故“犸虎咬着老羊”，歇“吃下他下半截，他也是不做声的”。

**原文58　日的还不走开——装亲生的**

**【原注】**“日的”与“亲生的”在某些方面有相似之处。故“日的还不走开”歇“装亲生的”。

**【辨析】**“日的”是“狗日的”简化说法，与“亲生的”无任何相似之处。否则，后文中张春说李虎“我每日想着你这日的”便讲不通。淄川风俗，父母去世，只有子女才能进入“灵屋”哭悼死者，故有一个歇后语“扎着孝带子钻灵屋——装亲生的”，可与此歇后语相参照。

**【正解】**（张春拉着张鸿渐流泪不舍，解差骂他）像死了父母一样在灵棚里痛哭不肯离开，故“日的还不走开”歇“装亲生的”。

**原文83　鞋里加楔子——好揎**

**【原注】**“硼”今作“碰”。“揎”今作“楦”。“楦”是木制的鞋楦子，做鞋面所用的模型。所以，“鞋里加楔子”歇“好楦”。“好楦”谐“好悬”，意思是好危险。现代汉语还这样说：“再往下滑一步就掉到山涧里去了，好悬!”

**【辨析】**“揎”与“楦”不同。“楦”指鞋楦，亦称“楦头”，《辞海》注释为：“楦鞋子用的木制模型。朱骏声《说文通训定声·乾部》：‘苏俗谓之楦头，削木如履，置履中，使履成如式，平直不皱。’”可见，“楦”是鞋子做完以后，置入其中，使鞋子样式符合要求、外表平整美观的模型，并不是“做鞋面用的”。“揎”，意指推顶、碰撞。如《磨难曲》第二十三回接此歇后语之后，就有（王丙说）“你唱完了，方待问候，就被你揎了这么一头”一句，其中的“揎”字明显为“碰撞”意。故“好揎”谐音“好悬”，意思是“好危险”之说是不成立的。

**【正解】**鞋里加上木楔子，将鞋楦紧，使之更加平整美观，故称“好楦”。“楦”谐音“揎”，意思是说你结结实实地碰了我一头。

**原文84　新女婿闪了腰——你疼我不疼**

**【原注】**闪，因颠仆、侧转或用力过猛而扭动筋络。新人做爱，新女婿兴奋，即使“闪了腰”，也不觉得疼。所以“新女婿闪了腰”歇“你疼我不疼”。这里，李先生把自己当成“新女婿”，把王丙当成新媳妇，所以王丙骂他“放屁么”!

**【辨析】**“新人做爱，新女婿兴奋，即使‘闪了腰，也不觉得疼’”，所表示的是“新女婿闪了腰，他自己不觉得疼”，与“你疼我不疼”无任何关系，故此说不通。再者“闪了腰”与做爱也无必然联系。

**【正解】**新婚夫妇和和美美，新女婿闪了腰自然是疼的，而新媳妇出于关心，必然也要心疼，故“新女婿闪了腰”歇“你疼我不疼”。这里的“你疼我不疼”是用反问来强调“我也疼”，应加问号。《磨难曲》原文中“每哩你疼我不疼哩”，正就是说王丙与李先生的头狠狠地碰在一起，王丙说“好疼好疼”，李先生说“难道你疼我就不疼”之意。

**原文86　腌坏的螃蟹久不吃——脐子都沙了**

**【原注】**……“沙了”意思是散了。这里是说小哥见了江城的面，又旧情勾起，魂灵都沙了……

**【辨析】**“脐子沙了”“魂灵都沙了”，脐子就等于魂灵？关键要先弄清“脐子”表示什么意思。

**【正解】**因为人们从脐子的尖、团可以识别螃蟹的公母，从而认为脐子就是螃蟹的生殖器官。继而衍生出用“脐子”暗示人的性器官。例如淄川方言歇后语有“碌碡郭子战战——脐子的症候”，即贬指人有性要求，要寻求异性。“沙了”，有“散了，失去控制”之意。意指高蕃见了江城风骚的样子后，心猿意马、情迷意乱的神态。

# 蒲邹本《聊斋俚曲集》注释辨误

不少专家学者对蒲松龄《聊斋俚曲集》中的方言土语做过注释，但是由于生活的地域、环境、时代不同，即便多方搜求，潜心研究，出现错讹的现象也是屡见不鲜。蒲先明老兄及邹宗良先生注释的《聊斋俚曲集》也不例外。笔者出生在与蒲家庄相去二里的莪庄，长期生活在农村，并务农十余载，自小耳濡目染，对家乡的方言比较熟悉。在对蒲邹本《聊斋俚曲集》的注释反复推敲后，觉得还有不少条目需要订正。兹列于下，与诸方家共商。

1. 干粮　《墙头记》第一回注 39

**【原注】**山东方言，“面干粮”的省称，即馒头。

**【辨误】**干粮，相对于黏粥、饭（淄川方言中将“稀饭”称作“饭”，例如说“喝饭”，指的是喝“稀饭”，与吃饭的“饭”意义不同）等含水分较多的食物而言，指较干的主食，包括煎饼、馒头、面单饼及窝头等，并非单指馒头。即使“面干粮”，也不仅是馒头，还有面饼、锅饼等。

2. 落了草　《墙头记》第一回注104

**【原注】** 这里是落到地上、失去了地土家产等依靠的意思。

**【辨误】** 落了草，指小孩刚出生（旧时生孩子，产妇身下垫谷草）。原文“落了草怎不把头砸烂”，意思是对这样不孝顺的儿子，倒不如一生下来就把他弄死。

3. 热槽　《墙头记》第二回注65

**【原注】** 热酒。

**【辨误】** 槽，应为“槽”。热槽，一种制作首饰的模具，铁制，近1厘米厚，上面有凹形首饰花纹。制作金银首饰时，要先将金银熔化，然后将其捶扁，再放在“热槽”上捶成带花纹的成品。由于制作工艺的改进，现在制作金银首饰已经不用“热槽”了。

2009年4月1日《淄博日报》刊登刘培国先生的《探寻淄博老手艺之三·最后的博山银匠》一文，文章写到当年博山庆祥银楼总经理，八十八岁的刘衍升“也只有在工作之余的闲暇，看着那些支撑了刘姓家族艰苦生存的银活工具，熔化金银的陶瓷坩埚、塑形的铁槽、锻打金器银器的铁砧、拔丝用的撕车……”文中“塑形的铁槽”，显然就是“长放在炉边”的“热槽”，进一步证明“热槽”显系“热槽”之误。

4. 使捶搒　《墙头记》第三回注41

**【原注】** 搒（音pēng，方言音hāng）：……

**【辨误】** 搒，方言音hēng，非hāng。蒲松龄《日用俗字·铁匠章第十三》有“夹来红铁大锤搒”句，“搒”字下注有“亨”音。从原文“他虽然大不通，到底是你的兄，怎使的按倒使捶拷”的韵脚来看，也应读 hēng 而不可能读 hāng。

5. 背了鞅　《墙头记》第四回注 60

**【原注】**背了鞅（音 yāng）：山东方言，遭殃，受到连累。这里是说被人认为因为有人借了钱不还，以致家中窘迫，把殡葬的事弄得不像样子。背，同“被”。鞅，“殃”的借字。

**【辨误】**鞅，读去声。牛拉犁或拉车时，拉绳要拴在木制曲尺形的“索头”上，索头安放在牛的脖子上，再用皮条绕过牛脖子的下边，将索头固定，此皮条称作“鞅”。牛在拉犁或车前进时，受力的是索头。如果索头偶尔偏离了牛脖子，鞅转到了牛背上，叫作“背了鞅”。此时如果牛用力向前拉，则“鞅”就会被拉断，牛就跑了。背了鞅，这里是指“不承认”“不服约束”“溜了”的意思。

在 20 世纪六七十年代，笔者每当春秋两季都要用牛给生产队耕地，对此甚为熟悉。

6. 吆喝　《姑妇曲》第一段注 34

**【原注】**山东方言，大声训斥。

**【辨误】**吆喝，大声说话（未必是训斥）。如《锔大缸》中有“吆喝一声锔破了”，《红灯记》中有“吆喝一声磨剪子来镪菜刀”。

在《姑妇曲》中系指训斥。

7. 翻贴门神　《姑妇曲》第一段注 82

【原注】把门神有图像的一面朝里贴在门上。明清时期多流行武将门神，其中又以秦叔宝、尉迟恭二门神流传最广，所绘相貌皆刚狠猛恶。翻贴门神虽可掩其猛恶，但连其形象也不见了，这里比喻陈珊瑚左右为难、动辄得咎的生活处境。

【辨误】门神的贴法是有讲究的：秦叔宝在右，尉迟恭在左，二人侧身相对，把守大门。所谓翻贴门神，并不是将“有图像的一面朝里贴在门上”，而是将秦叔宝贴在了左边，尉迟恭贴在了右边，这样关上门时，二人的脸就相背了，就如同二人闹了矛盾一样，所以才有了歇后语“翻贴门神——不对脸”，或者“翻贴门神——左右难”。

8. 吷嗤　《姑妇曲》第三段注 51；《慈悲曲》第一段注 62

【原注】吷音 jué。山东方言，向外挖土。吷，“掘”的借字。“嗤”，语气词，无义。（《姑妇曲》）吷，音 xuè。吷嗤吷嗤的，形容用力的样子。吷嗤，山东方言中的象声词，用力气时从口鼻中发出的声音。（《慈悲曲》）

【辨误】《慈悲曲》的注释基本正确。但是“吷”不读 jué，也不读 xuè，而读 quē。它是象声词，也可以形容人跑步的声音，如“他吷嗤吷嗤跑来了”。在《姑妇曲》中“两口子吷嗤了半日”，是形容二成和臧姑费了半天力。

9. 獇虫　《姑妇曲》第三段注 80

【原注】獇（音 cóng，方言 sóng）虫：山东方言，孱种，傻笨无能的东西。獇，在方言中用为“孱”的借字。

【辨误】“獇音 cóng，方言 sóng”是不正确的，獇音

sǒng，方言 sóng，但它不是“屣”的借字。屣，意为“鞋”，与语义不符。其实鲨是髹的借字。“髹”，按《汉语大字典》的注释：音 sóng，方言。精液。引申为骂人（或动物）的粗鲁话。在淄川方言中，髹又常常读作 xióng，故而在书面语言中又多写作“熊种”“熊包”“熊货”“死熊”等，其意思与“鲨虫”相同。

10. 攲下　《慈悲曲》第二段注 22

**【原注】**攲（音 qī）下：背靠着东西斜躺。这里指躺下。

**【辨误】**攲，淄川方言不读 qī 而读 qiē。攲下，就是躺下，与攲的原意“倾斜”“歪”无关。

11. 阄　《翻魇殃》第三回注 38

**【原注】**阄（音 jiū）：……

**【辨误】**阄，淄川方言中不读 jiū，而读 qiū。

12. 侃　《翻魇殃》第四回注 7

**【原注】**偘（音 kǎn）：同“侃”，憨直，不知道动动心思的意思。

**【辨误】**偘，读 pín。原文“仇大郎你好偘，没钱使难住人”是【耍孩儿】调，首句即入韵，也证明“偘”字不应读 kǎn 而读 pín。偘，形容人猥琐，不豁达大度。

《禳妒咒》第十六回出现的“偘”字义同此。

13. 大利月　《翻魇殃》第六回注 40

**【原注】**大吉利、诸事合宜的月份。

**【辨误】**原注不确。大利月是指男女结婚最吉利的月份，按女方的属相来推算：正七迎鸡兔，二八虎共猴……即正月和七月是属鸡、属兔的女性结婚的大利月，二月和八月是属虎、属猴的女性结婚的大利月，等等。

14. 挺着脚　《寒森曲》第七回注 4

【原注】也说挺着脚子。山东方言，迈着步，走着。

【辨误】挺着脚，指人死了，挺了尸。

15. 皴　《蓬莱宴》第四回注 2

【原注】皴（音 cūn）：这里是因做活而使皮肤粗糙的意思。

【辨误】皴，淄川方言不读 cūn 而读 qūn。皴，其意同“皲”，同是指皮肤因寒冷、干燥而破裂。蒲松龄《日用俗字·疾病章第十九》有“擘皴磨眼不相干”句，“皴”字下注音即为“逡”。皴，皲的异体字。

16. 象象帕　《穷汉词》注 44

【原注】这里指把铜钱捏在手里转圈。象，山东方言，转的意思。帕，“磨”的借字，等于说圆圈。

【辨误】象，判断、猜测。帕，手巾，这里指包裹银钱的布包。原文“象象帕颠颠块”是说“猜测一下包裹的大小，再掂量一下每块银子的分量”。

17. 騷　《穷汉词》注 55

【原注】騷音 fán……

【辨误】騷，《汉语大字典》注音为 fán，但是淄川方言读 fàn，故有时写作同音的“嬎”字。嬎，音 fàn，方言指禽类下蛋。如《蓬莱宴》第一回：“老鸹落在兽头边，燕子头上去嬎蛋。”

18. 落操　《快曲》第三联注 14

【原注】落空的意思。操为附字，无义。

【辨误】操，不好、差。如《禳妒咒》第十六回“汉子没服就把泼名来挂，这一样降法真是操”。落操，此处指射箭水平落到极差的地步。

19. 将将着　《禳妒咒》第三回注 22

【原注】山东方言，携着手。

【辨误】将，读 jiāng 时，意为“携着手”，方言称“将着帮（帮，读去声）”；此处当读 jiàng，意为肩膀向上抬。将将着，小孩分腿骑在大人的脖子上，让大人用肩膀扛着。所以原文中才有“江城又说：‘俺在这肩膀上站着罢。’”

20. 存烟　《富贵神仙》第四回注 13

【原注】谐“存掩”，掩藏，不明白表露。

【辨误】“关上门烧湿柴火”是个歇后语，歇的是“有意存焉（烟）”。指的是方二爷处处存心找机会揭发马知县的罪状，与掩藏无关。

21. 过付　《磨难曲》第四回注 3

【原注】打官司时，通过受官府信任的亲信把贿赂银子交付内衙称作“过付”。

【辨误】双方交易，由中介人经手交付银钱或货物，即为“过付”。未必与“贿赂”有关。

22. 脖儿齐　《磨难曲》第四回注 31

【原注】这里是大家一齐出头，即共同出面的意思。

【辨误】脖儿齐，意为砍头。淄川方言中有“一刀一个脖儿齐”的说法。原文“纵然衙门无公道，出上一个脖儿齐”，是说即使军门枉法，豁上砍头就是了。

23. 弦子　《磨难曲》第十二回注1

**【原注】**山东方言，指拉弦乐器中的二胡。

**【辨误】**淄川方言中的“弦子”指三弦，并非二胡。从原文中的“抱着弦子”的“抱”，也可以看出应当是三弦而不是二胡。

24. 下番　《磨难曲》第二十三回注6

**【原注】**下班，不当值。这里是没有生计的意思。

**【辨误】**下番，亦作“下翻”，指家庭败落。与“下班”“不当值”无关。

25. 芦庄板　《磨难曲》第二十三回注7

**【原注】**即路庄板。用绳子串起的两爿竹板，可相击发声。

**【辨误】**路庄板，俗名“云锣”，又名“报君知”，并非两爿竹板制成，其发声器为一铜制圆盘，中稍凸，类似钹状，边有二孔，系绳穿竹管提在手中，一竹柄木制小锤连在把手上，可单手敲击发声。淄川有歇后语“瞎厮敲云锣——碰点儿”即指此物。

26. 芦蛰　《磨难曲》第二十八回注17

**【原注】**“炉渣”的借字。这里指煤在炉膛里烧熔后凝结而成的泡状物，较有硬度，垫在身体下面或迫人跪在上面能硌破皮肤。

**【辨误】**蛰，路本同，盛本作蛰，《汉语大字典》无此二字。从原文“休高了，看那臭虫勾不着，休光偏宜那芦蛰”即可看出，芦蛰绝不可能是炉渣。淄川方言中芦蛰系指一种体形较大、翅上有黑斑的蚊虫。蒲松龄《日用俗字·昆虫章第三十一》“蠦蛰蝼蛪瞎牛蠓”句中的“蠦蛰”即为此物。

27. 象　《磨难曲》第三十二回注 2

【原注】当为“算”或“筭”的讹字。

【辨误】象，“豫”字的误写。豫，猜测、判断。

28. 没的揪作揪作　《增补幸云曲》第五回注 23

【原注】山东方言，没有什么东西抓过来送给人的意思。

【辨误】揪作，编谎话。没的揪作揪作，即编不出谎话来应付人。

29. 鸰子　《增补幸云曲》第十五回注 8

【原注】鸰，“埝”的借字。山东方言，地方。

【辨误】鸰，“鸧”的借字。鸧子窝，即鸧鹒的窝。鸧鹒的窝不会建在邻近村庄集镇的地方，故淄川各村多有将边远地方的地块取名鸧子窝的。原文佛动心说正德是“在哪鸰子窝里困”，是嗤笑正德没见过世面，是土包子。

30. 活落床　《增补幸云曲》第十七回注 3

【原注】床面和床架可以分开的床。这里指搭起的食品案板。

【辨误】活落床，即饸饹床。饸饹，淄川话读 huóluo，故谐音写作“活落”。饸饹是用荞麦面、高粱面等轧压成的长条状食品。饸饹床，制作饸饹的工具，下面有漏孔。蒲松龄在其《日用俗字·饮食章第四》中写作“饠饳”，有“饠饳压如麻线细”句。

31. 梓童　《增补幸云曲》第二十二回注3

**【原注】**皇帝对皇后的称呼。

**【辨误】**原注的说法，可能来源于《汉语大词典》，但是这一注释是片面的，实际上皇帝对他的皇后、妃子都可以称“梓童”，尤其在传统戏曲中，“梓童”更多作为皇帝对妃子的称呼，如《打銮驾》中的“梓童不必泪悲伤”，《大登殿》中的“二梓童搀岳母待王拜见”等。该注的原文“万岁也迭不的叫梓童”显然也不是皇帝对皇后的称呼。

2008年11月16日写定

2010年11月19日修改

# 《〈聊斋俚曲〉勘误举例》勘误

《〈聊斋俚曲〉勘误举例》一文，载2008年《蒲松龄研究》第4期，作者董绍克、赵春阳。读过该文，笔者觉得尚有应勘误之处，故撰下文。

## 一、《墙头记》例

董、赵原注：此篇用蒲松龄纪念馆藏《聊斋新编墙头记》校路、盛、蒲三本。

原例3　李老说："何不请来?"张大说："发劳病来不的呢，爹。"（《墙头记》盛本第2447页）"劳"，路、盛、蒲本均作"老"。

**【按】**"劳"当是"痨"的借字。"痨病"指肺结核。这种病在过去是不治之症，所以常被用作诅咒语。这里张大说其父"发痨病"显然是对他父亲的诅咒。路、盛、蒲本易"劳"为"老"则意义反而含混，因为"老病"既可以指过去常得的疾病，也可指因年老而得的疾病。

【勘误】在淄川土语中，肺结核称作“肺病”，“痨病”并不指“肺结核”。“痨病”的含义有二：第一，指“气管炎”。淄川人称患有“气管炎”的人为“痨病腔”。第二，指感冒。某人发烧、流鼻涕，则说他“发痨病”。因为气管炎是一种慢性病，所以指气管炎时则说某人“有痨病”，又因为感冒多是偶然发生，所以指感冒时则说某人“发痨病”。《墙头记》原文中张大说：“发劳病来不的呢，爹。”是说张老得了感冒不能来。

可见，说“劳”是“痨”的借字是对的，但张大并不是说他父亲得了“肺结核”，也不存在对他父亲诅咒的问题。

原例7　他虽然大不通，到底是你的兄，怎使的按倒只管挺。(《墙头记》第2463页)

“挺”，路、盛、蒲三本均作“搉”。

【按】按律此句押去声韵。山东方言“挺”读去声，表示“击打”，与“梃”通，合律。“搉”读平声，违律。

【勘误】“怎使的按倒只管挺”句，路、盛本皆作“怎使的按倒使捶搉”，蒲本作“怎使的按倒使捶搉”。该句中的“只管”二字，路、盛、蒲本皆作“使捶”。

搉，①音 duǐ 作“排”解；②音 chéng 作“撞”解。“搉”音 pēng，在淄川土语中读 hēng，同是作“打”解，且专指用拳头或棍棒打。蒲松龄《日用俗字·铁匠章第十三》有“夹来红铁大捶搉”句，“搉”字下注有“亨”音。因原句中说二怪打其兄是“使捶”，故用当“挦”字。“挺”无“击打”义，即使通“梃”，也只是作名词用，且大怪、二怪打架，并没有说使用棍棒。“挺”与“挦”字在淄川土语中都无去声读音，相较之下还是以“挦”字为妥。

## 二、《慈悲曲》例

原例3　就不吃啥，咱吧会子瞎话也好。（《慈悲曲》第2518页）“会”，路本、盛本、蒲本皆作“嗓”。

**【按】**“嗓子”既不可做“吧”的补语，也不可做“瞎话”的定语。“会”字是。

**【勘误】**句中“吧会子瞎话”虽然合理，但全面分析一下《聊斋俚曲》相同语境下的用字，就会发现此处的“会”字未必正确。下面举几个例子进行比较。

例1　那一日，大成生了瞅子气，直挣了一身汗，他病倒好了。（盛本《姑妇曲》第一回）

句中的“瞅子”，路本作“瞅子”，蒲本作“嗓子”。

例2　人家死一个俺死俩，还有什么大罪愆？拿捏膝子也没的干。（盛本《寒森曲》第四回）

句中的“膝子”，路本作“瞅子”，蒲本作“嗓子”。

例3　忽一日说：“二郎爷爷叫我审理去哩。”刨燥了嗓子，就呜呼尚飨了。（盛本《寒森曲》第七回）

句中的“嗓子”，路本亦作“嗓子”，蒲本作“嗓子”。

例4　着两个丫头，一闹一个三更尽，才歇下还骨轮睐子，才打了一个盹。（盛本《富贵神仙》第十三回）

句中的“睐子”，同路本、蒲本。

例5　你这个人好耸，跪噪子当了什么！（盛本《磨难曲》第二回）

句中的“噪子”，同路本、蒲本。

分析以上五个例句可以看出，其语境都可以用“一会子”或“一阵子”来代替，可是句中出现了“睐子”“噪子”“臊子”“嗓子”四种表达形式。从“睐”“噪”“臊”“嗓”四字字形极其相近可以判断，当是同一字在传抄过程中出现的笔误。那么其中哪一个字是正确的呢？

在蒲本《富贵神仙》第十三回的注释中载：“骨轮睐子：骨轮，山东方言，形容翻来覆去的样子。睐，‘噪’的讹字。噪子，一阵子，一会子。”

蒲本的说法是正确的。

证据可见同为用淄川一带方言写成的《醒世姻缘传》。第四十五回：“狄大娘又叫了遭子，见只是不开，只得叫了姐夫往狄大娘屋里去了。”第十七回：“窝别了一日，不曾写出一个字来，极得那脸上一造红一造白的。”第六回：“姑娘已是没了，打造子没的还会活哩？”句中的语境同样是“一会子”“一阵子”，用的是“遭”“造”，与“噪”字虽不同，音却相同。由此可以证明，在当时的口语中确实有用 zào 来表示现在“一会子”“一阵子”的意思；在书面表达时，便出现了

“噪”“遭”“造”的不同。而“睐”“膘”“嗓”只是在传抄过程中出现的笔误而已。

2009 年 1 月 15 日

# 《增补〈幸云曲〉校释》辨误

蒲松龄的《聊斋俚曲》，应用了大量的淄川方言，不少专家学者对其做了深入细致的研究，然而由于地域、经历的限制，真正解释通透的不多。刘瑞明先生的《增补〈幸云曲〉校释》一文也不例外（载《蒲松龄研究》2014 年第 1 期）。

刘先生在文章中说："蒲松龄把他的博学多闻倾注在《聊斋俚曲》中，牵涉到民俗、性文学、各地方言等许多方面，理解难度很大。"这个说法便有些片面：蒲松龄只去过宝应一年，去过济南数次，写《聊斋俚曲》自然用的是地地道道的淄川方言，怎么会用"各地方言"？也是在这种认识的指导下，望文生义，刘先生的注释产生了不少偏差。

本文就刘先生文章中明显出现的误注辨析如下。

1. **【刘文】**1557 · 16：大同几时才能到？怎么样的一座宣武院……住些时嫖上一嫖。

**【注】**这里与书中处处明说是到大同嫖院。宣武院的"院"即指妓院，"宣武"别无所指，只应该指是大同的妓

院，可见“宣武院”是“宣府院”之误。《增补〈幸云曲〉》把“宣府院”都误写成“宣武院”了。

**【辨析】**《明史·江彬传》记武宗到山西游乐，都说“至宣府”不错，但是宣府镇的妓院就一定要用行政区划来命名是没有根据的。故而宣武院就是宣武院，不能臆想成宣府院。

2. **【刘文】**1565·4：万岁爷饥餐渴饮，夜住晓行，一路无辞，前来到梅岭山下。

**【注】**以梅岭为名的山有很多，但都在江西、浙江、福建，而山西却没有。大同有“煤峪口”，产煤。可称“煤岭”，当由此讹成“梅岭”。有的地方戏《梅龙镇》也是正德与民女“龙凤戏”的故事。“梅龙”当由此“梅岭”讹变。

**【辨析】**俚曲、戏剧，不能当作历史看，其内容多有虚构。故考证《增补〈幸云曲〉》中的梅岭无必要，认为“煤岭”讹成“梅岭”，“梅龙”当由“梅岭”讹变，更是不可信的。

3. **【刘文】**1584·7：鲥鱼鳆鱼共海参，还有麻菇合香蕈。

**【注】**“麻菇”是“蘑菇”之误。

**【辨析】**于谦有《入京》诗云：“绢帕麻菇与线香，本资民用反为殃。清风两袖朝天去，免得闾阎话短长。”可见“麻菇”古已有之，“‘麻菇’是‘蘑菇’之误”一说缺少根据。

4. **【刘文】**1602·13：等我早给你数数那些孤老罢。要和尚接杠夫，钱十个，酒一壶，土炕上褪下半截裤。那腥臊烂臭的邋遢兔，鸡毛店里那无赖徒，青天白日把蚕蛾篓。碜杀人这般模样，还想着要把人虏。

【注】是说劣等妓女与劣等嫖客才相称。“兔”是“秃”的谐音：平。本来指女阴处平，与男阴的突起对比。从而以“兔子”与“秃资”谐音指妓女：以秃处（即女阴）为资本。肛门处也是平的。所以“兔子”也谐音指男妓。“蚕蛾”是“馋饿”的谐音。“嫯”是“伍”的谐音，以配伍指性交。字或别写成“舞”“雺”“务”“午”。《牟平方言词典》：“舞对儿：蛾子、蝶类等交配。”《汉语方言大词典》：“蛇交配。山西忻州、广灵。”《忻州方言词典》：“务：蛇交配。”蒋瑞藻《小说考证》续集卷一《飘红绿》：“今余戚在城中白花巷作公务正堂（苏人谓妓女之词）……吴语，禽配曰午。”

【辨析】“兔”为什么会是“秃”的谐音？女阴为什么成了“秃处”？此处分析全无道理。其实女阴处体毛一撮如同兔子的短尾巴，故而贬称为“邋遢兔”。蚕蛾与“馋饿”没有任何关系。自清朝至七七事变前，淄川人家家养蚕，蚕蛾交配，方言称“wù 对”。蚕蛾交配都在白天，人人可见，所以正德用“青天白日把蚕蛾嫯”来贬金墩的低贱。表示交配的 wù 有声无字，人们在书写时便有了“嫯”“务”的不同。“伍”字读上声，不符合淄川口语读音，故“嫯”绝不是“‘伍’的谐音”。

5.【刘文】1611 · 11：这奴才们笑我，我头信装一装村给他们看看。

【注】头信：是“投性”的别字：投合心性。犹如“索性”。《聊斋俚曲集》多数是别写成“投信”。《禳妒咒》第十回：“投信我撅他妈的！”《富贵神仙》第四回：“投信破上

做，他待能把我咋?”《醒世姻缘传》第四十回：“你投信再住一日，等我明日起身送你家去罢。”但第十九回：“你不要着忙，投性放了心。”第二十一回：“放着这戌时极好，可不生下来，投性等十六日子时罢。”后两例就是合宜的“投性”。

**【辨析】**投性，确实“犹如‘索性’”，即“干脆；直截了当”的意思，与“投合心性”无任何关系。

方言、口语在转化为文字时，不会有“统一”规定，有些微小差别是常有的事，“投信、投性”便是一例。投信即投性，无所谓孰对孰错，从所举《聊斋俚曲集》和《醒世姻缘传》的例子也可以证明。

6.**【刘文】**1611·11：把那破布袗衫扯了一个偏袖。

**【注】**袗 zhěn：单衣。但这是上古时的生僻字。这里应是“衫”的衍字。

**【辨析】**“袗”未必是衍字。“破布袗衫”即“破布单衫”。

7.**【刘文】**1614·16：他还强起你，他中压。……皇爷说：“好呀，待我也压压。”

**【注】**“中压”实际是说筝能弹出雅乐。“雅”的古字是“疋”。民间抄写者不知道“疋”字，便按读音别写成“压”字。而“我也压压”却是武宗故意把“疋”误解成“压”，因就有爬在筝上而压坏的情节。把“疋”这样写别字就使人不知所云了。

**【辨析】**中压，并非“说筝能弹出雅乐”。《史记·乐书》载：“唐有轧筝。《注》以片竹润其端，而轧之有声。”可见压，即古之“轧”的借用字，“演奏”的意思。《增补〈幸云曲〉》中的“二姐道：‘不是这么压，支起马来秫秸葶拉曲’”句，也充分说明“压”即演奏。压字繁体为“壓”，前人抄写时也不可能“不知道‘疋’字，便按读音别写成‘壓’字”。

8.【刘文】1615·3：一声休不曾说了，乒的声变成了些木渣。

【注】“休”是因“不”而误的衍文。“一声不曾说了”：一句话没有说完。

【辨析】“休”不是“不”的衍文。“休”是“休要爬”句只说出的第一个字。而且，按照【要孩儿】曲牌，此处删去“休”字，错了节奏，便无法演唱了。

9.【刘文】1617·11：我这豆不中吃，只中看，给你把。

【注】应是“给你一把”而脱落“一”字。

【辨析】给你“把”、给我“个”，都是淄川方言中常有的说法。并不是“脱落”了“一”字。

10.【刘文】1621·3：胸膛上长起草来，就慌了心。

【注】“草”是“躁”的谐音。心上逐渐急躁的趣说。

【辨析】《庄农日用杂字》有“地荒草似毡”句。“胸膛上长草——慌（荒）了心”，是淄川一带人们常说的歇后语，不存在“草是躁的谐音”之说。

11.【刘文】1621·9：他拿的这把扇子也看的过，但那个棋榴我可没见。

【注】“棋榴”是“提溜”的别字，指扇子、荷包等下部

所悬的坠子。《济南方言词典》："提溜当郎的：物体悬垂的样子。"邹宗良错误注为："棋榴：球状物。这里指圆形的扇坠。"

**【辨析】**棋榴，球状物，可以是食品，也可以是玩具。如乡民做酱要先蒸"酱棋榴"，元宵节有人玩"火棋榴"，等等，所以它不是"提溜"的别字。

邹宗良注释正确。

12. **【刘文】**1623·10：你休愁烟花拙懒，情管俺转不下吆喝。

**【注】**"懒"是"赖"之误，与"拙"复说。"转不下吆喝"是"赚下吃喝"成误。后文"不要你籴升籴斗，管叫你情吃情穿"。

**【辨析】**以上说法错。

拙是拙笨，懒是懒惰。"你休愁烟花拙懒"，意思为"我（虽然出身烟花）既不拙笨也不懒惰，会替你料理家务"；"转不下吆喝"，意思为不会惹得你责骂。

13. **【刘文】**1624·7：那二姐闷闷不足。

**【注】**"足"是"是"的误字。闷闷不是：闷闷得怎样都不好，一无所是。邹注本无法解释"闷闷不足"，而改为"闷闷不乐"。

**【辨析】**闷闷不足，是淄川方言中常用语。与闷闷不乐义同。闷闷不是，淄川话中无此说法。

14. **【刘文】**1628·13：俺二姐夫不来着你呢？

**【注】**"着"是"看"的误字。邹注本无法解释"不来着

你呢”，而错误改为：“不来着。”

**【辨析】**“俺姐夫不来着你呢?”即“俺姐夫不来你怎么办?”的省语。不是“看”误为“着”。

15. **【刘文】**1630·15：作下揖去头懒抬，鬼使按倒将爷拜。

**【注】**“懒”是“难”的别字，因为有鬼使暗中压着头。

**【辨析】**懒抬，是“懒得抬起头来看对方”，蔑视的意思。故“懒”不是“难”的别字。

16. **【刘文】**1632·13：“你在桌头上坐下罢。”王龙得了金口玉言，拉过椅子来。

**【注】**“桌头”是“椅子”的误字。

**【辨析】**桌头，不是“椅子”的误字。桌头指桌子的侧面的一端。在桌头上坐即“打横”。《儒林外史》第四十二回：“六老爷自己捧着酒奉大爷、二爷上坐，六老爷下陪，两个婊子打横。”

17. **【刘文】**1632·4：我道是长官，我救姓长么?

**【注】**是“你道我是长官”之误。

**【辨析】**此处原文无误。正德是用“（你叫我长官）我道真是个长官。难道因为我是长官，我就该姓‘长’吗”来反驳王龙“叫我王官，又问我贵姓”的。

“救”字，应为“就”。

18. **【刘文】**1634·13：掷了个九点，该是在手。

**【注】**在手：是“庄首”的别字。即指庄家。

**【辨析】**“在手”不是“庄首”的别字。四个人行酒令，掷骰子的人如果掷出一、五、九的点子，就会落在自己的手中，称为“在手”。再说行酒令时，只有“令官”，没有“庄首”。

19.【刘文】1635·2：屁屁，夜夜出来看景致。

【注】“夜夜”是“夜泄”的别字。

【辨析】夜夜，每天夜里。夜泄，则不知所云。

20.【刘文】1636. 13：这长脐粉头，王冲霄扎他大亏。

【注】脐窝说深浅，而不能说长短。“长脐”是“长鸡巴”的成误，即指男妓。所谓“公粉头”。王龙要扎公粉头，反被公粉头所扎，所以说吃大亏。“扎”：指性交。邹宗良错误注为：“长脐雄性的蟹。借指雄性。”

【辨析】解说全错。在淄川方言里，“脐”隐指雌性生殖器，又指雄性生殖器。粉头（妓女）本没有“公”的，因为赛观音说了个“公粉头、母粉头”，所以正德才戏谑她是“长脐子”，即长鸡巴的妓女。

“扎”在此处义同“吃”。扎他大亏，即吃他大亏。

21.【刘文】1639·14：腚沟里夹上称杆。管叫他一溜崩星！

【注】“称”是“秤”之误，即与“星”照应。“崩”是“奔”的别字。而“星”双关“行”。奔行即奔跑。邹宗良错误注为：“一溜崩星：快速溜走的意思。”

【辨析】“‘称’是‘秤’之误”，正确。此句为淄川方言中常见的一句歇后语：腚沟里夹秤杆——一溜崩星。秤杆夹在腚沟里，（放屁时）正好“崩”着秤上的“一溜”星。形容人走得快。

邹宗良注释正确。

22.【刘文】1643·1：诸般光景见多少，这个棋榴甚稀罕。

【注】“棋榴”是“提溜”之误，此指玩意儿。参见第十六回“棋榴”条。

【辨析】棋榴，球状物。见前第11条辨析。此处系指气球，不是“玩意儿”：“那丫头将气球拿过来”“王官，这东西我曾玩过，一名叫行头，也叫气球”。

23.【刘文】1644·9：极的那王龙眼里插柴。

【注】眼里插柴：歇后语“非常着急”。柴就是棘，而谐音“急”。“着急”的“着”与“着凉、着色、着眼”的“着”一样，是“感受”的意思。却别解成“放置”的意思。把“眼”换说成“睛”，而谐音“紧”。紧着急，就是非常着急。《聊斋俚曲集·俊夜叉》：“因赌博人品尽丧，只输的眼里插柴。”《聊斋俚曲集·学究自嘲》：“殊不知，一字思想不来，极（急）的两眼钻棒。”“两眼钻棒”是“眼里插柴”的变说。这都是蒲松龄从“两肋插刀”仿造的词。

【辨析】以上解释，多属臆想。“眼里插柴”，不是歇后语，是比喻。比喻着急得像眼睛里插进柴棒那样难受。

24.【刘文】1647·7：汗衫全用珍珠造。

【注】珍珠衫：明代小说《喻世明言·蒋兴哥重会珍珠衫》中虚编的神异衣衫。“这件衫儿，是蒋门祖传之物。暑天若穿了他，清凉透骨。”但避言究竟是用什么做的衣服，而用

珍珠是不能做成衣服的。这透露出并没有这样的衣服。如果真的可以做成这样的衣服，就不会仅这小说中才说有。其实是从“珍珠”是“镇疰”的谐音而编造的趣假。有“疰夏”病，即夏季体热、身倦、减食等症状，群众一般说成“溜夏”。这也符合古人的神秘逻辑。珍珠产于蚌内，蚌在海中，属于阴类。所以《本草纲目》说它性寒，“疗烦热消渴”。如果真有这个道理，则大海内属阴的许多物产就都可以“疗烦热消渴”，却远不是这样。但蒲松龄又给增加了“冬里热燥”的神异，又说皇帝才有。

**【辨析】**“但避言究竟是用什么做的衣服，而用珍珠是不能做成衣服的。”这说法有失偏颇。珍珠衫，是用珍珠做的。用珍珠能不能做衣服？能。笔者见过，淄川、博山（旧称颜神）有人穿着用琉璃珠穿成串做成的“汗衫”——琉璃珠能做成汗衫，珍珠怎么就不能做成汗衫？“其实是从‘珍珠’是‘镇疰’的谐音而编造的趣假”之说，纯属凭空想象。

25. **【刘文】**1651·4：那银子今遭还输不犯哩。

**【注】**“输不犯”是“输不完”的别字。邹宗良错误注为：“输不犯：输不着，输不了的意思。”

**【辨析】**“输不犯”的“犯”，是“输不番”的近音借字，是“输不完”的意思，但不是“输不完”的别字。《庄农日用杂字》中即有“忘了拾上箸，梃子使不番”的说法。

26. **【刘文】**1653·6：要触注这个口。

**【注】**“触”是“筑”之误：堵塞。《济南方言词典》：“筑：塞。”“筑儿：瓶子塞儿。”邹宗良错误注为：“触：山

东方言，塞住。”

【辨析】触，淄川方言读 zhū。可做动词，义为堵塞；可做名词，义为堵塞孔洞之物。筑，去声，读音与淄川方言不符。

邹宗良注释正确。

27.【刘文】1653·6：诓在他没人处，就干起那“张飞掏鹁鸽”的那事情来了。

【注】所谓“张飞掏鹁鸽”，即“张（起衣服）为非作歹的摸奶”意思的谐音趣说。“鹁鸽”是“勃高”的谐音：勃起而高。指女性的乳房。可对比《绮谈市语·身体门》：“乳：孛雀。”按，“勃翘”的谐音：勃然翘起之状。陕西甘肃许多地方闹新房中有叫“摸鹁鸽”的节目。

【辨析】解释多属臆想。“张飞掏鹁鸽”，隐指性事。张飞，即《三国演义》中的张飞。因张飞多髯，隐指男女阴毛。

28.【刘文】1656·15：家无片瓦合根椽，没个板查称百万。

【注】“板查”不成意思，是“扳茬”之误：可扳附的岔口。邹宗良错误注为：“小板凳。”

【辨析】板查，即板凳。查，读 zhā。

邹宗良注释正确。

29.【刘文】1674·15：这外官儿见了几遭皇帝？来到黄旗下跪着张永，口称万岁。张永大笑道：“你是什么人？”

【注】其中应是：“来到黄旗下跪着，看着张永，口称万岁。”是把张永误当成皇帝。

【辨析】原文本来正确，改为“来到黄旗下跪着，看着张永，口称万岁”却错了：官员跪着皇帝，是绝不敢抬头看的。

30.【刘文】1678·16：只为着皇爷心欢喜，谁想临行大揭锅。

【注】“揭锅”是“结果”的谐音。《聊斋俚曲集·寒森曲》第二回“若是照准了，这一砖揭了锅，怎么刚擦耳边过?”《聊斋俚曲集·禳妒咒》第十回“娶了个夜叉做老婆……一句话儿不敢多，恼了还给个大揭锅。”

【辨析】“‘揭锅’是‘结果’的谐音”之说错。结果，指“事物发展的最后状态”，却并不曾说出“状态”的优劣。揭锅，不是“揭开锅看看结果”，而是“揭掉饭锅”不让其生存的意思。大揭锅，即现在所说的“一锅端”，“比喻一下子全部消灭”。

2017 年 2 月写定

2017 年 3 月 27 日修改

# 《〈日用俗字〉庄农章解疏》补正

何茂活先生的《〈日用俗字〉庄农章解疏》一文，通过详尽的考证，逐句进行了解析，对于今人阅读、理解蒲松龄《日用俗字·庄农》一文，起到的释疑解惑作用是不可低估的。但是蒲松龄的《日用俗字》成文距今已有三百多年，时间的跨度、地域的差异、行业的兴衰、习俗的变迁，致使现在的专家、学者注释起来十分困难，因此在《〈日用俗字〉庄农章解疏》一文中存在一定的错漏也是难免的。笔者作为蒲氏后裔，一直生活在蒲松龄的故乡，并且有过长期的农业生产实践，遂根据自己的生产、生活经验，对何先生的文章提出粗浅的补正意见，与何先生及诸方家交流切磋。

1. 杴

**【何文】**杴，今一般作“锨”，但扬场用的木锨或仍作“杴”。

**【补正】**杴，专指木杴，又写作“栿”。古时杴皆为木制，当时的木杴，今天也不应该写作“锨”。锨，指如今所用的铁制的锨。听爷爷辈讲，他们年少时出粪还用过木杴。如今尚能见到的、早期出版的《庄农日用杂字》，“制下镢和杴”句中还是用的木字旁。据此判断，铁制锨的普遍使用，当在清末民初之际。

2. 镤轼、篻牢坚

【何文】镤，是古时车箱下扣住车轴的装置，也叫钩心、车屐、伏兔。轼，车轴头。篻，同“摽”。……此句是说，在镤与轼之间加上木楔或垫上其他衬垫物，再用绳索摽紧，以免车轴活动。

【补正】镤轼，不是指“车箱下扣住车轴的装置”和“车轴头”，而是固定在车盘上方正中间，罩在车轮上边的框架。“篻牢坚”也不是“在镤与轼之间加上木楔或垫上其他衬垫物，再用绳索摽紧，以免车轴活动”。正确的解释是：为了防止装载车上的重物向车前方滑动，需要在镤轼的前端加一横木，称为“耙头”，耙头由四个“篻子”将其紧紧与车盘相固定，这就是“篻牢坚”的意思。用小车推粪或其他货物时，将两个筐篓或者货物封在镤轼的两边，而前边被篻子紧紧固定住的耙头，起到防止其向前滑动的作用。

3. 倒蹬

【何文】即反复翻弄粪肥，促使发酵。

【补正】不是“反复翻弄粪肥”，而是将粪肥粉碎。从栏圈里起出的粪肥，往往是大块的“粪坷垃”，需要用镢将其一点点粉碎，堆成大堆。粉碎后的粪堆不透风，易于发酵，增加肥力。因为刚起出来的粪肥是湿的，一次不可能粉碎得太细，故需“倒蹬两三遍”。

4. 鞏

【何文】据文意，似指用力推车，未知确否。

【补正】答案完全正确。鞏，现在写作“拱”。推小车，在平路上只要掌握平衡，向前稍微用力即可前进。在爬坡（淄川土语称“爬崖头”）或埴地里前进时，便需要向前用很大的力气，人们称之为“拱崖头”“拱地身”。

5. 扎挂绳索用木杆

【何文】可能是说插上木杆，在上面攀系绳索，以防作物倒伏。

【补正】该说法错。淄川地区耕地，一般要用三头、四头牛，称为“三牛杆”“四牛杆”。无论用三头还是四头牛，都需要一根很结实的木杆。木杆的一面按用牛的头数安装铁鼻，几头牛的索头上穿的皮绠就分别挂在这铁鼻上；横杆的另一面也有一个铁鼻，犁子就挂在这个铁鼻上。在耕地的时候，牛的力通过索头、皮绠拉在横杆上，横杆再拉犁、耙。木杆，即指这根连接牛与犁的横木，也就是《庄农日用杂字》中所说的“索头连横杆”的“横杆”。

6. 撇绳

【何文】一端系于马牛的笼头或鼻拳。

【补正】不确。在淄川地区，撇绳为牛耕地时指挥其转弯时用的长绳，用于马的则称为缰绳。耕地时，撇绳的一端不是挂在笼头上，而是先挂在牛角上，然后在左耳根绕一圈，另一端握在扶犁人的手中或者挂在犁的扶手上。当需要牛向左转弯时，扶犁人向后拽着撇绳，嘴里喊“咿——”；当需要牛向右转弯时，扶犁人则反复扽拉撇绳，嘴里喊“哦，哦，哦，哦”——撇绳是通过勒紧牛的耳朵来控制牛的。不是特别不听指挥的牛，不打鼻拳。

7. 茅根蔓芭

**【何文】**指地里翻出来的作物根茎、杂草等。

**【补正】**错。茅根，茅草的根茎，呈白色，多节，横走于地下，节部生有鳞片，有甜味。蔓芭，根与茅根相似，但无甜味。二者的根都极发达且多节，其每一小节遗留在土壤中，仍能发芽生长，很难根除。所以有“茅根蔓芭都拾净”句。

8. 大镬燗来

**【何文】**指的是把用钝了的镬头重新锻打，使之锋利。

**【补正】**不确。镬头经长期使用，长度变短，刨地时达不到应有的深度，这时需请铁匠在镬头上添加钢材锻打以增加其长度，称之为“燗镬”。“把用钝了的镬头重新锻打，使之锋利”，淄川人不称“燗镬”，而称之为“煍镬”。

9. 皴

**【何文】**“同‘帮’。”“帮，治履边也。”“这里说的‘治履边’应当指在鞋帮上附上皮革之类，使之耐穿耐磨。”

**【补正】**解释不完全。皮皴，不只是耐穿耐磨，主要是有防水的作用。下文所说“不愁水窊浓”便可证明。浓，淄川土语，读去声，指粉状物与水混合导致的软黏状态。“水窊浓”即雨后道路泥泞。

10. 耧斗石沉种金尖

【何文】石沉，可能是形容其重。

【补正】错。耧斗石，是耧（俗称“耩子”）上的部件，为一较鸡蛋稍大的铁块，一端用绳固定于耧斗的后壁，另一端连一硬铁丝，穿过耧仓板的孔，用细绳系于耧斗的前壁上。播种时，扶耧者不断摇晃耧把，使耧斗石在耧斗内左右摆动，相连的硬铁丝则不断拨动耧仓里的种子，以保证种子均匀下地。如果耧斗石太轻，则不能带动所连的硬铁丝，种子可能会相互壅塞，造成缺苗断垄。

11. 畹

【何文】耕种田地。

【补正】不确。畹，在淄川话里是“点种”的意思，并且特指点种瓜豆之类。如：“才下了雨，我在地边畹上了两个扁豆。”“我在盆里畹上葫芦种嗹，过两天你可来挪两棵去种。”

12. 霸王鞭

【何文】此处疑指芝麻的一个品种或与芝麻套种的某种作物。

【补正】霸王鞭，是芝麻的一个优良品种，中华人民共和国成立后尚有人种植。不是“与芝麻套种的某种作物”。

13. 淌垄

【何文】语义未详。

【补正】淌垄，指播种后出土的谷苗一棵紧挨一棵，像流水一样不断线。要保证小苗“淌垄”，在播种时就会用种多一些，其好处是不会缺苗，农家有“有钱买种，无钱买苗”之说。小苗“淌垄”自然比应有的株距密，所以才说“谷苗淌垄用心剜”。剜苗，即“间苗”。

14. 剆

【何文】据字书音 luǒ，意为击。但此处蒲氏注音“闯”，故疑此字形体有误，或为训读字。

【补正】不是形体有误，应为训读字。小麦收割进场后，家庭妇女把“麦个子”（即麦捆）解开，取一把小麦揽在怀里，麦穗头朝下，抱起来，稍用力将麦穗头撞击到地下，反复多次，麦穗头受撞击而变得整整齐齐，然后用镰刀将麦穗头割下来，这时麦秸里面便没有了麦穗，可以用来作为覆盖屋顶的材料。这一过程称为“剆（闯）麦秸”。

15. 铡

【何文】据《山东方言志》，“铡、楂”声韵相同，唯声调不同，前者为上声，后者为平声。

【补正】“楂”为平声（实为阴平），不错；“铡”却不是上声，也是平声，只不过是“阳平”而已。《山东方言志》所注不对，至少不代表淄川方言。

16. 讙讙

【何文】这里的“讙讙”指孩子们因被麦芒卡住而引起的喧闹取笑声。

【补正】错。被麦芒卡住，是一件很痛苦的事，吃过青麦的人都有体会，是决不能“喧闹取笑”的。这里的“讙讙”

应当是“因疼痛发出的号叫”。

17. 脐、椁

**【何文】**脐、椁，石磙两端的枢纽，凸形的部件为脐，凹形的部件为椁。

**【补正】**不确。石磙，在淄川地区通常叫“碌碡”。碌碡的两端各有一个凹坑，称“碌碡眼”。在使用碌碡打场时，要将其安装在“碌碡椁”里。“椁”为一木制框架，有的呈方形，有的呈半圆形。椁的两边各有一个“脐”——十五六厘米长、四五厘米宽、一点五厘米厚的硬质扁木板——脐插入碌碡眼内，再用插销别住，起到“轴”的作用。人或牲口拉动“椁”，碌碡就可以不停地滚动了。所以“凸形的部件为脐”正确，“凹形的部件为椁”便错了。

18. 不愁霜雹不愁丹

**【何文】**只解释了“丹”，对“霜雹”未作解释。

**【补正】**霜雹，并非指霜冻和冰雹，而是指小麦白粉病。小麦白粉病在初发时，“叶面出现1～2mm的白色霉点，后逐渐扩大为近圆形至椭圆形白色霉斑，霉斑表面有一层白粉，遇有外力或振动立即飞散”，所以人们称该病为“霜包”（雹）。

19. 乌穲

**【何文】**指庄稼淋雨后生的黑斑。

**【补正】**错。乌穲，指黑穗病。系病菌传染，非雨淋所致。

20. 角皮

**【何文】**指谷糠之类。

【补正】错。角皮，指黄豆、绿豆、小豆等豆类所结的果实的壳，也称“荚皮”。豆类的果实皆呈角状，故乡民称其皮为“角皮”，是喂牛的好饲料。《庄农日用杂字》云：“谷稂和谷穠，喂牛不甚甜，角皮掺麦糠，吃个肚儿圆。”

21. 萭

【何文】山东民俗，草覆屋顶，以防暑热。

【补正】错。用草（谷草或麦秸）覆盖屋顶的过程叫“萭”。从前淄川地区民居，绝大部分都是“草屋”。所谓“草屋”，就是指以“草”覆顶的屋，目的并非“以防暑热”。覆顶的草，清季多用“秆草”，即谷草，后来多用麦秸（所以小麦收割之后家家户户都要“刨麦秸”，为的就是取麦秸萭屋），直到改革开放，人民生活水平提高，才多以瓦覆顶。

22. 坉

【何文】《广韵·魂韵》徒浑切：“以草裹土筑城及填水也。”这里指筑墙。

【补正】错。坉，淄川土语多读 zhùn。坉墙，指将秫秸铡成约半米长的段，横置于土坯墙头上，厚厚地将墙头盖严，秫秸上边用土压住，以防雨水将土坯墙淋坍。并非“筑墙”。

23. 窨

【何文】贮粮之处，犹仓、囤。

【补正】不确。“窨”指地窨，可贮物，亦可贮粮。“仓、囤”修在地上，地窨则修在地下。《聊斋志异·书痴》：“一日方读，忽大风飘卷去。急逐之，踏地陷足；探之，穴有腐草；掘之，乃古人窨粟，朽败已成粪土。”文中“窨粟”，即指贮于地窖中的粟。

24. 礤炭又无铜碛臭

【何文】礤，用同砟，指小煤块……铜碛臭，即煤气，或称煤烟。

【补正】错。“礤，用同砟”，正确，但并非指“小煤块”。《现代汉语词典》释作“小的石块、煤块等”，也与此处意思不符。砟，为煤炭的一种，淄川人称“砟子”，呈薄片状，燃烧时无烟，故冬季多用来作为室内取暖。铜碛，是混生在煤炭中的硫铁矿，燃烧时会发出异常刺鼻的硫黄气味，不同于一般的“煤烟”。砟子中不含铜碛成分，故说“无铜碛臭”。

25. 秦椒

【何文】即花椒，因盛产于秦而得名。

【补正】错。秦椒，淄川人称尖辣椒为“秦椒”。花椒，淄川人仍称“花椒”。

26. 搁攞

【何文】为淄川方言，指擀碎或碾细。

【补正】不确。搁攞，淄川土语中指对粉状物加液体后进行搅拌。蒲文中“搁攞芥末”即将粉状芥末放在碗里，加水，用筷子搅拌均匀而成。

27. 犏

【何文】句中“犏牛”也断非“牛羊无子”之意。因此我们推测，“犏”为“犥”的讹字。《说文·牛部》：“犥，牛黄白色。”

【补正】推测错误。淄川土语，称不能繁殖小牛的母牛为“犒（读 piāo）牸（音 zì，但淄川土语读 shì）牛”。不能繁殖的母牛竟然生了小花犍，事出意外，所以才用了个“忽”字。《说文》中“牛羊无子”的解释是对的，推测出的“牛黄白色”是错误的。

2014 年 1 月 20 日修改

2014 年 5 月 28 日再改

# 《聊斋诗集笺注》摘疵

## 玉皇阁

康熙四十五年丙戌（1706），蒲松龄有一首七律《登玉皇阁》。

高峰列坐一徘徊，恨少涤襟酒一杯。
青嶂不穷弥望尽，白云无数荡胸来。
石连星宿群羊卧，树接天门孤殿开。
鬓发鬖鬖狂似昔，蹑衣直上最高台。

赵蔚芝先生在对该诗题的注释中说：“玉皇阁：在豹山上。”这一说法是不妥的。

《登玉皇阁》是《聊斋诗集》中收入丙戌年的第二首诗。第一首是《上元与族兄亮、侄淳及儿孙篪、笏、筠辈登黉山》，第三首是《途中风雪》。

第一首写的是蒲翁与族兄蒲亮及儿孙辈于正月十五去游数里外的黉山，“筋力喜未衰，聊共山头坐”，说明他们确实登上了山顶。值得注意的是，簧山有“小泰山”之称，山顶也建有玉皇阁。蒲翁登上山顶，再到玉皇阁上稍憩，是很自然的事：“高峰列坐一徘徊，恨少涤襟酒一杯。”怎么会忽而又跑到豹山上去登玉皇阁呢？第三首《途中风雪》的“奂山西去暗模糊”写的是蒲翁从蒲家庄返回西铺毕家途中遇到风雪的事，如果《聊斋诗集》编排顺序无误，那就充分说明《登玉皇阁》是蒲翁在返回西铺毕家之前写的，登的只能是簧山玉皇阁了。

又：张永政、王一千先生《聊斋文中的淄西景物考(一)》（载《蒲松龄研究》2002 年第 2 期）一文，介绍了蒲松龄此诗，并称“玉皇阁，位于淄川城西五十里的王村镇张古村东，距西铺村东南里余”。对该阁的相关介绍说“它傍临通济大道，门前是风光旖旎的东流水，花香遍野，柳绿似烟”。从文中叙述来看，淄西之玉皇阁并非建在山上，与诗中“高峰列坐一徘徊”“白云无数荡胸来”“树接天门孤殿开”不一致，也证明蒲松龄诗中的玉皇阁乃簧山玉皇阁而非淄西玉皇阁。

又：苏家庆、林若红先生在《〈醒世姻缘传〉写作地点考证（续）》（载《蒲松龄研究》2009 年第 2 期）中，也将蒲松龄的《登玉皇阁》诗误以为写的是王村玉皇阁：“玉皇宫原址在王村镇张古村东不远的青阳河畔，离西铺只有里许，离王村镇不足三里。”“当年的玉皇阁就坐落在庙门以北十几米处的高台上。在庙门南边百多米远的地方，是横跨青阳河的

‘通仙桥’。”从文中对“玉皇阁”环境的描述，也可以看出与蒲松龄诗中对玉皇阁的描述不一致。

## 东山

《九日同孙圣华圣文昆仲，齐河许圣瑞及儿孙登东山》，是蒲松龄写于康熙甲午（1714）重阳节的一首诗。赵蔚芝先生在笺注中对“东山”的注释是：“东山，黉山。在淄川县城东北，故名。”这一注释是错误的。

黉山，是淄东名山，在蒲松龄的诗文中，从来不称其为“东山”。如康熙四十三年（1704）写的《闻淄东无雨》中“霖雨不曾洒绿屏，黉山瞻祝总无灵”句以及康熙四十五年丙戌（1706）写的《上元与族兄亮、侄淳及儿孙篪、笏、�辈登黉山》都是如此。再说，黉山是在县城东北十二里，而从县城以东八里的蒲家庄来看，黉山却是在北略偏东，所以不会称其为东山。

“东山”在哪里？清乾隆四十一年《淄川县志·山川》中记得很明白：“东山　邑人遥望之总名也。县东十二里入谷，有鹁鸽、虎狼诸崖。兔峪、槐峪、黄绿岭、擦石坡、豆腐台……”蒲翁所居之蒲家庄，距此仅四五里。诗中所写之“东山”即此东山无讹。

## 簧山

蒲松龄写于康熙四十三年（1704）的七绝《闻淄东无雨》，开头二句是“霖雨不曾洒绿屏，簧山瞻祝总无灵”，赵蔚芝先生在笺注中对“簧山”的注释说：“簧山，山名，在淄川城东北十里……今俗书为洪山。”此注有两处不确。

其一，《淄川县志》载：“簧山县东北十二里……”这一说法比较接近实际。簧山在“县城东北十里”之说不准确。

其二，簧山现在没有称为或书写为“洪山”。称为“洪山”的并非指原簧山，而是原大荒地（后在该处建淄博矿务局，现称淄矿集团）为中心的行政区划，包括太和、三民、东工、北工四村，与簧山相去不下十里。（详见《淄川区志》）

# 《聊斋志异典词字详注》中的几处错谬

翻阅傅多山先生所著《聊斋志异典词字详注》（春风文艺出版社1993年版），发觉有几处涉及人事、地理的注释与事实颇有出入。兹举数例如下。

1.《三生》篇注

文赍兄：名兆冒，天启辛酉举人。按“赍”《邑志》作“璧”。

**【按】** 文赍，名兆昌，非“兆冒”，乃笔者十一世祖，故知之甚确。

2.《鬼哭》篇注

七襄之宅：迁居七次之意。

**【按】** 七襄，乃淄川人王昌胤（后人为避雍正之讳，改书“昌荫”“昌廕”“昌印”）之字。王昌胤，崇祯十年（1637）进士，清初曾提督北直学政。七襄之宅，即王昌荫的住宅，与迁居无关。

3. 王学使：名冒荫，淄川人……擢福建道御史，巡按山西提督、北直学政。

【按】此“王学使”即王七襄。名昌胤，非“冒荫”。“巡按山西，提督北直学政”，非“巡按山西提督、北直学政”。

4.《聊斋志异》中的地名简考

淄：山东省临淄。

【按】淄，应为蒲翁故乡淄川，非临淄。

郡：春秋至隋唐时的地方行政区划名。

【按】郡，在《聊斋志异》中专指济南，非泛指行政区划。

邑：古代称国、京城，一般城市为邑。旧时县的别称亦曰邑。又通“悒”。

【按】邑，在《聊斋志异》中指淄川县。

稷下：齐国都城临淄，今山东省淄博市。

【按】稷下，在《聊斋志异》和《聊斋诗集》中指济南，并非指临淄。再者，“齐国都城临淄”也不同于“山东省淄博市”。

新城：古邑县名。在今河南伊川西南。

【按】新城，旧县名，淄川北邻，王渔洋的故乡。后改称桓台，今与淄川同属淄博市。

# 《蒲松龄的应用文写作》中的三处舛错

《蒲松龄的应用文写作》一文，系北京农业职业学院林宗源副教授评论蒲松龄应用文写作成就的文章，发表在《蒲松龄研究》2006年第2期，文章中有数处内容存在错讹，兹列述如下。

一、“为乡里有政绩的人写《颂张邑侯德政序》，中不足500字，赞颂了李家疃村的一位张姓长者教化村民的事迹。”(第93页)

邑侯，即县令。蒲松龄的《颂张邑侯德政序》中虽然没有说出“张邑侯”的名字，但其所指为时任淄川县令的张嵋无疑。路大荒编《蒲柳泉先生年谱》“康熙二十五年”条下有“是年张嵋任淄川县知县。嵋字石年，仁和人。历事精明，簿书之暇，课士论文，吟诗作赋。城墉既固，邑乘重修，先生甚推崇之，诗文中屡及之也”。在蒲松龄的诗文中，赞颂张嵋以及与之唱和的有《和张邑侯过明水之作》《送别张明府》《悲喜十三谣》《呈石年张县公俚谣序》《颂张邑侯德政序》。

在《颂张邑侯德政序》中，蒲松龄写道：“自我侯莅任以来，顽民始见雷霆，良民始沾阴雨，而又闻操行之清介、听断之明决，皆乡中八十叟所未尝见也。”

蒲松龄的《颂张邑侯德政序》明明白白是赞颂“我侯”即张嵋的，如何能张冠李戴，说成是“赞颂了李家疃村的一位张姓长者教化村民的事迹”？

二、林文在谈及蒲松龄《述刘氏行实》一文时，引用了“常自减餐留饼饵，媚邻媪”句，并认为刘氏不肯吃饱而把剩下的饼送给邻居老妪充饥的目的是“以显贤德”（第98页）。

只读林文，会让读者误以为刘氏是一个沽名钓誉的人物！其实，《行实》原文对此说得非常明白：当时蒲松龄“岁岁游学”，而刘夫人与幼子蒲箬的居处是“携子伏鼪鼯之径，闻跫然者而喜焉。一庭中触雨潇潇，遇风喁喁，遭雷霆震震谡谡。狼夜入则埘鸡惊鸣，圈豕骇窜”。在这种情况下，想请邻居来做伴壮胆，又恐怕人家不肯来，方才“故常自减餐留饼饵，媚邻媪，卧以上床，浼作侣”。这里清清楚楚写的是刘氏用好吃的东西、舒适的床铺请邻居老太太来同她做伴，不知林文中“以显贤德”从何而来。

三、林文在叙述题目作《野人曹芳者，其侄女议婚于李氏，复启已倩人写成矣，但其上只“允亲”二字，意甚其无文，托余再写数行，以壮观瞻。余因就两字凑成数句，笑而付之》的婚启时，说“一位叫曹芳的村民（笔者疑为女性），她的侄女已和李家定亲，女方婚书也托人写成；但是曹芳姑妈不满意，因为………”（第94页）

且不说蒲松龄是否会在女士名前冠以“野人”的称呼、侄女定亲会不会由姑妈做主，单就婚启中“第材只堪食粟，宁举乌获之钧？兄子未谙作羹，敢作南容之配！”即可看出，主持女方婚姻的不是女性，而是其叔、伯行无疑。

以其名中一“芳”字而“疑为女性”，实在有失孟浪。

2006年11月18日

# 盛本《聊斋俚曲》错讹理校

## 《墙头记》

1. 鷟　十一月数九天，冷鷟块放面前，一行哈着混身战。（第一回第2445页。路本、蒲邹本皆作脉。）

【误】鷟，读zhuó，紫凤谓之鷟。脉①nà 肥腻②ná 不密；③chǐ 肉物肥美。鷟、脉，意皆不符。鷟、脉当为“眵”字。眵，眼屎。冷眵块，形容粥凉后的状态，像眼屎一样。

【正】十一月数九天，冷眵块放面前，一行哈着混身战。

2. 人说敬俺达　若是人说敬俺达，无论他极肯，我也就依了。（第一回第2446页。路本、蒲邹本同。）

【误】倘“人说敬俺达”“我也就依了”，与张大的不孝矛盾。“人说”后脱“不必”二字。

【正】若是人说不必敬俺达，无论他极肯，我也就依了。

3. 抗墙头根　你又不常出门，脱不了抗墙头根，棉衣裳穿着可也笨。（第二回第2453页。路本同。）

【误】“抗墙头根”不通，且字数与《耍孩儿》格律不符。“抗墙头根”当为“抗墙根”。淄川话里“抗墙根”指冬天里在北墙根晒太阳。

【正】你又不常出门，脱不了抗墙根，棉衣裳穿着可也笨。

4. 刮风或下雨　遇着刮风或下雨，缩在屋里不动身。（第二回第2453页。路本、蒲邹本同。）

【误】上文“这天是腊月天，刮北风阵阵寒，胡子冻成了冰冰片”，怎么可能下雨。下雨，当为“下雪”。

【正】遇着刮风或下雪，缩在屋里不动身。

5. 弶　老人家衣服要会做，棉的极厚要弶皮，挫里宽快些才如意。（第三回第2461页。路本、蒲邹本皆作“烜”。）

【误】弶读jiàng，捕捉老鼠、麻雀等的工具或用弶捕捉。故“弶”字语意与原意不符。烜，读hū，淄川方言，靠近、贴近的意思。烜皮，即贴近皮肤，这样棉衣服穿在身上才暖和。故路本、蒲邹本正确。

【正】老人家衣服要会做，棉的极厚要烜皮，挫里宽快些才如意。

6. 冷酒淘　或是热面或冷酒淘，爹爹待吃就开口要。（第三回第2462页。路本、蒲邹本同。）

【误】“冷酒淘”不通，当为“冷淘”。“冷淘”即将热面条用冷水淘过，淄川俗称“凉面”。

【正】或是热面或冷淘，爹爹待吃就开口要。

7. 撑　他虽然不大通，到底是你的兄，怎使的按倒使捶撑？（第三回第2463页。路本同，蒲邹本作抨。）

【误】撑，无此字。当为“抨”。抨，音pēng打。淄川方言抨读hēng。

【正】他虽然不大通，到底是你的兄，怎使的按倒使捶抨。

8. 极像弯弯木　忽然穿上浑身热，好似今日入了伏，腰也伸不开极像弯弯木。（第三回第2464页。蒲邹本作“腰也伸不直像弯弯木”，路本作“腰也伸不像弯弯木”。）

【误】张老穿上棉裤，“浑身热”、好像“入了伏”怎么腰倒“伸不开极像弯弯木”了？路本正确。

【正】忽然穿上浑身热，好似今日入了伏，腰也伸不像弯弯木。

## 《慈悲曲》

1. 噪子　那一日，大成生了噪子气，直挣子一身汗，他病到好了。（第一回第2479页。路本同，蒲邹本作“噪子”。）

臊子　人家死一个俺死俩，还有什么大罪愆？拿捏臊子也没的干。（第四回第2649页。路本作噪子，蒲邹本作“噪子”。）

噪子　创燥了噪子，就呜呼尚飨了。（第七回第2666页。路本同，蒲邹本作“噪子”。）

【误】噪，《汉语大字典》无此字。臊（一）sāo①豕犬的臭味。②腥臭。③丑恶的。（二）sào臊子，细剁肉。噪

zào①虫鸟喧叫。②喧哗，吵闹。③嘈杂。④同臊。嗓 sǎng ①嗓子。②嗓音。四字皆与原文语意不符。按照原文语意，当为一阵子、一会儿的意思。现淄川土语中多作“一盼子”。从《醒世姻缘传》中相同语意处作“造子”来看，取同音用“噪子”较为妥当。

【正】那一日，大成生了噪子气，直挣子一身汗，他病到好了。

人家死一个俺死俩，还有什么大罪愆？拿捏噪子也没的干。

2. 撒懒　骂贱人，骂贱人，指望你来孝娘亲，你全然不听说，光合咱娘撒懒。（第一回第 2479 页。路本、蒲邹本同。）

【误】按照【呀呀油】曲牌的格律，第五句应入韵，而“懒”字不入韵。此句末脱一“筋”字。

【正】骂贱人，骂贱人，指望你来孝娘亲，你全然不听说，光合咱娘撒懒筋。

3. 二来出能转钱　一来积了阴德，二来出能转钱，刻了印板天下传，这宗生意诚善。（开篇【西江月】第 2506 页。路本、蒲邹本同。）

【误】“出”字不通。当为“也”字。

【正】一来积了阴德，二来也能转钱，刻了印板天下传，这宗生意诚善。

4. 可又挨骂　我的天来咳，挨骂难来，可又挨骂。（第三回第 2519 页。路本、蒲邹本同。）

【误】按照【银纽丝】的格律，末句最后三字应为上一句中“挨骂难”的颠倒重复，即ABC变为CAB，故末句“可又”后脱一“难”字。

【正】我的天来咳，挨骂难来，可又难挨骂。

5. 回去　张讷说：“我既来了，再打听打听。若是没在阳间，再回去不难么。”（第五回第2534页。路本、蒲邹本同。）

【误】按张讷的语意，“回去”是指从阳间返回阴间难。现在他在阴间，故应当说“回来”而不能说“回去”。

【正】张讷说：“我既来了，再打听打听。若是没在阳间，再回来不难么。”

6. 若告　大官人听说若告也么难。（第五回第2534页。路本、蒲邹本同。）

【误】原意是指张讷听了“妈妈子”让他回去的话，诉说自己来到阴间不容易，哀求“妈妈子”继续同他去找弟弟。故此处的“若”字不通，实为“苦”字之误。

【正】大官人听说苦告也么难，我好容易来这番……

7. 你去了倒着我的魂　一散散的好无味，你去了倒着我的魂，逐日里只带着两行泪。（第十回第2607页。路本、蒲邹本同。）

【误】此句不通。“倒”字后脱一“勾”字。

【正】一散散的好无味，你去了倒勾着我的魂，逐日里只带着两行泪。

8. 捧　去时觅汉没一个，来家管家摆成行，丫头小厮一大捧。（第十二回第 2617 页。路本同，蒲邹本作“棒”。）

【误】人多，不能以“捧”来形容。捧，当为“棒”字之误；棒，是“帮”的借字。淄川土语中称人多为“一大帮”。帮，读去声。

【正】去时觅汉没一个，来家管家摆成行，丫头小厮一大棒。

## 《寒森曲》

1. 俩奴才　无干证　赵恶虎头一名，俩奴才俱行凶，驴夫亲见无干证。（第一回第 2630 页。路本、蒲邹本同。）

【误】上文有“两个管家，一个马夫，一齐上前，把员外扑通掀下来”的叙述，说明行凶的奴才是“三个”而不是“两个”；行凶时商员外的驴夫是亲眼所见，怎能说“无干证”？

【正】赵恶虎头一名，仨奴才俱行凶。驴夫亲见有干证。

2. 甚么大事身不安　差人方才开笑口：甚么大事身不安，济着俺去当堂辨。（第一回第 2630 页。路本同，蒲邹本作“什么大事心不安”。）

【误】“什么大事身不安”不通。差人得了赵恶虎的银子，接受了赵“偶然有病，不能上城”的请托，替赵找的说辞：还有什么比“身不安”更要紧的？

【正】差人方才开笑口：什么大起身不安，济着俺去当堂辨。

3. 打寻来　两个哥哥犯疑影，家前院后打寻来，井里也去打捞遍。（第三回第2639页。路本、蒲邹本同。）

【误】此段【要孩儿】押an韵，按其格律，“来”处应入韵而“来”字出韵。“打寻来”应为“打巡栏”。如《增补幸云曲》有“王龙恐怕还输了，手儿好似打巡栏”句。

【正】两个哥哥犯疑影，家前院后打巡栏，井里也去打捞遍。

4. 是何如　这样事是何如，不是仇人是什么？（第三回第2643页。路本、蒲邹本同。）

【误】此段【要孩儿】押e韵。“如”字出韵。“是何如”应为“是如何”。

【正】这样事是如何，不是仇人是什么？

5. 打半年　打官司打半年，守父丧闭了门。（第三回第2644页。路本、蒲邹本同。）

【误】此段【要孩儿】押en韵，“年”字出韵。“打半年”应为“打半春”。

【正】打官司打半春，守父丧闭了门。

6. 也全没信不的　大相公说：“梦中的话也全没信不的，怎么忍的把妹妹着人抬了去？”（第四回第2652页。路本、蒲邹本同。）

【误】“也全没信不的”不通。从上下文意来看，该句多出一“没”字，应为“也全信不的”。

【正】大相公说：“梦中的话也全信不的，怎么忍的把妹妹着人抬了去？”

7. 咳佸　一齐都说折了腰，险些儿就把头压掉！又道浑身骨头碎，丢了杠子都咳佸。（第四回第2653页。路本、蒲邹本皆作“咳吠”）

【误】佸，音huó①相会。②勤力于田。③会计。其义均与原文不符，且不押韵。“咳佸”当为“咳吆”。吠，淄川方言读yāo，故路本、蒲邹本亦可。

【正】一齐都说折了腰，险些儿就把头压掉！又道浑身骨头碎，丢了杠子都咳吆。

8. 跳叫　二相公大怒，跳叫了一声，听见人说：“下来了！”（第六回第2663页。路本、蒲邹本同。）

【误】二相公被小鬼“推了个仰面朝天，跌在那门里”，怎么能“跳叫”？跳，当是“咷”字之误。

【正】二相公大怒，咷叫了一声，听见人说：“下来了！”

9. 父子　即刻把员外父子，发狱锁放出监牢。（第六回第2665页。路本、蒲邹本同。）

【误】监牢里关的是商员外和女儿商三官，不应称“父子”，应称“父女”。

【正】即刻把员外父女，发狱锁放出监牢。

10. 宰杀生灵　又说他宰杀生灵，罚他去世世为牛。（第七回第2668页。路本、蒲邹本同。）

【误】赵恶虎并不曾“宰杀生灵”，其罪恶是“倚势行凶，霸人家田产，夺人家妇女”。“宰杀生灵”应为“该受宰杀”。

【正】又说他该受宰杀，罚他去世世为牛。

11. 把　与商宅永远为业，一任他把耕种葬埋。（第八回第2676页。路本、蒲邹本同。）

【误】“一任他把耕种葬埋”句不通。显系多一“把”字。

【正】与商宅永远为业，一任他耕种葬埋。

## 《琴瑟乐》

奁妆　置办奁妆，置办奁妆，做了衣裳打头面，一点不遂心，倒磨着从头换。（第2684页。蒲邹本作“妆奁”。）

【误】“妆奁”句应押an韵，“奁妆”出韵。

【正】应为“妆奁”。蒲邹本正确。

## 《蓬莱宴》

1. 常言道　【耍孩儿】常言道河无头海无边，有朝一日自家干……（第一回第2694页。路本、蒲邹本同。）

【误】【耍孩儿】调首句应为三三节奏的六字句，此处为九字，明显多出三个字。“常言道”三字非唱词。

【正】【耍孩儿】河无头海无边，有朝一日自家干……”

2. 好教人心牵挂　我的天，牵挂人，好教人心牵挂。（第二回第2699页。路本、蒲邹本同。）

【误】按【银纽丝】格律，“心”字多余。

【正】我的天，牵挂人，好教人牵挂。

3. 蓦　随即蓦动金莲，迎着来人，仔细一认。（第三回第2702页。路本、蒲邹本同。）

【误】蓦，音mò，突然的意思，与原文意思不符。蓦，应为“迈”。蓦是迈的讹字。迈，淄川土语读mèi，抬脚向前走。

【正】随即迈动金莲，迎着来人，仔细一认。

4. 玉荀　铺下张纸，拿过砚砖，伸出玉荀，就把墨研。［第四回第2706页。路本作“玉筍（笋）”，蒲邹本作“玉筒”。］

【误】古人称女子的手指、缠过的足趾为玉筍（笋）。荀音xún姓，与原文意思不符。荀当为“筍（笋）”字。路本正确。

【正】铺下张纸，拿过砚砖，伸出玉筍（笋），就把墨研。

5. 烹茶来好用，水酌来喷鼻香。（第四回第2708页。路本、蒲邹本同。）

【误】“水酌来”如何能“喷鼻香”？不通。词序颠倒，衍字，点断错误。

【正】烹茶用好水，酌来喷鼻香。

6. 饭酒　做了官早起晚眠，要想今日饭酒赋诗，万不能够了。（第四回第2708页。路本、蒲邹本作皆“饮”。）

【误】只有饮酒，无有“饭酒”。路本、蒲邹本正确。

【正】做了官早起晚眠，要想今日饮酒赋诗，万不能够了。

7. 如何　你说如何，你说如何？莫若仍旧去读书。（第五回第2709页。路本、蒲邹本同。）

【误】此段【叠断桥】押 u 韵，且首、二句都应押韵，而“如何”不入韵。“如何”当为“何如”。

【正】你说何如，你说何如？莫若仍旧去读书。

8. 爬　年少英豪，年少英豪，埋着的功名只用爬。（第五回第 2710 页。路本、蒲邹本同。）

【误】“爬”字不押韵，且“埋着的功名”通过“爬”是得不到的。爬，应为“刨”。“埋着的功名”只有“刨”才能得到，且“刨”字才与“豪”字押韵。

【正】年少英豪，年少英豪，埋着的功名只用刨。

9. 有怎么　正在少年，正在少年，有怎么忧愁不自然？（第五回第 2711 页。路本、蒲邹本同。）

【误】用“有怎么”来做“忧愁”的定语，不通。“有怎么”当为“有什么”。

【正】正在少年，正在少年，有什么忧愁不自然？

10. 不亏你殷勤省着，天上神仙全无。（第六回第 2716 页。路本、蒲邹本同。）

【误】“殷勤省着”不通，下句按律少一字。

【正】不亏你殷勤劝省，着天上神仙全无。

11. 同饭　我要赏老柳一席，就教他同饭。（第七回第 2722 页。路本、蒲邹本同。）

【误】从后文“各人饮酒谈心事，一行山北又山南，蓬莱处处都游遍”句可知，他们都是饮酒，不是吃饭。同饭，当为“同饮”。

【正】我要赏老柳一席，就教他同饮。

# 《俊夜叉》

1. 屧　银上包，钱上串，柴禾买他几百屧，粮米买他百十石。（第2727页。路本、蒲邹本皆作“捆”。）

【误】屧音xiè，同屟，履中荐也。又读tì，同屉。语义皆与原文不符。柴禾的多少可用“捆”来表述，故“屧”当作“捆”。路本、蒲邹本正确。

【正】柴禾买他几百捆，粮米买他百十石。

2. 斫　咱今已是变了脸，摘了帽子看见纂；一行要休又要斫，哎哟，你今可就唬煞俺。（第2729页。路本、蒲邹本同。）

【误】此处应押an韵，斫读zhuó，意思虽然相符，但不押韵。故当为“砍”字方妥。

【正】咱今已是变了脸，摘了帽子看见纂；一行要休又要砍，哎哟，你今可就唬煞俺。

3. 涮　俺头不秃眼不瞎，碗会洗锅会涮，官家俺也打发的下。（第2729页。路本同，蒲邹本作“刷”。）

【误】此段应押a韵，涮音shuàn，不入韵。故“涮”字误，应为“刷”字。蒲邹本正确。

【正】俺头不秃眼不瞎，碗会洗锅会刷，官家俺也打发的下。

## 《禳妒咒》

1. 剁成炸　枣面蒸成窝窝头，嫩鸡鲜鱼剁成炸。（第一回第2768页。路本脱，蒲邹本同。）

【误】炸，指把食物放入大量的沸油中加热，故在此处不通。淄川方言将剁细的肉类称作“鲊”，如“鸡鲊”“兔子鲊”等，故此处当为“鲊”。

【正】枣面蒸成窝窝头，嫩鸡鲜鱼剁成鲊。

2. 牵　鞭子手软不能牵，烂了棒槌折了拐，我就许下朝南海。（第一回第2769页。路本、蒲邹本作“不能捧”。）

【误】“鞭子”不能说用手“牵”，故“鞭子手软不能牵”不通。又：此段【山坡羊】押ai韵。“牵”字出韵。“牵”当为“甩”。

【正】鞭子手软不能甩，烂了棒槌折了拐，我就许下朝南海。

3. 宦官　俺本宦官后人也，家中有万金产业。（第二回第2771页。路本、蒲邹本同。）

【误】宦官不会有“后人”。高仲鸿应当是“官宦后人”。官宦，泛指做官的人。

【正】俺本官宦后人也，家中有万金产业。

4. 叩射　握手到了堂中，即便作揖叩射！（第三回第2775页。路本、蒲邹本皆作“谢”。）

【误】只有“叩谢”，无“叩射”之说。路本、蒲邹本正确。

【正】握手到了堂中，即便作揖叩谢。

5. 叫江城女孩，叫江城女孩，步步走来在后边，谁相待?(第三回第2776页。路本同。)

【误】“步步走来在后边，谁相待”句标点错且脱一字。不符【香柳娘】格律。

【正】叫江城女孩，步步走来，在后边有谁相待。

6. 场　我那儿心志高，十三岁望进学，跟他叔叔去进场。(第四回第2778页。路本、蒲邹本同。)

【误】此段【要孩儿】押ao韵。第三句末字当为去声。“场”字既不押韵，也不读去声，违律。场，实为“道”字之误。

【正】我那儿心志高，十三岁望进学，跟他叔叔去进道。

7. 一件无差　有个闺女，有个闺女，模样手脚一件无差。(第五回第2782页。路本、蒲邹本同。)

【误】“模样手足一件无差”句字数、韵脚皆不合【呀呀油】格律。“一件无差”当为“远近没”。没，读mú。

【正】有个闺女，有个闺女，模样手脚远近没。

8. 害不羞的　罢呀，爹娘近前也害不羞的，我就实说了罢。(第2786页。路本同，蒲邹本作“害不的羞”。)

【误】“害不羞的”不通。当为“害不的羞”。蒲邹本正确。

【正】罢呀，爹娘近前也害不的羞，我就实说了罢。

9. 活菩萨　瘦小小的金莲只半揸，小小的金莲只半揸，真叫男儿要爱煞。（第七回第 2790 页。路本、蒲邹本同。）

【误】违律。第二句后脱“活菩萨”三字。

【正】瘦小小的金莲只半揸，小小的金莲只半揸，活菩萨，真叫男儿要爱煞。

10. 吆　以后成了亲家了，还真吆见外？（第七回第 2791 页。路本作“嚒”，蒲邹本作“么”。）

【误】吆 yāo，大声喊，与原文语意不符。嚒，《汉语大字典》无此字。蒲邹本正确，如《磨难曲》第一回：老天老天，怎么给真么个年景，还给真么个官儿。

【正】以后成了亲家了，还真么见外？

11. 推　江城怒将夫人推，又拉着太公衣领说……（第十回第 2803 页。路本、蒲邹本同。）

【误】从下文“太公也倒了，公子忙将爹娘扶起”看，夫人也被推“倒”了，故推字之后脱一“倒”字。

【正】江城怒将夫人推倒，又拉着太公衣领说……

12. 俺家你儿郎　俺家你儿郎没点汉子星，济着你吵骂自宿到天明。（第十回第 2803 页。路本、蒲邹本同。）

【误】“俺家你儿郎”不通。据语意当为“俺家的儿郎”。

【正】俺家的儿郎没点汉子星，济着你吵骂自宿到天明。

13. 寒　八月露寒，八月露寒，新月娟娟愁里生。（第十一回第 2806 页。路本、蒲邹本同。）

【误】曲牌【叠断桥】首、二句皆入韵。此段应押 eng 韵，而“寒”字不入韵。应为“冷”字。

【正】八月露冷，八月露冷，新月娟娟愁里生。

14. 这年年来　是怎么这年年来，好像到了女人国里，卖春药的全不发市。（第十四回第2819页。路本、蒲邹本同。）

【误】“这年年来”不通。第一个“年”字当为“半”。

【正】是怎么这半年来，好像到了女人国里，卖春药的全不发市。

15. 我正寻你，思把这行头替给你把。（第十七回第2829页。路本、蒲邹本同。）

【误】不通。

【正】我正寻思，把这行头替给你吧。

16. 说的俺就像个人了　我到怜惜他，他可这么诮撇人，说的俺就像个人了！（第十七回第2831页。路本、蒲邹本同。）

【误】樊满城本来就是个人，诮撇他怎么会说得“像个人了”？不通。显然脱一“不”字。

【正】我到怜惜他，他可这么诮撇人，说的俺就不像个人了！

17. 异人　无君子不养异人，费的那钱财有尽。（第二十一回第2843页。路本、蒲邹本同。）

【误】异人，指不同于寻常的人；艺人，指戏曲、曲艺、杂技等演员。此处指耍猴人，故当作“艺人”。

【正】无君子不养艺人，费的那钱财有尽。

18. 腔　从此没有下三等，顺口谈文尽着俺烹，见人说嘴又墩腔。（第二十六回第2858页。路本、蒲邹本同。）

【误】此段押eng韵，“腔”字不入韵。应为“声”字。

【正】从此没有下三等，顺口谈文尽着俺烹，见人说嘴又墩声。

19. 春香　骂一声强人胆就大起天！时时对我摔你那春香。（第二十六回第2860页。路本、蒲邹本同。）

【误】此段【虾蟆调】押an韵，“香”字出韵。又：“摔你那春香”也不通。“香”，为“元”字之误。从下句“那举人只宜量唬小厮，只宜量唬觅汉”看，春元，在这里指“举人”。

【正】骂一声强人胆就大起天！时时对我摔你那春元。

20. 打了个盹　夜已是三更，俺且在檐下打了个盹罢。（第二十七回第2863页。路本、蒲邹本同。）

【误】“小长命”刚要打盹，并不是已经打过盹，不能用“了”字。

【正】夜已是三更，俺且在檐下打个盹罢。

21. 读一遍　爹娘听我读一遍，俺如今懊悔从前。（第二十七回第2865页。路本、蒲邹本同。）

【误】“读一遍”不通，当为“诉一遍”。

【正】爹娘听我诉一遍，俺如今懊悔从前。

22. 咳，我儿不，你就变化了！（第二十七回第2865页。路本、蒲邹本同。）

【误】此句不通，也不符合淄川方言语气，原因是标点错，且脱一“想”字。

【正】咳，我儿，不想你就变化了！

23. 欢喜　千里到来，夫妻欢喜，恨不能两个身子并起来，还加紧簾。（第三十一回第2877页。路本、蒲邹本同。）

【误】此段【桂枝香】押ao韵，且第二句末字应入韵。“喜”字出韵，应为“笑”字。

【正】千里到来，夫妻欢笑，恨不能两个身子并起来，还加紧簾。

24. 须　你也须，他也须，怎么要钱？（第三十一回第2878页。路本、蒲邹本同。）

【误】此段【鸳鸯锦】押an韵，“须”字不入韵，也不通。当为“玩”字。

【正】你也玩，他也玩，怎么要钱？

25. 待、变　怕他待了我的笔迹，叫他写下来，还将原稿变回来。（第三十三回第2885页。路本、蒲邹本同。）

【误】“待了笔迹”“将原稿变回来”俱不通。“待”当为“传”字，“变”当为“交”字。

【正】怕他传了我的笔迹，叫他写下来，还将原稿交回来。

26. 才到楼陈设才罢，只见是耀眼争光，也不知摆的嗄。（第三十三回第2886页。路本、蒲邹本同。）

【误】对照下文中【桂枝香】起始二句“炉香一片，古董几件”“媳妇伶俐，针指细密”，都是四四句式，且末字均入韵，可见“才到楼”后脱一个“下”字和一个逗号。

【正】才到楼下，陈设才罢，只见是耀眼争光，也不知摆的嗄。

27. 高前、下身　锦堂佳宴，寿酒献高前。俺这里深深下身，尽了这诚心一点。（第三十三回第 2888 页。路本、蒲邹本同。）

【误】“献高前”“下身”不通。“高”，当为“尊”字之误，“身”，当为“拜”字之误。

【正】锦堂佳宴，寿酒献尊前。俺这里深深下拜，尽了这诚心一点。

28. 来着见　一箸儿万钱，一碗儿百千，小人家何曾来着见？（第三十三回第 2888 页。路本、蒲邹本同。）

【误】“来着见”不通。“来”，当为“捞”字之误。

【正】小人家何曾捞着见？

29. 一齐上家室，团圆百事佳，从此官到一人下。（第三十三回第 2888 页。路本、蒲邹本同。）

【误】“上家室”不通；按此段【黄莺儿】押 a 韵且首句当入韵，而“室”字出韵。从上文“太公云：你上京，只安排了安车蒲轮便了”句可知，“家室”当为“京华”之误。

【正】一齐上京华，团圆百事佳，从此官到一人下。

## 《富贵神仙》

1. 条　每日里奔波条处里撞，一举成名四海传。（第一回第 2892 页。路本、蒲邹本同。）

【误】条，淄川土语作“遥”。

【正】每日里奔波遥处里撞，一举成名四海传。

2. 只是成人长大，好看守祖宗茔坟。（第二回第 2897 页。

路本、蒲邹本同。）

【误】“只是成人长大”句语意不通，且不符合【耍孩儿】此句“三四”句式。“只是”当作“只望他”。

【正】只望他成人长大，好看守祖宗茔坟。

3. 驴呀呀呀　驴呀呀呀休迷胡，你迎着增福躲着掠夫。（第三回第2900页。路本、蒲邹本同。）

【误】“驴呀呀呀”不通。当为“驴呀驴呀”。

【正】驴呀驴呀休迷胡，你迎着增福躲着掠夫。

4. 多　欢喜的店主笑哈也么哈，服事殷勤十倍多。（第三回第2903页。路本、蒲邹本同。）

【误】此段【银纽丝】押ɑ韵，“多”字出韵，当为“加”字。

【正】欢喜的店主笑哈也么哈，服事殷勤十倍加。

5. 事心头　时时刻刻事心头，权且把良心丢在脑背后。（第四回第2913页。路本、蒲邹本同。）

【误】“事心头”不通。当为“在心头”。

【正】时时刻刻在心头，权且把良心丢在脑背后。

6. 拴起来着棍，操多答少不要论。（第四回第2916页。路本同，蒲邹本将“棍”字后的逗号加在“操”字后。）

【误】“拴起来着棍”句字数不合律；“操多答少不要论”句不通。前句末脱一“打”字，后句当为“多和少不要论”。

【正】拴起来着棍打，多合少不要论。

7. 春风飘　正月里，梅花娇，春风飘，又是春光上柳梢。（第五回第2918页。路本、蒲邹本同。）

【误】风，一般不用“飘”字来描述，应为“雪”字。(《磨难曲》）中对应处的【玉娥郎】就是用“雪”字。

【正】正月里，梅花娇，春雪飘，又见春光上柳梢。

8. 可怜俺抛妻子，离家乡！（第五回第2918页。路本同。）

【误】不符合【玉娥郎】句式。

【正】可怜俺抛妻子离家乡。

9. 那堪在，外乡人　人家妻子欢，月圆人也圆；那堪在，外乡人！又到九月天。（第五回第2918页。路本同，蒲邹本作：“人家妻子欢，月圆人也圆，那堪在外乡人，又到九月天！”）

【误】盛本、路本、蒲邹本皆断句错误，导致“那堪在，外乡人！又到九月天”不符合【玉娥郎】句式。

【正】人家妻子欢，月圆人也圆；那堪在外乡人又到九月天。

10. 乡盼想　夏来到，荷叶如钱，一榻清风万树蝉。终朝只把乡盼想，想你好心酸。（第五回第2921页。路本、蒲邹本同。）

【误】此段【金纽丝】应押an韵，“想”字不入韵，实为脱一“家”字，衍一“想”字。

【正】夏来到，荷叶如钱，一榻清风万树蝉。终朝只把家乡盼，想你好心酸。

11. 没良心　像奴家这一样没良心的痴人，该着他死在监里不要睬。（第六回第2927页。路本、蒲邹本同。）

【误】方娘子说自己“没良心”不合情理。《磨难曲》此处“样”作“等”,“没良心”作“没心”，正确。

【正】像奴家这一等没心的痴人，该着他死在监里不要睬。

12. 官人说我实心要自己出见，我撞祸怎教你吊出出官?(第六回第2929页。路本、蒲邹本同。)

【误】“吊出出官”不通。因为方娘子已代张鸿渐“出官”一次，故此“吊出”当为“再去”。

【正】官人说我实心要自己出见，我撞祸怎教你再去出官?

13. 愁、噪　骂狠贼我合你何愁何怨?任拘噪我能受就是无钱。(第六回第2930页。蒲邹本同，路本“噪”作“唕”。)

【误】“愁”，应为“仇”。“噪”“唕”应为“囃”(今作“咋”)。咋，淄川土语，是“怎么”的合音。

【正】骂狠贼我合你何仇何怨?任拘咋我能受就是无钱。

14. 咋　嘴孤答，咱休夸，把头伸上一处咋。(第七回第2936页。路本作“攤”，蒲邹本作“搽”。)

张春怒发，张春怒发，撕了个罄净着实的咋。(第九回第2944页。路本作“攤”，蒲邹本作“搽”。)

【误】咋，为“怎么”的合音，与原文语意不符;“攤”“搽”即砸，正确。

【正】嘴孤答，咱休夸，把头伸上一处砸。

张春怒发，张春怒发，撕了个罄净着实的砸。

15. 没把的石头　有张鸿渐的个堂叔伯哥是张春，打靛的把子吊了柄——是没把的个石头。（第七回第 2936 页。路本、蒲邹本同。）

【误】打靛用的工具称“靛耙”，故“把子”当为“耙子”；“石头”不通，当为“青头”：一者其本身沾着“靛”即为青色，二者“没把的青头”指张春是个不服约束的“愣头青”。

【正】有张鸿渐的个堂叔伯哥是张春，打靛的耙子吊了柄——是没把的个青头。

16. 瘤　那老婆漏着腚，光着脚，瘤呀点呀的家去了。（第七回第 2937 页。路本、蒲邹本同。）

大家做刚的，做柔的，把李家的人放了，一个个瘤呀点呀的才去了。（第九回第 2951 页。路本同）

【误】“瘤”，不通，应为“瘸”。

【正】那老婆漏着腚，光着脚，瘸呀点呀的家去了。

大家做刚的，做柔的，把李家的人放了，一个个瘸呀点呀的才去了。

17. 门户　一女子撑持门户，请师傅着实艰难。（第八回第 2938 页。路本、蒲邹本同。）

【误】此段【皂罗袍】押 an 韵且首句入韵。“户”字出韵，当为“面”字之误。

【正】一女子撑持门面，请师傅着实艰难。

18. 上马　打了打尖，打了打尖，翻身上马又加飞颠。（第九回第 2942 页。路本、蒲邹本同。）

【误】上文说“徐员外给张鸿渐雇了一个长骡”“快骡顿辔又加鞭”，打了打尖怎么能变成了马？

【正】打了打尖，打了打尖，翻身上骡又加飞颠。

19. 胁膳　别人都打了，惟有赵鬼子那胁膳里中了一枪，还血淋淋的，就没打他。（第九回第 2951 页。路本同，蒲邹本作“肋膳”。）

【误】人胸部两侧部位，淄川土语叫作“肋膳”（读 luìcha），无“胁膳”之称。蒲邹本正确。

【正】别人都打了，惟有赵鬼子那肋膳里中了一枪，还血淋淋的，就没打他。

20. 中　方娘子在房中，忽见着报条红，当是一个糊突中梦。（第十回第 2954 页。路本、蒲邹本同。）

【误】“糊突中梦”不通，“中”字多余。

【正】方娘子在房中，忽见着报条红，当是一个糊突梦。

21. 他说道：出门必得镖枪送。（第十一回第 2956 页。路本、蒲邹本同。）

【误】山西“白日断人路不通”“出门必得镖枪送”的消息是小举人得到的谣传，并非一人所说，所以“他”字用得不妥。应为“人”或者“都”。

【正】都说道：出门必得镖枪送。

22. 难苦挨　十一月里夜正长，滴水成冰在他乡。又想又愁又是恨，又逢长夜难苦挨。（第十一回第 2959 页。路本、蒲邹本后两句皆作“魂儿虽在天涯外，望向南柯梦里来”。）

【误】此段应押 ang 韵，“挨”字出韵。“难苦挨”应为

“苦难当”。路本、蒲邹本皆误。

【正】十一月里夜正长，滴水成冰在他乡。又想又愁又是恨，又逢长夜苦难当。

23. 心眼　方太太泪涟涟，那几年把我心眼望穿。（第十三回第 2971 页。路本、蒲邹本同。）

【误】只有“眼望穿”，从无“心眼望穿”之说，故句中衍一“心”字。

【正】方太太泪涟涟，那几年把我眼望穿。

24. 挖　常恨那科道们，骨突着嘴儿，该把他眼挖！（第十三回第 2972 页。路本同，蒲邹本作“挠”。）

【误】此段【平西调】押 ou 韵，“挖”字出韵。“挖”当为“抠”字之误。

蒲邹本“挠”字，《汉语大字典》无。

【正】常恨那科道们，骨突着嘴儿，该把他眼抠！

25. 俊　莫学俊来莫学乖，相逢只要吃三杯。（第十三回第 2972 页。路本、蒲邹本同。）

【误】乖，可以学；俊，无法学。俊，当为“傻”字笔误。

【正】莫学傻来莫学乖，相逢只要吃三杯。

26. 舜华才称谢，劳驾动了。（第十四回第 2975 页。路本、蒲邹本同。）

【误】“劳驾动了”不通。此处衍一“动”字。

【正】舜华才称谢，劳驾了。

## 《磨难曲》

1. 高　长来长去极茂盛，眼看就有尺多高。（第一回第2984页。路本、蒲邹本同。）

【误】此段【莲花落】押ang韵，“高”字出韵。应为“长”字。

【正】长来长去极茂盛，眼看就有尺多长。

2. 拖菜　一窝孩子吱吱叫，老婆子拖菜插粗糠。（第一回第2984页。路本、蒲邹本作“拕”。）

【误】“拖菜”，不通。“拕”，“拖”的异体字，也不通。当为“挖”或者“拔”。

【正】一窝孩子吱吱叫，老婆子挖菜插粗糠。

3. 摇佸　百姓跟着号啕痛，摇佸怒喝脸郎当。（第一回第2984页。路本作“摇哐”，蒲邹本作“摇吆”。）

【误】“佸”，意为“会晤”；“哐”，表示物体撞击、破碎的声音；“吆”，大声喊。三字都不能做“摇”的宾语，也与此处语意不符。“摇”后当为“头”字。摇头，表示“盐正道老黄”不听百姓的反映。

【正】百姓跟着号啕痛，摇头怒喝脸郎当。

4. 这一限若还不死，只得远走高飞。（第二回第2986页。路本、蒲邹本同。）

【误】按【耍孩儿】格律，后一句当为三四句式的七字句，明显脱一字。此字当为“是”字。

【正】这一限若还不死，只得是远走高飞。

5. 出衙门　欢欢喜喜出衙门，不曾打死叫人抬。（第二回第2988页。路本、蒲邹本同。）

【误】此段【倒扳桨】押ai韵，首句即入韵，而“门”字出韵。出衙门，当为“过长街”。

【正】欢欢喜喜过长街，不曾打死叫人抬。

6. 如何　咱且去伺候销到，也听听气色如何。（第四回第2993页。路本、蒲邹本同。）

【误】此段【要孩儿】押u韵，“何”字出韵。“如何”应为“何如”。

【正】咱且去伺候销到，也听听气色何如。

7. 焉哉　捽之乎弄焉哉，又告吏又告官，我道你是甚么通天汉。（第五回第2998页。路本、蒲邹本同。）

【误】此段押an韵，“哉”不入韵，“焉哉”应为“哉焉”。

【正】捽之乎弄哉焉，又告吏又告官，我道你是甚么通天汉。

8. 奠平　对众发下洪誓愿，要将海河尽奠平。（第五回第2998页。路本、蒲邹本同。）

【误】“奠平”，不通。当为“填平”。

【正】对众发下洪誓愿，要将海河尽填平。

9. 地、常常　种着有顷多地，还有个大觅汉，托他大爷常常看。（第六回第3004页。路本同，蒲邹本作“亩”。）

【误】此段【要孩儿】押an韵，首句即应入韵，而

“地”不入韵，应为“田”字；“常常看”也不合情理，当为“常照看”。

【正】种着有顷多田，还有个大觅汉，托他大爷常照看。

10. 儿、密　吩咐店小儿把那密拿来……（第七回第3009页。路本、蒲邹本“密”皆作“蜜”。）

【误】“儿”，应作“二”；“密”，应作“蜜”。

【正】吩咐店小二把那蜜拿来……

11. 施家大姑　他原来是施家大姑，名叫舜华，十七八岁还没出嫁。（第八回第3015页。路本、蒲邹本同。）

【误】首句、次句皆不符合【耍孩儿】“三三”句式的六字句格律，也不押韵。原因是断句错误所致。

【正】他原来是施家，大姑名叫舜华，十七八岁还没出嫁。

12. 玉娥郎　（第十二回第3028页。路本同。）

【误】此段【玉娥郎】中的“咳！三春即尽，夏又来到”“呀！三伏即尽，秋风忽至”“天气渐冷，隆冬又到”并非唱词，乃是“道白”，但是字体、字号和排列都与唱词相同，造成混淆。另：“人家妻子欢，月圆人也圆，那堪这，在他乡！又到九月天”句中的“那堪这，在他乡！又到九月天”按律实为一句，中间不应点断。

【正】将“咳！三春即尽”等三句改字体、字号，重新排列，以示与唱词区别；将“那堪这”句去掉中间标点，改为“那堪这在他乡又到九月天”。

13. 过年　二哥赌气愤志青云，过年连登进士，才把我送进家门。（第十三回第3035页。路本、蒲邹本同。）

【误】“过年”，淄川方言指“明年”，在此显然不通。当为“去年”。

【正】二哥赌气愤志青云，去年连登进士，才把我送进家门。

14. 不给你钱使大板抗。（第十四回第3041页。路本、蒲邹本同。）

【误】按【跌落金钱】格律，此句尾字当平，而“抗”字仄，且语意不通。当为“降”。降，强制使之服从。

【正】不给你钱使大板降。

15. 都是听错了衙役的话，望大老爷留一线生路。（第十四回第3045页。路本、蒲邹本同。）

【误】马知县“听错了衙役的话”于理不合。应是“错听”——不该听而听了。

【正】都是错听了衙役的话。

16. 信　犯人解子一齐颠，一个信无人传。（第十五回第3046页。路本、蒲邹本同。）

【误】【倒扳桨】第二句应为七字，根据语意，“信”字前脱一“回”字。

【正】犯人解子一齐颠，一个回信无人传。

17. 军门锁并解子上。（第十七回第3051页。路本、蒲邹本同。）

【误】“军门锁”不通。军门是“问了一个充军”，所以应是“带锁”。

【正】军门带锁并解子上。

18. 知到　叫巡山小校报与大王知到，秀才们来问候。（第十七回第3052页。路本同。）

【误】“知到”，不通，显系“知道”。

【正】叫巡山小校报与大王知道，秀才们来问候。

19. 止　我也要把手脚儿绑紧，丢在他那驴槽止不理，凭他怎么告饶……（第十九回第3071页。路本同，蒲邹本作“丢在他那驴槽，止不理，凭他……”）

【误】“驴槽止不理”不通。“止不理”也不通。止，应作“上”。

【正】我也要把手脚儿绑紧，丢在他那驴槽上不理，凭他怎么告饶……

20. 你合您　你合您那小畜牲，不但说是没冤仇，并不知他名合姓。（第十九回第3073页。路本、蒲邹本同。）

【误】这是方娘子骂的话，说“你合您那小畜牲”“没冤仇”便不通。当是“俺合您那小畜牲没冤仇”。

【正】俺合您那小畜牲，不但说是没冤仇，并不知他名合姓。

21. 家客　您老达，你老达，曾在俺家当家客。（第十九回第3073页。路本、蒲邹本同。）

【误】此段【呀呀油】押ɑ韵，“客”字不入韵，应为“客家”。客家，主人对住过他家房子的人家的称呼。

【正】您老达，你老达，曾在俺家当客家。

22. “才秀才”　才秀才三两日，那里想到半悬空。（第二十回第 3076 页。路本、蒲邹本同。）

【误】“才秀才”，不通，脱漏一“做”字。

【正】才做秀才三两日，那里想到半悬空。

23. 日看着　我日看着你眉清目秀，举动端庄，到像是个奶奶。（第二十一回第 3078 页。路本、蒲邹本同。）

【误】“日看着”，不通。“日”前脱一“每”字。

【正】我每日看着你眉清目秀，举动端庄，到像是个奶奶。

24. 您爹您爹的样发达，他自然就来归家。（第二十一回第 3079 页。路本、蒲邹本同。）

【误】首句不通。当为“您爹听的你发达”。

【正】您爹听的你发达，他自然就来归家。

25. 蹊跷　不由人下泪悽悽，这个事儿也蹊跷，父子不知道名合字。（第二十一回第 3080 页。路本、蒲邹本同。）

【误】此段【罗江怨】押 i 韵，次句应入韵。“跷”字出韵。“蹊跷”，当为“跷蹊”误写。

【正】不由人下泪悽悽，这个事儿也跷蹊，父子不知道名合字。

26. 挂　我如今中了望爹爹还家，咳！谁想都成了瞎打挂！（第二十二回第 3083 页。路本、蒲邹本同。）

【误】“打挂”，不通。应为“打卦”。打卦，即算卦，没有什么灵验的。

【正】我如今中了望爹爹还家，咳！谁想都成了瞎打卦！

27. 正月里，千里存亡未可知。（第二十二回第 3084 页。

路本、蒲邹本同。）

【误】按【憨头郎】格律，第一句当为六字，“正月里”仅三字，违律。《富贵神仙》此处为“正月里正惨凄”，正确。

【正】正月里正惨凄，咳！千里存亡未可知。

28. 疴尿　有口吃饭，没腚疴尿。（第二十三回第 3086 页。路本作“痾尿”。）

【误】“疴”，病。“痾”为“疴”的异体字。“疴尿”不通。疴，当为“屙”或“屎”字。

【正】有口吃饭，没腚屙尿。

29. 谤　惯捣鬼，惯撒谎，因此人人叫瞎谤。叫瞎谤……（第二十三回第 3086 页。路本、蒲邹本皆作“嗙”。）

【误】“谤”，读 bàng，毁谤，语意与原文不符。“嗙”，读 pǎng，《现汉》注释为自夸、吹牛。在淄川土语中还有瞎猜的意思。此回前文“瞎的瞎，俺会嗙”处亦作“嗙”，故此处当为“嗙”，路本、蒲邹本正确。

【正】惯捣鬼，惯撒谎，因此人人叫瞎嗙。叫瞎嗙……

30. 唱淌里洋来淌里洋撞，马虎好似狼。（第二十三回第 3087 页。路本同，蒲邹本作“唱淌里洋来淌里洋，撞见马虎好似狼”。）

【误】应为“唱淌里洋来淌里洋，撞见马虎好似狼”。“淌里洋来淌里洋”是象声词，如同说山东快书的“当的个当当的个当”。故此句标点错，“撞”字后脱一“见”字。蒲邹本正确。

【正】唱淌里洋来淌里洋，撞见马虎好似狼。

31. 揸　你唱完了，方待问候，就被你揸了这么一头。（第二十三回 3087 页。路本、蒲邹本皆作“揎”。）

【误】揸读 zhā，意为用手指撮东西或把手指伸张开，均与原文语意不符。揎，淄川土语读 xuàn，作旋转着捞取解，又特指用头顶撞。如前文中的歇后语“鞋里加楔子——好揎（楦）”。这里是用头顶撞的意思，故应为“揎”。路本、蒲邹本正确。

【正】你唱完了，方待问候，就被你揎了这么一头。

32. 有一伙瞎厮，在路上走胡迷了，一骨碌张在崖里。（第二十三回第 3089 页。路本、蒲邹本同。）

【误】据下文内容看，说的是“一个”瞎厮，不是“一伙”。

【正】有一个瞎厮，在路上走胡迷了，一骨碌张在崖里。

33. 稳坐雕鞍　唱的唱弹的弹，站的久腿也酸。如我不瞎稳坐雕鞍。（第二十三回第 3090 页。路本、蒲邹本同。）

【误】唱的、弹的都站着，“如我不瞎”也应当同唱的、弹的一样站着，怎么能“稳坐雕鞍”？故“不瞎”后脱“怎么能”三字。

【正】唱的唱弹的弹，站的久腿也酸。如我不瞎怎么能稳坐雕鞍。

34. 不冷　人说是冰糖，嚼着咋不冷？（第二十三回第 3091 页。路本、蒲邹本同。）

【误】这里叙述的是一块冰，嚼着就应该“冷”；如果“不冷”，岂不真成了冰糖？

【正】人说是冰糖，嚼着咋怪冷。

35. 杠子举重、互　坐在轿里，似杠子举重，一行哭着互扇。（第二十三回第3091页。路本、蒲邹本同。）

【误】杠子举重，未必“忽扇”，故“杠子”之前脱一“软”字。互扇，应为“忽扇”。

【正】坐在轿里，似软杠子举重，一行哭着忽扇。

36. 下颏嘴　人都说他大风刮了下颏嘴，也难赶。（第二十三回第3091页。路本、蒲邹本作“大风刮了下颏，嘴也难赶”。）

【误】此句原为淄川地区的歇后语“大风刮掉了下巴骨——嘴也赶不上”。原文标点错。蒲邹本正确。

【正】大风刮掉了下颏，嘴也难赶。

37. 欢欢　起一卦笑欢欢，他说是今年春，太爷才交临官运。（第二十四回第3093页。路本、蒲邹本同。）

【误】此段【耍孩儿】押en韵且首句入韵，“欢欢”不押韵。欢，应为“吟”。

【正】起一卦笑吟吟，他说是今年春，太爷才交临官运。

38. 蜜　忽然云起黑满山，一霎倾盆蜜似帘……（第二十四回第3094页。路本、蒲邹本皆作“密”。）

【误】“蜜”字不通，应作“密”。路本、蒲邹本正确。

【正】忽然云起黑满山，一霎倾盆密似帘……

39. 捞　从头细观，这也捞的瞎试官。（第二十五回第3097页。路本、蒲邹本同。）

【误】在淄川土语中，“唠”才是蒙骗的意思，故“捞”字当为“唠”。

【正】从头细观，这也唠的瞎试官。

40. 色　卷子展开色，卷子展开色，磨墨声闻百步遥，个个都吟哦，好似蛐蟮叫。（第二十五回第3098页。路本同，蒲邹本作“包”。）

【误】“色”既不通，也不押韵。蒲邹本正确。

【正】卷子展开包，卷子展开包，磨墨声闻百步遥，个个都吟哦，好似蛐蟮叫。

41. 合庵说：不必，莫掉了什么。（第二十五回第3099页。路本、蒲邹本同。）

【误】“莫”字不通，当为“没”字。

【正】合庵说：不必，没掉了什么。

42. 自觉一个举人，也压不住家。（第二十五回第3100页。路本、蒲邹本同。）

【误】压“家”不通。应是“仇家”。

【正】自觉一个举人，也压不住仇家。

43. 难得他，他把性命全。不必宫花插帽檐，我的天呀咳！（第二十六回第3102页。路本、蒲邹本同。）

【误】按【银纽丝】格律，“难得他，他把性命全”处当为一个七字句。故此处衍一个逗号、一“他”字。

【正】难得他把性命全，不必宫花插帽檐，我的天呀咳！

44. 笑嘻嘻　不觉笑嘻嘻，不觉笑嘻嘻，既在世间为个人，却也不可不尝尝这奶奶味。（第二十六回第3104页。路本、蒲邹本同。）

【误】此段【叠断桥】押ei韵，“嘻”字不入韵。嘻，当为“嘿”。“嘿”，淄川方言读hēi。“人”，在此处读réi。

【正】不觉笑嘿嘿，不觉笑嘿嘿，既在世间为个人，却也不可不尝尝这奶奶味。

45. 芦蛰　休高了，看那臭虫勾不着，休光偏宜那芦蛰。(第二十八回第3114页。路本、蒲邹本皆作“芦蜇”。)

【误】“蛰”，《汉语大字典》无此字。“蜇”，淄川土语读zhā。芦蜇，蚊子的一种，形体大，咬人狠，淄川人俗称“潦渣蚊”。在蒲松龄的《日用俗字·昆虫章》中作“蠦蜇”。

【正】休高了，看那臭虫勾不着，休光偏宜那芦蜇。

46. 顾追　三更里苦哀哉，疼又麻难顾追，十万蛆螯这波罗盖。(第二十八回第3114页。路本、蒲邹本同。)

【误】此段【耍孩儿】押ai韵，“追”字不入韵，也不通，应为“踹”。“顾踹”，挣扎的意思。

【正】三更里苦哀哉，疼又麻难顾踹，十万蛆螯这波罗盖。

47. 皇扛　昨日又短了皇扛，教军门赔了十二万。(第二十九回第3117页。路本、蒲邹本同。)

【误】扛，应作“纲”，俗作“杠”。

【正】昨日又短了皇纲，教军门赔了十二万。

48、好好不00　任大王回马说：“好好不00识世务。”(第二十九回3120页。路本．蒲邹本皆无“00”。)

【误】衍一“好”字，误作“00”。

【正】任大王回马说：“好不识世务。”

49. 兵百万　尚书领兵坐团营，部下貔貅兵百万，剑戟丛中人杀战，麒麟阁上俺标名。(第三十一回第3125页。路本、蒲邹本同。）

【误】此诗押 eng 韵，“万”字不入韵，应为“百万兵”。

【正】尚书领兵坐团营，部下貔貅百万兵，剑戟丛中人杀战，麒麟阁上俺标名。

50. 象　人人看着招不下，料想一去即周全，事情原不由人象。（第三十二回第 3131 页。路本、蒲邹本同。）

【误】此段【耍孩儿】押 an 韵，“象”字既不入韵，也不通。应改为“豢”字。“豢”，淄川土语为猜测、判断的意思。

【正】人人看着招不下，料想一去即周全，事情原不由人豢。

51. 捽　富贵只等闲，又何必捽高官？高陵矮谷登时变。（第三十五回第 3143 页。路本、蒲邹本同。）

【误】“捽”字不通。应为“争”字。

【正】富贵只等闲，又何必争高官？高陵矮谷登时变。

52. 甚　五个孙子，一个刑厅，一个翰林，甚余都是名士。（第三十六回第 3144 页。路本、蒲邹本皆作“其”字。）

【误】“甚”字不通，应为“其”字。路本、蒲邹本正确。

【正】五个孙子，一个刑厅，一个翰林，其余都是名士。

## 《增补〈幸云曲〉》

1. 开言　万岁爷笑开言，叫御妻休胡猜，放心稳坐何妨碍?(第二回第3159页。路本、蒲邹本同。)

【误】此段【耍孩儿】押ai韵，“言”字处应押韵而“言”字不入韵。“开言”应为“言开”。

【正】万岁爷笑言开，叫御妻休胡猜，放心稳坐何妨碍?

2. 浑身走了三魂号，灵山点卯一遭。(第三回第3163页。路本、蒲邹本同。)

【误】“三魂号”不通。句式也不符【耍孩儿】格律。“浑身”后脱一“战”字，“号”当为“到”且应断后。

【正】浑身战走了三魂，到灵山走了一遭。

3. 顺风耳、挣扎　千里眼顺风耳，看了看是武宗，恹恹害的难挣扎。(第四回第3167页。路本、蒲邹本同。)

【误】此段押eng韵，“耳”字处、“扎”字处应押韵而不押韵，故“顺风耳”应为“耳顺风”，“挣扎”应改为“扎挣”。(这种为叶韵而改变词序的现象，在蒲松龄的著作中并不少见。)

【正】千里眼耳顺风，看了看是武宗，恹恹害的难扎挣。

4. 少死的村夫，该打一顿!饶了你流水快走，等来人打断你那懒筋!(第四回第3168页。路本同，蒲邹本无此“村夫”后逗号。)

【误】按【耍孩儿】格律，“村夫”后不应点断。蒲邹本正确。

【正】少死的村夫该打一顿!饶了你流水快走，等来人打断你那懒筋!

5. 捞　出息着捞个私囊，寻个媳妇。(第五回第3170页。

路本、蒲邹本同。）

【误】拶，指旧时刑具拶子，或用拶子拶手指，语意与原文不符。此处当为“攒”。

【正】……出息着攒个私囊，寻个媳妇。

6. 一个　一个鹰头鳖耳，酷像是做了朝廷。（第五回第3172页。路本、蒲邹本同。）

【误】文中“鹰头鳖耳”并非单指一人，故“一个”不通；按【耍孩儿】格律此句当为七字句，“一个”当为“一个个”之误。

【正】一个个鹰头鳖耳，酷像是做了朝廷。

7. 常言道天不支使空人情，管我打发你个喜欢。（第八回第3187页。路本同，蒲邹本逗号在“人”字后边。）

【误】不通。标点错。蒲邹本正确。

【正】常言道天不支使空人，情管我打发你个喜欢。

8. 不上眼不上眼　浑身不上眼不上眼，谁知手里有钱财。（第九回第3191页。路本同，蒲邹本作“上下不上眼”。）

【误】接连两个“不上眼”显然不通。当是蒲邹本正确。

【正】浑身上下不上眼，谁知手里有钱财。

9. 瞧　睁龙眼仔细瞧，进来个老妈妈。（第九回第3192页。路本作“瞰”。）

【误】此段【耍孩儿】押 a 韵，“瞧”字不入韵，当为“瞰”字。

【正】睁龙眼仔细瞰，进来个老妈妈。

10. 银子　可给了我一锭银子，我掂量着有十来两银子；

不足为奇，还给了我一盒金豆。（第十回第3194页。路本、蒲邹本同。）

【误】第二个“银子”明显重复，将其断后，语意更明白。

【正】可给了我一锭银子，我掂量着有十来两，银子不足为奇，还给了我一盒金豆。

11. 哄他哄他　我将好言哄他哄他，他若信了……（第十回第3197页。路本、蒲邹本同。）

【误】“哄他哄他”不通。当为“哄他哄”。

【正】我将好言哄他哄，他若信了……

12. 怨家　叫声薄命的小怨家，几时挨够打合骂？（第十一回第3199页。路本同。）

【误】“怨家”不通，当为“冤家”。

【正】叫声薄命的小冤家，几时挨够打合骂。

13. 怕婆娑　佛动心怕婆娑，俺今日受折磨，不知亏了那一个？（第十二回第3201页。路本同。）

【误】“怕婆娑”不通。“怕”应为“泪”字。

【正】佛动心泪婆娑，俺今日受折磨，不知亏了哪一个。

14. 席栅　赤淌脸儿半栏脚，若在山沟顶席栅，你的生意比他兴。（第十二回第3204页。路本同，蒲邹本作“席棚”。）

【误】此段【耍孩儿】应押eng韵，“栅”字既不通，也不入韵，应为“棚”字。席棚，用木杆和苇席扎起的简陋住房。蒲邹本正确。

【正】赤淌脸儿半栏脚，若在山沟顶席棚，你的生意比他兴。

15. 摆　大丫头说话摆，摆着尾摇着头，皇帝气恼龙眉皱。（第十二回第3205页。路本、蒲邹本同。）

【误】此段【要孩儿】应押ou韵，“摆”字既不入韵，也不通，应为“诌”字。

【正】大丫头说话诌，摆着尾摇着头，皇帝气恼龙眉皱。

16. 杯　小二姐面飞红，没奈何斟上杯，无精无彩把酒送。（第十三回第3208页。蒲邹本同，路本作“盃”。）

【误】此段【要孩儿】应押eng韵，“杯”“盃”皆不入韵，应为“盅”字。

【正】小二姐面飞红，没奈何斟上盅，无精无彩把酒送。

17. 怎敢　你这里放着床底下，那客来到家，怎敢刷净了茶壶，那客待中去了。（第十五回第3216页。路本、蒲邹本同。）

【误】“怎敢”，意思与原文不符。按照原文语意应为“仔赶”。“仔赶”，在淄川土语中作“等到”解。

【正】你这里放着床底下，那客来到家，仔赶刷净了茶壶，那客待中去了。

18. 要　俺请你来吃酒来，说许你要俺来么？（第十八回第3232页。路本作“耍”。）

【误】“要俺”与文意不符，应为“耍”。路本正确。

【正】俺请你来吃酒来，说许你耍俺来么？

19. 阚　那长官不知带了几两银子来阚院，给他一个割根齐查，羸他个罄净，叫他院也嫖不的，人也为不的。（第十九回第 3234 页。路本、蒲邹本皆“闞”。）

【误】“阚”，与原文语意不符，应为“闞”字。“闞”，同“嫖”。

【正】那长官不知带了几两银子来闞院，给他一个割根齐查，羸他个罄净，叫他院也嫖不的，人也为不的。

20. 拿着混铁枪，三枪两枪刺死那绵羊。（第十九回第 3235 页。路本同。）

【误】按照行令的规定“那古人拿的是什么，三什么两什么，打死那什么”和万岁的“汉高祖使着开山斧”、王龙的“俺达达拿着三股叉”，可以认定在“拿着混铁枪”前边脱漏“王彦章”三字。

【正】王彦章拿着混铁枪，三枪两枪刺死那绵羊。

21. 糟囤　怎么越大越糟囤了！这粉头还有公母么？（第十九回第 3235 页。路本、蒲邹本同。）

【误】淄川土语，说人知识、能力退步叫“槽囤”，故“糟”字应改为“槽”字。

【正】怎么越大越槽囤了！这粉头还有公母么？

22. 哈哈　万岁爷笑哈哈，叫鸨子斟大杯，二姐喜的如酒醉。（第十九回第 3235 页。路本、蒲邹本同。）

【误】此段【耍孩儿】押 ei 韵且首句入韵。“哈”字不入韵，应为“嘿”字。

【正】万岁爷笑嘿嘿，叫鸨子斟大杯，二姐喜的如酒醉。

23. 投回壶　王冲霄跪案前，众神灵保佑咱，待合长官投回壶。（第二十二回第 3248 页。路本、蒲邹本同。）

【误】此段【耍孩儿】押 an 韵，“壶”不入韵。“投回壶”应为“投壶玩”。

【正】王冲霄跪案前，众神灵保佑咱，待合长官投壶玩。

24. 失　王龙那公子性，素常降人是惯了的，谁敢说一个失字。（第二十三回第 3252 页。路本、蒲邹本同。）

【误】“失”字不通。应为“不”字。

【正】王龙那公子性，素常降人是惯了的，谁敢说一个不字。

25. 监　我若得了王侯位，给你本儿去转钱，监商茶客从你的便。（第二十四回第 3257 页。路本、蒲邹本皆作“盐”。）

【误】“监”字不通，应为“盐”字，路本、蒲邹本正确。

【正】我若得了王侯位，给你本儿去转钱，盐商茶客从你的便。

26. 说话　武宗爷笑哈哈，你磕头为什么？我不过是句闲常说话。（第二十五回第 3262 页。路本同。）

【误】“我不过是句闲常说话”既不通，也不合【耍孩儿】格律。“说”字应删除。

【正】武宗爷笑哈哈，你磕头为什么？我不过是句闲常话。

27. 泼杂运　见一个算卦人，他算我近至尊，至尊现交着泼杂运。（第二十六回第 3266 页。）

【误】“泼杂运”不通。当为“拨杂运”或者“驳杂运”。

如《寒森曲》第七回："注你一生官二品，分外还有十万银，四十年全无拨杂运。"

**【正】**见一个算卦人，他算我近至尊，至尊现交着拨杂运。

# 《蒲松龄近体诗创作中用韵与入声字使用探究》辨误

林宗源先生《蒲松龄近体诗创作中用韵与入声字使用探究》一文（载《蒲松龄研究》2014 年第 3 期），对蒲松龄近体诗中使用平水韵、应用入声字的情况以及出现的讹误进行举例分析，这对今天习惯于使用普通话的年轻人学习、研究蒲松龄的诗作无疑是大有裨益的。但是应当指出，林先生的文章中也还存在着不少偏差，同样也会对读者产生误导，故而也有必要做一些纠正。

## 一、 蒲松龄作诗用平水韵的问题

林先生说："依其作品创作的韵部用字看，蒲松龄从始至终遵循平水韵要求，没有偏离。""蒲松龄数十年如一日，一贯遵循平水韵。"还分析了"蒲松龄近体诗创作严格遵循平水韵的主要原因"：科举制度的导向和统治者的倡导决定了近体诗创作的用韵规则；蒲松龄从青年至老年，一直受清代著名诗家的影响。

对蒲松龄作诗使用平水韵的问题，是一个无须讨论的问题。

自《壬子新刊礼部韵略》（即后来所说的“平水韵”）颁布之后，诗人们创作一直都奉为圭臬，并不像现在还有《新声韵》与之分庭抗礼。即使元代，散曲的创作取消了入声字，而写诗仍然使用平水韵。至于清代的施闰章、王士禛、高珩、唐梦赉、张笃庆等著名诗人，自然全是用平水韵写诗。

可见，蒲松龄写诗使用平水韵是理所当然的，别无选择，不存在什么偏离不偏离的问题。这一点，林先生文中也谈到了：“蒲松龄生活的时期是顺治与康熙朝代，近体诗创作使用平水韵不仅是他个人的选择，也是当时社会中诗家的普遍认定。”既然“不是他个人的选择”，即“必须如此”，还用得着论证吗？

## 二、 入声字问题

林先生指出了蒲松龄诗中使用的部分入声字，这对于青年人研究蒲松龄诗词来说颇有好处。这里也存在着两个问题。

（一）入声字的读音

林先生在指出入声字时，用拼音标明了它的读法，如“西出阳关无故人”中的“出”字，标音读“chù”；“落花时节又逢君”中的“节”字，标音读“jiè”；“晓看红湿处”中的“湿”字，标音读“shì”……即将全部入声字的声调都标为“去声”，这是没有根据的。入声字自有它“标准”的读法。怎么读？按传统的说法，平声是平调，上声是升调，去声是降调，入声是短调。明朝释真空的《玉钥匙歌诀》曰：“平声平道莫低昂，上声高呼猛烈强。去声分明哀远道，入声短促急收藏。”这“入声短促急收藏”，就是入声字的读法，这在老一辈诗人遗留下来的吟诵录音中可以清晰地体察到，与现在的去声读法是完全不同的。

将入声字读为去声，是一种误导。

（二）蒲松龄与入声字

林先生称赞蒲松龄说：“他虽然是北方人，但近体诗创作中，对入声字的使用十分讲究，在他的诗作中，凡涉及到声眼处，入声字该用仄韵，都能合理使用，没有偏差。”

林先生是用当代人的眼光来看古人的。

清代的教育，孩子们从小入私塾读书，每个字的读法，从先生那里学来的就是“平、上、去、入”，无论南方人还是北方人，概莫能外，根本没有第二种读法！就如同现在的孩子从上幼儿园就学习普通话一样，“一声、二声、三声、四声”分得清清楚楚。蒲松龄虽然没走入仕途，但这样属于“小儿科”的知识，不出偏差属于正常，出偏差才是怪事。

用现代眼光去衡量古人，得出的结论必然背离事实。

## 三、关于平仄两读字

林先生在分析“远看山有色，近听水无声”时说，“甚至古代连给儿童写谜语诗，也讲究入声字的使用”，“‘听’亦用为入声字”，这说法也是错误的。在古人的诗词作品中，有许多平仄两用的字，如“叹、看、望、忘”等，这些字平仄两用是无条件的，不像现代汉语中的多音多义字使用要分清语境。因此，说“‘看’可读为平声”是对的，而说“听”是“入声字”便错了，“听”只是个平仄两读字罢了。

## 四、 蒲松龄诗中的讹误问题

林先生指出了蒲松龄诗中的几处讹误，其中也有林先生误读之处。

蒲松龄的《归途大风》全诗如下：

朔风扑面吹尘沙，马毛蝟磔人影斜。
布袍梗涩起寒粟，老眼涕泪生空花。
风狂到村疑到舍，途远见城如见家。
此时家居对蓬户，乐似锦城我不去。

该诗第三句尾的“寒粟”，林先生认为“‘粟’应该是传抄时的笔误，这个词应该是‘寒栗’”。这说法是不对的。“栗”确实有“因寒冷而发抖”的意思，“寒粟”呢，是“因受冷或惊恐等皮肤上形成的小疙瘩”，也就是俗语说的“鸡皮疙瘩”。哪一个正确？林先生没有注意到诗中在“寒”字前有一个动词“起”，这说明只有“起寒粟”才是正确的！所以此诗这里并没有错误。

林先生以为这首诗作者选用的韵部是“麻韵”，因而“偏偏第八句是一个仄声的‘去’字”便错了，将其改作“嗟”字才好。其实林先生没有注意到，这首诗不是“七律”，而是一首古体诗：首句的“吹尘沙”、四句的“生空花”都是“三平脚”，这在律绝中是不允许的，而在古体诗中又是正常的句式。古体诗是可以换韵的。蒲松龄龄的这首七言古诗，就是在最后两句转换为仄韵。“户”字属“七麌”，“去”字属“六语”，“麌”部和“语”部照例是可以通押的。

近体诗邻韵通押，在前人诗中也并非难找，如唐李商隐的《无题》：

凤尾香罗薄几重，碧文园顶夜深缝。
扇裁月魄羞难掩，车走雷声语未通。
曾是寂寥金烬暗，断无消息石榴红。
斑骓只系垂杨岸，何处西南待好风。

一、二句的“重、缝”是上平声“二冬”韵，四、六、八句的“通、红、风”则是上平声“二东”韵。一东、二冬通押。如宋邵雍的《插花吟》：

头上花枝照酒卮，酒卮中有好花枝。
身经两世太平日，眼见四朝全盛时。
况复筋骸粗康健，那堪时节正芳菲。
酒涵花影红光溜，争忍花前不醉归。

一、二、四句的“卮、枝、时”是上平声“四支”韵，六、八句的“菲、归”则是上平声“五微”韵。四支、五微通押。故清人袁枚的《随园诗话》中，说“唐人不以为嫌也”。

由此又可推断，林先生认为蒲松龄的《夜发维扬》中用了“东”与“冬”两韵部的字作韵脚是“韵字‘串门’”，是“没有余裕过多推敲”，同样有失偏颇。

# 史料文存

# 新发现的蒲松龄遗著《督丈词》和《闹馆》

清道光年间做过知县的淄川人王培荀，在其《乡园忆旧录》中曾述及，蒲松龄年轻时写过一篇《督丈词》。书中介绍道：“国初，邑令某清丈田亩，乡派一人司事，谓之督丈。里中无赖胥吏得与其选，大肆威势，高下其手。蒲柳泉先生，年方稚，编《督丈词》，皆市井俚语，形容鄙态，令人绝倒。然即此足见当日情事，作韵语阳秋观可也。”

然而自此之后，《督丈词》却极少有人见到，以至于蒲学专家袁世硕先生在其《蒲松龄事迹著述新考》中不无遗憾地说：“王培荀在道光年间还读到过《督丈词》，惜乎，我们无法读到蒲松龄的这篇‘形容鄙态，令人绝倒’的‘韵语阳秋’了。”

令人意想不到的是，这篇《督丈词》在销声匿迹一百多年以后，竟然又呈现在读者面前。

发现并让其重现于世的是蒲喜章先生。蒲喜章先生痴迷于蒲学研究，多年来为搜集蒲学史料奔走于文化市场和旧书摊。日前，经友人介绍，蒲喜章结识了曹厥田先生。曹先生家中藏有其祖父于清光绪三十一年（1905）到民国四年（1915）手抄的《聊斋外传》九册，其中便有《督丈词》。

在曹氏手抄的《督丈词》中，描写“督丈”的形象是：“胖着唇，决（撅）着嘴，好似一个开路鬼；撅着嘴，胖着唇，好似一个直眉神。瞪着眼，搦着捶，好似一个杀人贼；搦着捶，瞪着眼，好似一个丑官管。”描述“督丈”出发清丈土地一路上的威风是：“青竹竿杈当了甘蔗棍，回避牌借重了两张锨。把肚子腆着往来走，仰着驴脸光看天。”当有人对他不合理的丈量方式提出异议时，作者用了一系列的歇后语来描述“督丈”的神态和心理：“督爷时煞歪头鳖，险些中了黑虎玄。扛扛起了梳头洗，自家估摸着是锣鼓喧。”正是王培荀所说的“市井俚语，形容鄙态，令人绝倒”。

督丈一事，发生在清顺治十一年（1654）到十二年（1655），当时蒲松龄十五六岁。《督丈词》中所记述的地点如寨里、徐家庄、七里店，距蒲松龄生长的蒲家庄近则三四里，远的也只有十余里。无论语言的风格还是事件发生的地点，都说明此《督丈词》即王培荀所看到的蒲松龄的《督丈词》无疑。

在曹先生所抄的《聊斋外传》中，还有蒲松龄的戏一出《闹馆》。《闹馆》本来在路大荒、关德栋、盛伟诸位先生的《蒲松龄集》《聊斋俚曲选》《蒲松龄全集》中都已收入，且内容都大同小异。但是凡是看过上述版本中收入的《闹馆》

者，都会有一个疑问：既然称《闹馆》，为什么没有一点“闹”的内容？内容与戏名可谓不符！上述版本中的《闹馆》，无一例外都是写的“专以教书为业”的先生“和为贵”，为生活所迫，不得不接受东主“礼之用”的苛刻条件受雇成馆的故事，通篇反映的是“斯文不值钱”而已。

曹氏抄本虽然也有述说教书不易的“若不是大德望荐贤东阁，几携着师母采蕨西山”“今日的师父倒比那学生多”，内容却更突出了一个“闹”字：先生仁之焕被东家请去下棋，学生们馆中玩起了“摸瞎糊”。先是为了决定先捂谁的眼睛而行令：“师父在学堂，学生立在傍。学生像小鬼，先生像阎王。”“师父在学堂，学生立在傍。学生像粪堆，师父像蜣螂。”接着开始瞎摸，摸着摸着，竟抱住的下棋回来的先生的腰！师父要惩罚，奶奶打发丫鬟来说情，结果只好责打书僮了事。仁之焕最后喟叹“学生成了精，只推看不见。休得打破了嗷饭的碗”。从“闹”的内容，以及语言风格，都更像是蒲松龄所作，也更像是真正的《闹馆》。

# 《乡园忆旧录》中关于蒲松龄的资料述评

## 一、 卷一·四五 蒲松龄

蒲柳泉先生松龄，母梦老僧入室而生，颖悟绝伦，淹贯群书。作文空诸所有，一缕清思为题，曲曲传神写照，时文中白描高手也。施愚山评其文谓“剥肤见骨”。场中文多取痴肥，故终身不遇。工四六。诗集仅四册，盖以余力为之。邑之东有柳泉，深丈许，水满而溢。泉上小山簇簇，作儿孙罗列，圆如米聚，方如印覆；杂以垂杨绿柳，萦青缭白，浑无断际。先生爱之，遂以为号。又作逸老园，临河面山。自记云：“山以石胜。高状矗矗，下状兀兀，肥状闷闷，瘦状稜稜。虎若而伏，人若而立，羊若而群，不可品名，不可以策数。”先生于此逸老。性诙谐而刚直，不少假借。就自作《志异》中择《珊瑚》《张讷》《江成》编为小曲，演为传奇，使老妪可解，最足感人。又纂辑古来言行有关修身齐家、接物处事之道者，成书五六十卷，粹然醇儒之学。特无力刊行。世人或讥其轻薄，不知嬉笑怒骂皆具救世婆心，非以口笔取快一时也。所著《聊斋志异》，人服其才学，而未知其生平心术，故略录梗概焉。

**述评：**

蒲松龄终生不第的原因，现代专家多方推测。作为在科举道路上奋战多年的王培荀，“场中文多取痴肥，故终身不遇”之说肯定是有道理的。

“又作逸老园，临河面山。自记云：‘山以石胜。高状矗矗，下状兀兀，肥状闷闷，瘦状稜稜。虎若而伏，人若而立，羊若而群，不可品名，不可以策数。’先生于此逸老。”这一段文字，是王培荀的误会。蒲松龄作的是《逸老园记》，并非“作逸老园”。逸老园乃是毕际孚所筑。蒲松龄只是替他写了篇记述文字而已。故文章开篇“东阿，余别业也”中虽然称“余”，却不是蒲松龄而是毕际孚。“山以石胜。高状矗矗，下状兀兀，肥状闷闷，瘦状稜稜。虎若而伏，人若而立，羊若而群，不可品名，不可以策数”都是《逸老园记》中的文字，只是稍有脱漏错讹。毕际孚，毕自严的幼子，原名际兑，字信涉。逸老园在离西铺东南二十多里的冲山之阴东阿村。

“世人或讥其轻薄”，可见《聊斋志异》一书，至道光年间，在不少文人中还只是看作一种消遣品，并没有受到足够重视；王培荀能做出“不知嬉笑怒骂皆具救世婆心，非以口笔取快一时也”的评价，实属不易。

## 二、卷一·一三五 蒲松龄《督丈词》

国初，邑令某清丈田亩，乡派一人司事，谓之督丈。里中无赖贿胥吏得与其选，大肆威势，高下其手。蒲柳泉先生，年方稚，编《督丈词》，皆市井俚语，形容鄙态，令人绝倒。然即此足见当日情事，作韵语阳秋观可也。先生子若孙皆有声场屋，今式微矣。平生所御琴，为邑令王燕南买去。寿山石图章一匣，色理俱佳，篆法古雅，亦售于他人。或传柳泉一子能记前生，《聊斋》不载，未可信。余见其族某，幼时至某家，能知其内曲折，盖生七八岁即夭，后转生也。《督丈词》皆以七字为句。县志有云："旧步弓长若干，今骤减若干，为害匪浅。"未知即此时否。

**述评：**

"蒲柳泉先生，年方稚，编《督丈词》"，除从王培荀的笔下得知此消息之外，并无人见过蒲翁的这篇作品，故而袁世硕先生在其《蒲松龄事迹著述新考》中不无遗憾地说："王培荀在道光年间还读到过《督丈词》，惜乎，我们无法读到蒲松龄的这篇'形容鄙态，令人绝倒'的'韵语阳秋'了。"令人意想不到的是，这篇《督丈词》在销声匿迹一百多年以后，竟然又呈现在读者面前了。

发现、并让其重现于世的是族叔蒲喜章。日前，经友人介绍，族叔结识了曹厥田先生。曹先生家中藏有其祖父于清光绪三十一年（1908）到民国四年（1915）手抄的《聊斋外传》九册，其中便有《督丈词》。在曹氏手抄的《督丈词》中，描写“督丈”的形象是“胖着唇，决（撅）着嘴，好似一个开路鬼；撅着嘴，胖着唇，好似一个直眉神。瞪着眼，搦着捶，好似一个杀人贼；搦着捶，瞪着眼，好似一个丑官管”。描述“督丈”出发清丈土地一路上的威风是“青竹竿杈当了甘蔗棍，回避牌借重了两张锨。把肚子腆着往来走，仰着驴脸光看天”。确如王培荀所说的“市井俚语，形容鄙态，令人绝倒”。

蒲松龄在他的作品中虽然不乏对于弹琴的描写，但是他个人是否善于弹琴却无相关的资料可以证明。查《淄川县志》，自康熙之后，淄川县令中并无名“王燕南”者，故王培荀说蒲松龄“平生所御琴，为邑令王燕南买去”，尚待考证。

据族侄蒲伟业考证，从蒲松龄墓中出土的“蒲氏松龄”与“柳泉小景”两枚印章，与蒲松龄画像所盖的“蒲氏松龄”与“柳泉小景”两枚印章并不完全相同。主要差异有：“蒲氏松龄”章中草字头局部顶天，钤印中全部顶天；“氏”（篆体字）字底部不同；“松”字下部“厶”字不同；“龄”（繁体字）字中“令”字不同。“柳泉小景”中的柳树等 3 处不同——从“寿山石图章一匣，色理俱佳，篆法古雅，亦售于他人”来看，是否蒲翁的“蒲氏松龄”与“柳泉小景”两枚印章有近似的两枚，除陪葬的两枚之外，还有另外两枚“售于他人”了？

“或传柳泉一子能记前生”，族中并无此说，实为后人杜撰。

## 三、卷二·一八 张实

……吾淄蒲柳泉《聊斋志异》未尽脱稿时，渔洋每阅一篇，寄还按名再索，来往札余俱见之，亦点正一二字，顿觉改观。先生笔墨之妙，端由心细功深，其《池北偶谈》《居易录》草稿，涂乙满纸，人乃看似容易。或传其愿以千金易《志异》一书，不许。其言不足信也。《志异》有渔洋顶批、旁批、总批，坊间所刻，亦云‘王贻上士正评’。所载评语寥寥，殊多遗漏。

**述评：**

王氏云“渔洋每阅一篇，寄还按名再索，来往札余俱见之”，且云“《志异》有渔洋顶批、旁批、总批，坊间所刻，亦云‘王贻上士正评’。所载评语寥寥，殊多遗漏”，说明他见过《聊斋志异》的手稿（还见过与手稿一并保存的《聊斋行乐图》），且不是在蒲松龄后裔家中见到的。他是在何处见到的，值得探讨。

“或传其愿以千金易《志异》一书，不许。其言不足信也。”作为诗坛盟主的王渔洋，如何会去做“以千金易《志异》”的勾当！王培荀的判断是高明的。可惜至今犹有人把王渔洋“以千金易《志异》”当作事实，可笑。

## 四、卷八·二八　朱孝纯

朱子颖运使，名孝纯，正红旗汉军。晓岚先生门生也，以诗受知。守泰安时，初见吾淄蒲柳泉先生《聊斋志异》抄本，喜而刻之。偶为删润，有长篇缩为二三行者。先生见之亦当心服。其余短章数篇虽有小致，亦在所弃，不使败叶溷芳华也。自是坊间翻刻盛行，子颖之功于柳泉大矣。

**述评：**

朱子颖根据个人喜好，随意删改《聊斋志异》，甚为不妥。王培荀以为“先生见之亦当心服”“勿使败叶溷芳华也”“子颖之功于柳泉大矣”，实属悖理之论。对于古人传世之作，岂如教师之于学生作文，可随意增删？倘如朱子颖之谬种流传，古典名著无复本来面目矣！

## 五、卷八·五七　蒲松龄小像

蒲柳泉先生有小像，不知谁作。马子琴题之云：“双眸炯炯岩下电，庞眉大耳衬赤面。口辅端好吟须长，奕奕精神未多见。”余不具录。按：先生诞时，母梦老僧入室，形容枯瘦，偏袒，胸贴膏如钱。及生，有黑志在乳际，而生像乃如是。读《聊斋志异》者，无不想见其人，此诗能貌其梗概，故节录之。

**述评：**

马子琴题写了“双眸炯炯岩下电，庞眉大耳衬赤面。口辅端好吟须长，奕奕精神未多见”的蒲松龄小像，显然不是江南朱湘麟所作，现悬挂在蒲松龄故居的蒲松龄画像，否则马子琴不可能“不知谁作”。

就现有资料分析，蒲松龄的另一张画像，肯定是由蒲价人带到东北，而后在他的儿子手里失落的《聊斋行乐图》。值得注意的是，马子琴、王培荀是在何处见到《聊斋志异》手稿和《聊斋行乐图》的？

2011 年 7 月 26 日

# 《聊斋志异》手稿保存者介绍

将《聊斋志异》手稿带到东北的蒲价人，并不是蒲松龄的后裔，杨海儒先生在《聊斋手稿何以流落辽宁》一文中已有阐述："其乃蒲松龄的八世族孙无疑。"兹根据《蒲氏世谱》所载，将蒲价人及其后代介绍如下。

蒲价人

字藩侯，邑庠生。配孙氏，子四：长子英灏，次子英瀚，三子英润，四子英芳。

族兄生于道光八年戊子。性颖悟，帖括一见即造精遂（髓——笔者注）。然不好读，亦不好封殖，酷乐名山大川。往尝借枪手蝇头利作游历资。曾随学台考青州，落棚。宗师视为柳泉公裔，释之，赠以金归。应济属试，始补博士弟子员。后因出嗣胞叔锦堂无嗣过继堂侄，兄恐妻子争差，立券第二日即尽室偕行，赴辽东矣。时同治庚午。及光绪己卯，闻讣音，夫妇同奔丧。是岁修谱，并作撰。乙酉乃赴沈。久无音。丁未，善馆历下，始有邮政局孙生即宗代（带——笔者注）书一函。二月十七日寄，六月初八按复函，时兄仙逝已久，嫂羽化，七十六岁。己酉冬合葬于西丰县自买地内。今辛亥修谱，念及兄洒落清风，惆怅者久，况马鬣尘封，万隔苍（沧——笔者注）海。吾兄有灵，当赞此谱之快成。

四月朔　族弟治善略识

## 蒲英灏

配贾、郭氏。官印步瀛。子四。光绪廿六年庚子，擢用花翎，尽先补用都司，帮带三营，节制五营。至光绪三十一年丙午，改新法，奉天聪（总——笔者注）制徐菊人派为分董，随办奉天三省渔业。公司委员与日本争，大赔。至宣统三年始有基础。至诰封三代，俟函再序。

族叔　治善　暂记

## 蒲步瀛

配贾、郭氏。子五：长子文琛，次子文琳，三子少亡，四子文瑜，五子文珊。女二：长女文彦，次女文君。

字仙洲，号步瀛。

蒲步瀛，字仙洲，原（名）英灏，山东淄川人。幼业儒未成，去而入伍。光绪甲午年来奉，历充哨官、帮统等职，兼任营务处交涉局筹济局委员等差。爰经军民长官鲍庆裕、宋依定增名大宪依次保花翎三品都司。光绪二十六年带队来丰，奉令镇守，遂家焉。公对于县境治安尤为注意。如东击股匪、西拒俄人，又剿刘永和（即刘单子）之忠义军，不使入境，地方赖以安全。公送有“一乡安全”“德洽军心”匾额二方，用志其功。迨后改（致——笔者注）仕归田，寓居城内，毫无蓄积，惟一襟明月、两袖清风而已。士绅感念，因会请大总统褒以匾额、银章。子二，以家境寒微，均令其习武。一充参谋，一充副官，皆英勇有父风。孙辈从事畎亩，以安农业。公常谓淄川留仙为其所自出。家藏有当日改削七才原稿四部，珍密不轻视人。至晚年耐守清贫，大有乃祖风范。寿八十，无疾而终。

转抄自《西丰县志》卷七

曾族孙　先明抄

## 蒲文珊

字佩珩。妻常日新。子二：长子惠章，次子鸿章。女二：长女延章，次女沅章。

家父文珊，一八九五年生于沈阳，一九八三年卒于内蒙包头。他为人耿直，勤奋好学。而立之年即任西丰县图书馆馆长。在敌伪时期，历尽艰辛保护先祖遗墨《聊斋志异》原稿廿余年。

《聊斋志异》原稿系曾祖价人从山东携来沈阳。曾祖逝世，由祖父英灏保管，曾被其上司盛京将军依克唐阿借去半部。依氏因事进京，客死北京。时值连年战乱，这半部原稿遂杳无音讯，甚为痛惜。不久，祖父职调西丰，全家随迁。祖父晚年，大伯父欲私售原稿，被祖父发现追回。祖父逝世前亲将尚存的《聊斋志异》原稿交五子文珊，谆嘱其善为保管。

先父文珊对原稿尤为珍视。民国廿年，奉天国立图书馆长袁金凯通过西丰县县长冯广民商借原稿欲选印，先父为慎重计，亲携原稿赴沈，同袁氏面议选印之事。将原稿存入奉天银行保存。由于九一八事变，选印之事一度搁置。直到民国廿二年，才由遵化史锡化总司选印校勘之事。共选出刻印本未编入或有讹误者二十四篇，由东三省名流出资影印出版。此时袁氏已任满洲国参议，又欲由银行出钱购买原稿。汉奸陈漱六、伪中央银行行长和日本人也垂涎欲得，极力插手。先父深知如将原稿卖给他们，不仅可得巨款，还可借以飞黄腾达；如拒绝他们，打击迫害也将接踵而至。但是绝不能让先祖遗墨落入日寇和汉奸之手，他毅然回绝了。先父在给袁氏的信中说："仅此《志异》稿幸存，虽欲购者，但贫不卖书，古训昭然，又何忍先世保存苦心也！"袁氏也不得不承认此，说："卓有见地，生人钦敬。"原稿终得以安然取回。但不久，先父便失去了西丰县图书馆馆长的职务。即使如此，袁氏等辈仍不死心。其子袁庆泽就任西丰县长后，向先父再三示意，其父等文吏要出重价购买原稿。更有日本人频施威胁利诱。先父不顾安危，均以已送回山东力拒之。直至光复，原稿未被日本和汉奸夺走，实乃先祖之幸也，也是家父之大幸。

一九四七年秋，西丰县解放。一九四八年初土改后期，农村刮起了一股农民进城挖浮财风。结果浮财无几，家中藏书却被全部拉到农村，原稿也在其中。所幸被到该地农村检查工作的县政府秘书后升任县长县委书记刘伯涛及时发现。刘为了弄清原稿的真伪，他先后八次找先父谈话，宣讲党的政策。先父感激刘伯涛救了原稿，认识到政府对文化遗产的重视。为保存原稿所经历的种种风险，为长久保障原稿的安全，光大祖德，慨然同意将原稿交给国家保管。同时写了《聊斋原稿》和《聊斋流源考》两篇短文以供研究家参考，并将尚存的《农桑经》残稿一并交给了国家。

一九五一年春，西丰县政府根据上级指示，将原稿送到东北人民政府文化部，经专家鉴定，确认《聊斋志异》原稿是蒲松龄真迹，极其珍贵，遂将原稿原样加衬，用蓝绢绫包皮装裱一新。东北人民政府副主席林枫、高崇民批示：交东北图书馆保存，奖励保存者东北币五百万元（折人民币五百元）。现在原稿仍在辽宁省图书馆珍藏。一九五五年北京文学古籍刊行社曾将原稿影印出版。一九八六年辽宁省辽沈书社又影印出版了《聊斋杂记》即《农桑经》残稿。遗憾的是，先父并未得到原稿影印本。在影印本前言中只写原稿是土改时在东北某农村发现的，没有写明由家父保管并交给国家的。一九七八年，家父应刘伯涛要求，在他写的《〈聊斋志异〉原稿保存经过》一文中提出两点要求：一是要求原稿保存单位承认原稿是由蒲氏家族保管并由蒲氏后裔上交给国家的；二是要求得到一份原稿影印本以传示子孙。可惜没有得到答复，即于一九八三年与世长辞了。在他逝世后不久，辽宁省图书馆在开馆三十五周年纪念文集中发表了康尔平撰写的《馆藏两部〈聊斋志异〉原稿的流传及入藏经过》，一九八八年该馆刊又登载了《蒲文珊与聊斋半部手稿》一文，西丰县文化局也将先父事迹编入《西丰县文化名人录》中。

长女　延章敬撰

1993年1月12日

**蒲文彦**

嫁袁耀忠。南方人，柞蚕技术员。

文彦能歌善书画。《西丰县志》载文彦诗云：

春风和暖春日妍，春水澄清春燕还。

春草春地春光媚，春桃含笑春山前。

民国八年立夏前一日

# 蒲松龄撰写的族人小传

## 璋

相传蒲姓为元世勋，宁、顺间有夷族之祸。刑戮之余，止遗藐孤，时方六七岁，匿外祖家。外祖杨氏，居村之北杨家庄，遂从母姓为杨。元鼎既革，始复旧姓，厥讳璋，即今始祖也。此亦传疑之说，无所考信矣。

十一世孙松龄谨识

## 永　祥

公道德闻望为一时所仰重。暮年举耆德于乡，邑侯就正焉。居第在东街。好倚杖坐门外，过者无不下骑。时邑中无科甲，国姓永盛少年初登第，意气颇扬，入城谒大令，驰而过之。既归，仆告太公。太公怒，诃责之，使返负荆于门。亦可见当年之古道矣。

松龄谨识

## 世　广

公少聪慧，才冠当时。好掷钱为六丰之戏，常坐堂中，令婢拾供之。六钱不溢一砖，必得四幕无讹，遂为绝技。后族人讳节者，与龙兴寺挂褡僧赌，大败，田宅皆质去。大窘，求救于公。公慨然囊资往，顷刻间尽复所失。趣装将归，僧固挽之。公笑曰："实相告，汝之技仅能执三幕，我执四幕，是以胜也。空汝囊亦非难，但我非博徒，不过为族人复仇耳。"僧益惊，求受其术。公曰："我不助恶人为虐也。"乃归。此虽小技，亦足见聪明之一斑矣。

松龄谨识

## 缓　芳

公形貌不伟而负气好义，心大胆雄。每族有难辄锐然自任，耗资财、受险阻，不恤也。无子，抱养张氏后。公没，为本支所妒，归宗去。族人念公之功，不忍其绝，复召归，使奉其祀，是名当。

松龄谨识

## 生　浦

公少颖异，姿性绝人，终岁不展书卷而试必前茅。一日岁试，忘题上下何文，遂妄作之。文宗阅其卷将置四等，而爱其才置三等；又念曰："二等中无此文。"卒列前茅。发落日薄责焉，曰："有如此之才而废学，可惜也。"后闱中拟为元，以其文横放而少浑厚，将散置之。房官争之不得，遂盛气挟卷去，曰："吾留作来科第一人也。"异日语淄令，寄言温勉之。后不第，咸以为不学之过云。

松龄谨识

## 生汶

公字澄甫，明乙酉举人，万历壬辰进士，任直隶玉田县知县。性好学，手不释卷。早起就曙色而读，天忽大雪，积之没胫，不觉也。适族人某以租税故往就商榷，值其读正酣，不敢呼之。待以伺之。日向辰，心不可忍，故顿足作声。公忽举首，乃大惊曰："子来几时矣？"乃与入室。数语后，更欲有所关白，而诵声复作。族人不得尽其词而退。后任直隶玉田县，亦惟坐卧一卷，临民时一于慈爱而已。又天性纯孝，闻母讣，即日挂冠而归。当路者疏其孝，四牌楼志姓名焉。生平羸弱，又读书积劳，居丧毁过，吐血而终。盛德如公而有伯道之憾，远近惜之。后沈公来宰淄，欲立兄子以为之后，召至一一审视，曰："俱非元宗子也。"乃罢。

松龄谨识

## 槃

公少力学而家苦贫，操童子业至二十余不得售，遂去而学贾。数年间乡中称为素封。然权子母之余，不忘经史，其博洽淹贯，宿儒不能及也。长公早丧，四十余苦无子，得金钱辄散去。值岁凶，里中贫者辄按日给之食，全活颇众，后果举四男。食指烦，家渐落，不能延师，惟公自教。子游泮者三人。其生平主忠厚，即乡中无赖横逆时加，惟闭门而已。

男　松龄谨识

## 柷

公为人豪爽好施。族中贫子弟或戚党之乏者，辄相其人而授之资，使学负贩，赖以成家者甚众。生平敬关圣，绘像拜礼焉。会谢迁之党岳正堂等合众来寇，是夜梦关圣召为官，天明率众御寇，遂罹于难。

松龄谨识

## 兆奎

公字聚五，邑庠生。为人意气明决，言如流水，即对法司宪院，其辞井井。在族中分忧急难，不辞劳，不惜费，以故族人有事无大小，悉就委决。尝因族人与孙龙拂先生有口舌之争，孙怒裂其簏，遂忿讼诸郡。孙使人求和，公不许，曰：“必如所辱也以为报！”龙拂许之。乃登堂得著簏而裂之，遂和。此亦可知其为人矣。

松龄谨识

## 兆台

公为人和平温婉，未见其怒色。时邑中从游者甚众。公循循善诱，即庸钝遇之，无不成章。又善饮，饮辄成醉。风流洒落，终始无狂德，故遐迩咸爱重之。

松龄谨识

## 兆武

公字曲元。性狷介，一介不轻取予。好读古书，亦博雅之士也。然颇有胆略。值王世白之乱，率众与贼野战，所向无前，被贼人刃伤左臂，血透重衣，而犹酣战未尝觉也。

弟松龄识

## 兆昌

公字文贲，明天启辛酉举人。形貌丰伟多髭，腰合抱不可交。所坐座阔容二人，每诣戚友，辄令健仆荷而从之。为人质直任性，不曲随，不苟合。明鼎革，伪令孔伟其貌，将荐诸当路，公弗许；强之再三，不可，乃罢。自此日游林壑，无志进取。因诸父昆弟朝夕劝驾，勉就公车。至闱中，不任其苦，一场遂止。后经书业中试矣，衡文者求二三场而不得，深以为恨。居家闭门自守，不预世事，遂精岐黄之术。问医者接踵于门，虽贫贱不拘也。

松龄谨识

## 兆 兴

公初为三伯嗣，后伯父生专乃归。少果毅有气量。谢迁陷城，奋然诣青州乞兵为父报仇。青州道李领兵至，又率众往犒师。李使人诈诘曰："尔等为谢将军来乎？为官军来乎？"其时兵盗不分，仓猝不能应，兵执见李。李以为盗，怒不容辩，罹于难者十余人。或谓李与贼通，其然乎。

松龄谨识

# 癸酉版《蒲氏世谱》校记（摘录）

癸酉年（1993年）出版的《蒲氏世谱》，由于种种原因，错讹较多。为此，祖叔喜章借来旧版《蒲氏世谱》两种，命笔者校正。今将其重点修正内容摘录于此，以免研究蒲氏世系者以讹传讹，贻误他人。

1. 第二页　关椀集（蒲松龄《族谱序》）

【误】“椀”字后脱一“垛”字。

【正】关椀垛集。

2. 第二页　小者可持其富以加大（蒲松龄《族谱序》）

【误】“持”字当为“恃”字。

【正】小者可恃其富以加大。

3. 第四页　深惧久而无稽致瓜瓞绵绵之义（蒲述祖《修族谱序》）

【误】“瓜瓞”前脱一“失”字。

【正】深惧久而无稽，致失瓜瓞绵绵之义。

4. 第四页　今我震侄鑽之于继（蒲述祖《修族谱序》）

【误】鑽，当为缵。

【正】今我震侄缵之于继。

5. 第五页　闲尝考族姓之兴由于果世之朴厚（蒲立德《重修族谱序》）

【误】“果世”为“累世”之误。

【正】闲尝考族姓之兴，由于累世之朴厚。

6. 第七页　迩年来外时作内患叠乘（蒲震《重修族谱序》）

【误】“外”字后脱一“侮”字。

【正】迩年来外侮时作，内患叠乘。

7. 第八页　余闻之不禁跃然田似此义举何敢以老辞遂发传单微名讳催纸笔……（蒲震《再续族谱记》）

【误】“田”字当为“曰”字；“微”字当为“征”字。

【正】余闻之不禁跃然，曰：“似此义举，何敢以老辞！”发传单、征名讳、催纸笔……

8. 第九页　即间有欲重修终属有志而未逮况族人名讳重复行辈错乱使非大为校正焉鸟能有条而不紊哉（蒲尚荣《重修族谱序》）

【误】“重修”后脱一“者”字；“鸟”字当为“乌”字。

【正】即间有欲重修者，终属有志而未逮，况族人名讳重复、行辈错乱，使非大为校正焉，乌能有条而不紊哉！

9. 第九页　呜呼此吾困极而亨之一机乎（蒲尚荣《重修族谱序》）

【误】“吾”字后脱一“族”字。

【正】呜呼！此吾族困极而亨之一机乎？

10. 第九页　咨询黄发翻故抄重复者改焉错乱者正焉（蒲尚荣《重修族谱序》）

【误】“翻”字后脱一“阅”字。

【正】咨询黄发，翻阅故抄，重复者改焉，错乱者正焉。

11. 第十一页　婚葬无来往之礼呜呼中数百人其初皆一身也（蒲国枢《重修族谱序》）

【误】“来往”当为“往来”；“中”字前脱一“族”字。

【正】婚葬无往来之礼，呜呼！族中数百人其初皆一身也。

12. 第十一页　抄誊之劳芹缓二叔任焉（蒲国枢《重修族谱序》）

【误】缓，当为“绂”。

【正】抄誊之劳，芹、绂二叔任焉。

13. 第十三页　而族叔尚缓善书（蒲国贤《重修族谱序》）

【误】缓，当作“绂”。

【正】而族叔尚绂善书。

14. 第十三页　今并的确填诸谱中（蒲国贤《重修族谱序》）

【误】“并”字后脱“校正”二字。

【正】今并校正的确，填诸谱中。

15. 第十三页　创立义塾俾之子弟读其中而贤遇并教（蒲国贤《重修族谱序》）

【误】“俾”字后脱一“族”字；“遇”字当为“愚”字。

【正】创立义塾，俾族之子弟读其中，而贤愚并教。

16. 第十三页　望吾其共勉之（蒲国贤《重修族谱序》）

【误】“吾”字后脱一“族”字。

【正】望吾族其共勉之。

17. 第十四页　族多乏工钜难成也（蒲价人《续修族谱序》）

【误】“多”字后脱一“贫”字。

【正】族多贫乏，工钜难成也。

18. 第十四页　虽议出族众而现难醵斋（蒲价人《续修族谱序》）

【误】“斋”字当为“齐”字。

【正】虽议出族众，而现难醵齐。

19. 第十四页　何异一人肝肺胆肠相斗乎（蒲价人《续修族谱序》）

【误】“肝肺胆肠”当为“肝胆肺肠”。

【正】何异一人肝胆肺肠相斗乎？

20. 第十五页　圣经云作善降之百祥作百善降之百殃（蒲价人《续修族谱序》）

【误】“圣经”当为“圣人”；“作百善”当为“作不善”。

【正】圣人云：“作善降之百祥，作不善降之百殃。”

21. 第十七页　贪胃华胃而不从阙妄序世系而不知徵（蒲治善《续修族谱序》）

【误】“贪胃华胃”当为“贪冒华胄”。

【正】贪冒华胄而不从阙，妄序世系而不知徵。

22. 第十八页　观此一堂晤对吾句告成（蒲治善《续修族谱序》）

【误】“吾”字当为“五”字。

【正】观此一堂晤对，五旬告成。

23. 第二十一页　而倾覆之余仅遗藐诸孤即我也始祖璋祖也（蒲人鸿《续修族谱序》）

【误】“藐”字后衍一“诸”字；“我也”当为“我之”。

【正】而倾覆之余仅遗藐孤，即我之始祖璋祖也。

24. 第二十二页　中华民国二十三年岁次甲戍仲夏十八孙（蒲人鸿《续修族谱序》）

【误】“戍”字当为“戌”字；“十八”后脱一“世”字。

【正】中华民国二十三年岁次甲戌仲夏十八世孙。

25. 第二十三页　故或遵父命或重伦或校正宗支详参昭穆之序（蒲人鸿《续修族谱序》）

【误】“或重”后脱一“彝”字。

【正】故或遵父命，或重彝伦，或校正宗支，详参昭穆之序。

26. 第二十四页　中华民国二十三年岁次甲午（蒲人鸿《续修族谱序》）

【误】“甲午”当为“甲戌”。

【正】中华民国二十三年岁次甲戌。

27. 第二十七页　使后世子孙知祖妣姓氏以申追暮之诚（《续修族谱凡例》）

【误】“追暮”当为“追慕”。

【正】使后世子孙知祖妣姓氏，以申追慕之诚。

28. 第二十八页　族有善行可称者虽小善必小注本旁（《续修族谱凡例》）

【误】“小注”当为“详注”；“本”字后脱一“名”字。

【正】族有善行可称者，虽小善，必详注本名旁。

29. 第二十八页　族有幼年孀居冰操自失者（《续修族谱凡例》）

【误】“失”为“矢”字之误。

【正】族有幼年孀居，冰操自矢者。

30. 第三十一页　岁次癸酉二十二孙（蒲先华《重修族谱序》）

【误】“二十二”后脱一“世”字。

【正】岁次癸酉二十二世孙。

31. 第三十二页　实蒲氏之盛也（蒲先和《重修族谱序》）

【误】“盛”字后脱一“事”字。

【正】实蒲氏之盛事也。

32. 第三十二页　此不贻羞于蒲氏抑以国人之辱也（蒲先和《重修族谱序》）

【误】“此不”后脱一“唯”字；“抑以”当为“抑亦”。

【正】此不唯贻羞于蒲氏，抑亦国人之辱也。

33. 第三十九页　二公并为元代总管载在县乘

【误】“元代”后脱漏“般阳”二字。

【正】二公并为元代般阳总管，载在县乘。

34. 第四十页　元鼎既革始复葛姓厥韩璋即始祖也（蒲璋）

【误】“葛”字当为“旧”字；“韩”字当为“讳”字；“即”字后脱一“今”字。

【正】元鼎既革，始复旧姓，厥讳璋，即今始祖也。

35. 第四十五页　旾年举耆德于乡邑候就正焉（蒲永祥）

【误】“旾”字当为“暮”字；“候”字当为“侯”字。

【正】暮年举耆德于乡，邑侯就正焉。

36. 第四十二页　然支派不分不敢忘序（蒲籍）

【误】“忘”字当为“妄”字。

【正】然支派不分，不敢妄序。

37. 第四十六页　六钱不溢一砖必得四暮无说（蒲世广）

【误】“暮”字当为“幕”字；“说”字当为“讹”字。

【正】六钱不溢一砖，必得四幕无讹。

38. 第四十六页　实相告汝之仅能执三幕我执四幕……僧益惊求其术（蒲世广）

【误】“汝之”后脱一“技”字；“求”字后脱一“受”字。

【正】实相告，汝之技仅能执三幕，我执四幕……僧益惊，求受其术。

39. 第五十七页　后学副举人孙锡蝦谨撰（蒲三理）

【误】“蝦”字当为“嘏”字。

【正】后学副举人孙锡嘏谨撰。

40. 第六十三页　因族人与孙龙拂先生有口古之争（蒲

兆奎）

【误】“古”字当为“舌”字。

【正】因族人与孙龙拂先生有口舌之争。

41. 第六十四页　明贡元仕直隶无极县知县祷雨祈时无不立应（蒲生池）

【误】“仕”字当为“任”字；“时”字当为“晴”字。

【正】明贡元，任直隶无极县知县，祈雨祷晴无不立应。

42. 第六十四页　修茸养济院核其被胄芫独沾实惠焉（蒲生池）

【误】“修茸”当为“修葺”；“被胄”当为“被冐”；“芫独”当为“茕独”。

【正】修葺养济院，核其被冐，茕独沾实惠焉。

43. 第六十五页　后以子戊戍成进士任汤溪县知县遇覃恩赠文林郎（蒲兆台）

【误】“戊戍”当为“戊戌”；“戊戌”后衍一“成”字。

【正】后以子戊戌进士任汤溪县知县，遇覃恩赠文林郎。

44. 第六十五页　字信候号公执顺治辛卯举人戊戍进士任淅江省金华府汤溪县知县（蒲瑞）

【误】“信候”当为“信侯”；“戊戍”当为“戊戌”；“淅江省”当为“浙江省”。

【正】字信侯，号公执，顺治辛卯举人、戊戌进士，任浙江省金华府汤溪县知县。

45. 第六十五页　一重副车好学潜修为世名士且性康慨（蒲瑞）

【误】“一重”当为“一中”；“康慨”当为“慷慨”。

【正】一中副车，好学潜修，为世名士，且性慷慨。

46. 第六十五页　寝革枕戈为一乡捍御牧园（蒲瑞）

【误】“牧园”当为“牧圉”。

【正】寝革枕戈，为一乡捍御牧圉。

47. 第六十六页　乃于别墅卜芄裘焉优游林壑日以诗酒为荣（蒲瑞）

【误】“芄裘”当为“菟裘”；“荣”字当为“乐”字。

【正】乃于别墅卜菟裘焉，优游林壑，日以诗酒为乐。

48. 第六十八页　为人质直任性不曲隋不苟合（蒲兆昌）

【误】“曲隋”当为“曲随”。

【正】为人质直任性，不曲随、不苟合。

49. 第六十九页　遂精歧黄之述问医者接踵于门虽贫践不拘也（蒲兆昌）

【误】“歧”字当为“岐”字；“述”字当为“术”字；“贫践”当为“贫贱”。

【正】遂精岐黄之术，问医者接踵于门，虽贫贱不拘也。

50. 第七十二页　不忘经史其博合淹贯实宿儒不能及也（蒲棨）

【误】“博合”当为“博洽”。

【正】不忘经史，其博洽淹贯实宿儒不能及也。

51. 第七十二页　全活颇众后果举四男（蒲棨）

【误】“果举”当为“累举”。

【正】全活颇众，后累举四男。

52. 第七十二页　受知于施遇山先生（蒲松龄）

【误】“施遇山”当为“施愚山”。

【正】受知于施愚山先生。

53. 第七十二页　乃决然舍去一肆力于古文（蒲松龄）

【误】“一”字当为“遂”字。

【正】乃决然舍去，遂肆力于古文。

54. 第七十三页　于同邑李希梅张历友诸名结为诗社（蒲松龄）

【误】“于”字当为“与”字；“名”字后脱一“士”字。

【正】与同邑李希梅、张历友诸名士结为诗社。

55. 第七十二页　遇驮者衡之乃免于难（蒲箬）

【误】“衡之”当为“冲之”。

【正】遇驮者冲之，乃免于难。

56. 第七十四页　公愠和有义气（兆乙）

【误】“愠和”当为“温和”。

【正】公温和有义气。

57. 第七十七页　后闱中拟为元其文横放而少浑厚将散置之（蒲生浦）

【误】“元”字后脱一“以”字。

【正】后闱中拟为元，以其文横放而少浑厚，将散置之。

58. 第七十八页　性好学手不释卷早起曙色而读（蒲生汶）

【误】“早起”后脱一“就”字。

【正】性好学手不释卷，早起就曙色而读。

59. 第七十八页　日向辰心不可忍故足顿作声（蒲生汶）

【误】“足顿”当为“顿足”。

【正】日向辰，心不可忍，故顿足作声。

60. 第七十八页　数语后更欲有所关白日诵声后作（蒲生汶）

【误】“日”字当为“而”字；“后作”当为“复作”。

【正】数语后更欲有所关白，而诵声复作。

2010年1月28日

# 民俗俚语

# 蒲松龄笔下的淄川民俗

## 走百病

元宵节除了挂灯、扮玩等庆祝活动外，我国还有信仰性的“走百病”活动。走百病，又称“溜百病”“散百病”，明清时尤为盛行。清康熙《大兴县志》载：“元宵前后，赏灯夜饮，金吾梦池。民间击太平鼓，走百索，妇女结伴游行过津桥，曰‘走百病’。”据传，德州地区妇女要登南城门，谓“爬爬城，不腰疼”。黄县妇女要过西关的月牙桥；莒县男女老少要到野外“走老貌”；鄄城人要骑上牛、马、驴、骡在大路上“跑百令”；潍县的妇女要到真武祠摸赵玄坛所骑的木虎，以艾灸庭前石人；邹县的人要到孟庙摸康熙御制《孟子庙碑》驮碑乌龟，说是：“摸摸乌龟头，一年不发愁；摸摸乌龟腚，一年不生病。”

淄川地区有没有“走百病”的习俗呢？《淄川县志》等史料中不见记载，民间亦无传说，但是在《聊斋诗集》中却可以找到线索。

康熙四十五年丙戌（1706），蒲松龄写了两首五言绝句《上元与族兄亮、侄淳及儿孙篪、笏、筠辈登黉山》：

美景与良辰，赏心苦不早。
登临失佳时，岁岁益衰老。

筋力喜未衰，聊共山头坐。
曩岁同游人，今已弱一个。

从诗中可以看出，蒲松龄与兄弟子侄在正月十五这天登黉山，并非偶然而为，似乎是年年一行，但是从此诗中我们还看不出登黉山与“走百病”有何关系。过了六年，在康熙五十一年（1712），蒲松龄写的一首《十八日与诸孙出游，欲补上元之缺，大风苦寒而返》就明确地看出问题来了：

家家儿女过桥头，云过桥头百病瘳。
方欲偷闲学年少，又教风伯阻清游。

这首诗就明明白白地告诉我们，彼时淄川确实有“走百病”的习俗，并且从“补上元之缺”可以知道，“过桥头”的“走百病”是在正月十五元宵节这天进行的。

由此又想到，蒲松龄创作的俚曲《富贵神仙》和《磨难曲》中都有的一曲【玉娥郎】，其唱词是这样的：“正月里，梅花娇，春雪飘，和风荡荡上柳梢。家家闹元宵，走冰又过桥。他乡人也跟着呀是走一遭。”从前每读到此处，心里便有些疑惑：闹元宵的人，为什么偏偏要去“走冰”又要“过桥”呢？了解了其时有“走百病”的风俗，才明白“走冰”

其实应当是“走病”！“走病”“过桥”，就是“走百病”。

近日又见到王睹在元宵节登黉山的诗《元宵日登黉山过郑康成祠》：

崎岖山径绕山泉，极目晴岚思爽然。
芳草尚留书带迹，古坛空霭药炉烟。
森罗密宇苍松护，缥缈祥云紫殿旋。
佳节正逢游圣概，此中聊得断俗缘。

玉骢嘶过野桥边，草气浮香柳色烟。
洞古自遗仙迹在，碑残犹识汉儒贤。
登巅恍讶云霄近，陟岭忽惊木屐穿。
紫盖峰前邀客憩，黄冠趺坐共谈玄。

王睹，字寅畏，号似田，淄川大鸾桥村人。父亲王崇义是明嘉靖戊戌进士，做过宁波知府。王睹的诗，也说明在明清之际，淄川地区确实有“走百病”的风俗。

“走百病”的风俗如何逐渐消失的？笔者没有见到相关的史料。最近读到刘书达先生编撰的《西河村志》其中有如下一段叙述：“走河（农历正月十六）。西河有‘走河’风俗，地点在商家河。这天，商河桥两边的道路两旁摆满摊点，主要卖儿童玩具和零食。”“现在‘走河’时的玩具、零食在品种上、数量上、质量上较前都有较大的提高。”——这“走河”不就是“走百病”的延续吗？

看起来，这“走百病”的风俗并没有完全消失。

## 跳灶王

### 一落索·跳灶王

淄俗：除夕，乞丐装灶神，沿门行乞。

又听声声腊鼓。渐催寒去。醉来司命不朝天，偏走向、街头去。　反作媚人好语。世情良苦。装神学鬼复何为，只托钵、沿门取。

蒲松龄在这首词里写了淄川在除夕有乞丐装作灶神模样沿门乞讨的风俗。

据中国美术家协会会员、中国民族古文字研究会会员、沈阳市文史馆馆员王弘力先生所作的《古代风俗百图》第五十九为“清·跳灶王”，配有诗曰：“年关催人诸事忙，乞儿结伴扮灶王。敲竹歌噪门前舞，赏钱好言禀玉皇。”并介绍《清嘉录》载：“乞儿三五人为一队，扮灶公、灶婆，各执竹枝噪于门庭以乞钱，至二十四日止，谓之‘跳灶王’。清诗人周宗泰《姑苏竹枝词·跳灶神》云：‘又是残冬急景催，街头财马店齐开。灶神人媚将人媚，毕竟钱从囊底来。’”人们要“跳灶神”，主要是讨好灶神，保佑来年赐福。

看来清代确有“跳灶王”的风俗，而这一风俗也在淄川一带流行过。至于何时消失的，相关史志中没有见到过记载。

近日见到泉龙村张嘉礼老先生写的《乡俗集锦》，书中说到淄川旧有“跳财神”的风俗：

正月初五是财神爷赵公明的生日。丐帮主组织人，戴上面具穿上彩衣，扮作五路财神，手捧托盘，摆放着鲜花、水果、生菜等供品，还有锡箔叠的聚宝盆、金元宝等吉祥物。另有两人专打莲花落，在商店门前跳财神舞。每个商店至少赏一块银元，如果不满足他们的要求，便唱舞不休。商家为避免在门前吵闹，只好增加赏赐求得圆场，这是带讹诈性的陋习。

20世纪的“跳财神”与蒲松龄笔下的“跳灶王”颇为相似，二者之间有无传承关系，尚可进一步研究。

2009年7月5日

# 淄川的分家习俗兼谈蒲松龄析箸

蒲松龄“析箸”，是蒲学专家们经常涉及的内容。就见到的文章来看，其观点基本一致，都认为由于蒲松龄嫂子的强悍，刘氏夫人的憨厚，蒲松龄在分家时吃了大亏：

“分家又分得很不公平，因为这两个嫂嫂又能打又能叫又能抢，而蒲松龄的妻子刘氏非常贤惠，沉默寡言躲在一边。分家的结果是蒲松龄分到农场老屋三间，破得连门都没有，蒲松龄只好借了门板安上。他分到了二十亩薄田，二百四十斤粮食，只够吃三个月。”（马瑞芳《蒲松龄与〈聊斋志异〉》）

“据蒲松龄自己所作的妻子刘氏的《行实》等材料看，在处理兄弟关系上，他处处忍让，顾全大局。当他与几个兄弟年龄渐大，家族内部关系日见复杂，不得不分家的时候，几个兄长、嫂子在田产、房屋上挑肥拣瘦，占尽便宜，他却像个傻子一样听凭处置，最后只分得一块薄田与一间摇摇欲坠的房屋。”（韩田鹿《〈聊斋〉作者蒲松龄分家时为何甘愿被

兄嫂欺负》)

笔者认为，不知是上述专家对淄川分家习俗的不了解，抑或忽视，以上观点都是不全面甚至错误的。

或问，蒲松龄在《述刘氏行实》中写得明白：“乃析箸授田二十亩。时岁歉，莜五斗，粟三斗。杂器具，皆弃朽败，争完好，而孺人嘿若痴。兄弟皆得夏屋，爨舍闲房皆具；松龄独异，居惟农场老屋三间，旷无四壁，小树丛丛，蓬蒿满之。”岂非蒲松龄所得，远差于其兄弟？

正确理解这段文字，要从“分家”这一父母与子女处理财产权益的习俗及操作方式说起。

俞江先生《继承领域内冲突格局的形成——近代中国的分家习惯与继承法移植》一文（载《中国社会科学》2005年第5期），分析了自康熙三十二年到民国九年的32套分家的分书，对自清初到民国年间分家的习俗作了全面的阐述。

对于分家的法律依据，俞先生文中引用了《大清律例·户律·户役》“卑幼私擅用财”律文：“凡同居卑幼，不由尊长，私擅用本家财物者，十两，笞二十。每十两加一等，罪止杖一百。若同居尊长，应分家财不均平者，罪亦如之。”并分析道：“从律文看，析产必须‘均平’。”“分家必须均平。不均平者，责任由尊长承担。”

对于分家过程的参与者，俞先生文章中介绍共有三方。一是主持人，即父亲或者母亲，父母均去世后则由兄弟主持。二是受产人，即将分居独立生活的兄弟们。三是其他参加人，包括其他参加分家析产活动的亲属、朋友、见证人和代书人。

其他参加人分为两类，一类是族长、娘舅、堂伯叔兄弟等有亲属关系的人，一类是无亲属关系的代书人、中见人等。参与人见证了分家，并使分家情形在邻里范围内得以公示。

对分家的具体步骤，俞先生在“程序”一节是这样介绍的：

1.“品搭”家产。“品搭”家产是按照兄弟数将家产分为数份。“品搭”或分割的原则是均平。家产搭配不均，不但为将来埋下矛盾的种子，而且被法律禁止。可以说，“品搭”家产是整个分家过程的核心，它是一个多方协商和默会的过程，实际以取得当事人的共识为有效。但在当事人难以取得共识时，平均搭配和分割就是认同的底线。

2. 制阄拈阄。家产“品搭”后，经过宣布，就可以制阄了。每个阄编订一个号，如两兄弟分家可制作“仁”“义”两号，代表从大家庭中分出的支派或房的名号。制阄完毕，即由兄弟拈阄。拈得的某个阄号代表分得的财产。

3. 订立分书。拈阄完毕，分家的目的已经达成，数个小家庭已经产生，兄弟间即可按阄“管业”。但为使分家结果得以公示，往往会履行订立分书的手续。分书的制作，一方面记录了分家过程、分得财产等内容，另一方面为昭示郑重。分书可由家长亲笔，也可由代笔人书写。

分书制作完毕，由主持人、受产人、中人等署名画押。从此，兄弟各执一份分书，用为“管业”凭证。分家程序告一段落。

从笔者的见闻以及参与过的分家过程来看，俞先生文章中涉及分家的原则、参与人员及操作程序，与淄川的分家习俗完全相同，且至今日并无改变。同样是在父母、至亲（主要是娘舅）、族众（多为伯父、叔父）监督下，将所分财产以“平均”为原则进行搭配，做成阄；然后参与分家的兄弟当众拈阄；代笔人（淄川俗称为“代字”）将家产分配结果写成文书（称作“分书”或者“分单”），父母、至亲、族众及代字签名盖章或按手印，兄弟各执一份，分家完毕。特别说明一点，按照传统规矩，分家过程，只允许兄弟参与，妯娌根本不能介入。

反观蒲松龄“析箸”，作为知书达理、“文效陶邓，器识超远，淹博经史”的蒲槃为儿子分家过程，肯定也要遵循上述基本原则和程序，绝不可能违背“均平”的原则，将家产任诸子、子媳挑选，留下后患，造成纠纷的。退一万步说，即使蒲槃不按照上述程序分家，作为亲戚和家族间的长辈、兄弟也不会允许。

那么如何来理解蒲松龄在分家中的“吃亏”现象呢？笔者的看法是：

第一，“授田二十亩”，兄弟四人是均等的。

第二，“莜五斗，粟三斗”也是兄弟均等的。数量少，是因为“时岁歉”，蒲松龄说得很明确。

第三，“兄弟皆得夏屋，爨舍闲房皆具；松龄独异，居惟农场老屋三间，旷无四壁，小树丛丛，蓬蒿满之。”也是拈阄的结果。这“农场老屋三间，旷无四壁”作为家产中搭配较好的一份，如果不是蒲松龄分到，也会是别的兄弟分到。

第四，嫂子们“弃朽败，争完好”而“孺人嘿若痴”的，既非土地，也非房屋，《述刘氏行实》中说得很明确，是“杂器具”，也就是锄镰锨镢、锅碗瓢盆之类日常用具。这类器具因同种有多件，故而在搭配时往往只写某物一件或几件，不会具体到哪一件，才可能出现嫂子们挑肥拣瘦的局面。

也许有人认为，“农场老屋三间，旷无四壁”同“夏屋、爨舍闲房皆具”，相比差别太大，当初搭配是否太不合理呢？笔者做了这样一种推测：蒲松龄分到的房屋固然破败，但是他分到的宅基地即所说的“农场”面积是相当大的，可以作为房屋狭陋的补偿。

同是在《述刘氏行实》一文中，蒲松龄即有这样的叙述：“后又生一女三男：次篪，次笏，次筠，十余年渐自成立。为婚嫁所迫促，努力起屋宇，一子授一室，而一亩之院，遂无隙地，向之蓬藋悉化茅茨矣。”这说明蒲松龄当时分到的“农场”有一亩之大，除了原有的“老屋三间”之外，还又在上面给四个儿子盖了房屋。不仅如此，从“因与沙釜一，俾各炊”句来看，四个儿子家的厨房也应当是有的。虽然蒲松龄说“向之蓬藋悉化茅茨”，之后在他 49 岁时，在园中建了“绿屏斋”，有《荒园小构落成，有丛柏当门，颜曰绿屏斋》一诗记此事；58 岁，在房舍东侧又建一茅屋，名“面壁居”，有《斗室落成，从儿辈颜之面壁居》诗记此事；到 74 岁时，家中又建了磊轩，有《磊轩落成示箬》记此事。我们可以想象，这一亩之大的“农场”，解决了蒲松龄和四个儿子建房对宅基地的需求，这一优势，恐怕其他兄弟不存在，说明当时分家时，房产的搭配基本上是合理的。

当然这只是笔者的一种推测，并没有真实的凭据。不妥之处，敬请指正。

2009年11月1日

# 《聊斋杂著》中的土语释义[①]

1. 坡　这枝笔可也作起怪来了，连坡数次，一点墨水也无。(《闹窘》)

【释】将毛笔放在砚台或者墨盒里吸墨、将笔毛理顺。

2. 劳病　李老说："何不请来?"张大说："发劳病来不的爹。"(《墙头记》)

【释】指伤风、感冒。

3. 掯　老人家衣服要会做，棉的极厚要弶皮，掯里宽快些才如意。(《墙头记》)

【释】"掯"，"裉"的借字。衣服的腋窝接缝处。

4. 捊　他虽然不大通，到底是你的兄，怎使的按倒使捶捊。(《墙头记》)

【释】应作"揈"，读 hēng。用钝物，如拳头、棍棒打人。

① 文中所引《聊斋杂著》以盛伟《蒲松龄全集》本为据。文中读音系淄川方言。

5. 望空打彩　我如今想了一个计策，这也是望空打彩，可也来必不中用。(《墙头记》)

【释】明知事情的成功希望渺小，仍然去做。句中“来”当作“未”。

6. 么眼　这脚上一个么眼，你等我一等。(《墙头记》)

【释】应作“磨眼”。脚底因长期摩擦而生成的硬皮，过厚时走路会因其硌脚而感觉疼痛。又称“茧子”或“趼子”。如果生在手上，则称为“岗子”。

7. 背了鞅　人见您弄的不精致，就说不是好儿郎，该您钱他也背了鞅。(《墙头记》)

【释】“不承认”“不服约束”“溜了”的意思。鞅，读去声。牛拉犁或拉车时，拉绳要拴在曲尺形的“索头”上，索头安放在牛的脖子上，再用皮条绕过牛脖子的下边，将索头固定，这皮条称作“鞅”。如果索头偶尔偏离了牛脖子，鞅转到了牛背上，叫作“背了鞅”。此时如果牛用力向前拉，则“鞅”就会被拉断，牛就跑了。(索头被弹回来，还可能打着赶牛的人。)

8. 眵块　叫他在床前站着，待盼子中了饭，都吃停当了，才着他刮那眵块吃。(《慈悲曲》)

【释】即眼屎。这里用来形容黏粥冷了后的形态像眼屎一样。

9. 叹见　一行给他揉搓，一行叹见他：没娘孩子好可怜。(《慈悲曲》)

【释】可怜。叹，读 tán。

10. 捬　我虽穷，也没到了捬瓢。

【释】应作捬，读 bù。两臂合抱。

11. 歹　这无名的菜瓜，只得是捏着鼻子歹。(《慈悲曲》)

【释】大口吞吃。

12. 枝头子　他娘说："你么？你好找个枝头子一溜烟罢，你找什么！"(《慈悲曲》)

【释】借口。

13. 凄离　仇福有几两私房银子，零碎赌博买酒，凄离没了。(《翻魔殃》)

【释】逐渐地、一点一点地消耗掉。

14. 暗宿　仇福也不做声，听着姜娘子数量着哭，一日没吃饭，也就暗宿了。(《翻魔殃》)

【释】不吃晚饭就睡觉。

15. 蛤　抬盒子的待了酒饭，又赏了二百铜蛤。(《翻魔殃》)

【释】读 gā。铜钱，也泛指钱。

16. 稕　身上衣服稀糊烂，头上网帽俱无存，混身打的具成稕。(《寒森曲》)

【释】①用秫秸绑成的把子，披（读 pēi）草屋时用。蒲松龄《日用俗字·泥瓦章第十二》有"或扎稕子更拖泥"句。②身体表面隆起或肥厚部分。此处指被打后身上隆起的伤痕，也叫作"缕楚"。

17. 捧　去时觅汉没一个，来家管家摆成行，丫头小厮一

大捧。(《翻魔殃》)

【释】为“棒”字之误，实应为“帮（读去声)”，形容人数较多。

18. 撕　恶虎为护那耳朵，常带着七八个家丁，怕人再使砖头撕。(《寒森曲》)

难道没达，就把书本子撕。(《富贵神仙》)

【释】①同拧。②读去声。丢弃。

19. 黎眼钻圈　烧了锅子没有米，饿的黎眼又钻圈，从天吊下清晨饭。(《寒森曲》)

【释】形容晕头转向，无计可施，又称“蓝了眼”。

20. 摆划　忽见媒婆来提亲，喜的心中难摆划。(《琴瑟乐》)

怕他一口气不来，死在床头没棺材，摆划难，那才难摆划。(《富贵神仙》)

【释】划，读 huái。安排，处置。

21. 抉　我仔说了够一把，你就抉了一大捬。(《俊夜叉》)

【释】读 juē；或读 quē。折断。本句中是比喻宗亓人才说了几句，他老婆就说了一大篇。

22. 拂群　若是狗改了嚓屎，你说话就是那公鸡拂群。(《俊夜叉》)

【释】群，读 quéi。禽鸟交配。

23. 鴐　是怎么鴐花钱的自是有钱。(《穷汉词》)

【释】读 guàng。随意、无目的地。

24. 熰　你既望他这一条路上来，又熰着火。(《快曲》)

【释】将未燃烧完的余烬与柴草堆积，让其慢慢燃烧叫熰，熰的过程往往要冒大量的烟。这一过程也叫糗。

25. 溜　赢了的吃酒，输了的着他指头骂曹操，骂的都成溜。(《快曲》)

【释】说话顺畅或者句势整齐、合辙押韵。

26. 毛蚁　痛快难言，一矛刺下宝鞍，一刀割下来像个毛蚁蛋。(《快曲》)

【释】本指兽类的毛及人的体毛，一般也将人头发包括在内。

27. 秋胡戏　不怕天，不怕地，单单怕那秋胡戏。(《禳妒咒》)

【释】歇后语，指妻。源于戏剧《桑园会》秋胡戏妻。

28. 蚕们　天地之间，蚕们可以老了，刨树可以倒了，饥困可以饱了……(《禳妒咒》)

【释】们，读 mei。即蚕，常写作“蚕妹”。

29. 将将　子正说：“过来我背着你走吧。”江城笑说：“将将着罢。”(《禳妒咒》)

【释】将，读去声。肩膀上耸，或者用肩膀扛着。

30. 销撇　小杂种太欺心，开开口就销撇人，有两钱就撑他娘那棍。(《禳妒咒》)

【释】销，应为俏。俏撇，讽刺、挖苦人。

31. 缕楚　从夜来见他那袄领解开，那脖子上有两道缕楚，我也没敢问他。(《禳妒咒》)

【释】因挨打或磕碰面造成身体上隆起的部分。

32. 走草、鏊对　好人说的上了他道，节妇也说的解了裙，不走草叫他鏊了对。(《禳妒咒》)

【释】走草，指狗交配。鏊，后文作婺：鸡毛店里那无赖徒，青天白日把蚕蛾婺（《幸云曲》）。婺对，泛指两性交配。

33. 操　汉子没服就把恶名来挂，这一们降法真是操。(《禳妒咒》)

【释】孬，不好。

34. 孤堆　墩下又泻，石庵跑着说：“不好，不好！跑了去相对孤堆着哐哼。”(《禳妒咒》)

【释】屈腿下蹲，但屁股不着地的姿势。一般叫“孤得（读 dei）”。

35. 牌官　谁与俺做个牌官？多是众爷的情，少是小人的运气。(《禳妒咒》)

【释】为到乡间说书、玩藏掖、撮布猴的艺人向观众收取报酬的人。

36. 虐　锁了门没处逃，听的书声日日高，我也不怨媳妇虐。(《禳妒咒》)

【释】读 yào。虐硬，指人做事强硬。

37. 油褡　一身好似油褡，逐日家冒火冲烟。(《禳妒咒》)

【释】摊煎饼时擦鏊子的用具。多层布钉成，比手掌略大，用豆油浸透。常用来比方衣服穿得太脏。

38. 铙铙　你听那时铙铙响，你媳妇必然去看和尚的。(《禳妒咒》)

【释】钹镲。

39. 秃把　怎么今日忽然嫌他脏？是什么意思？过来，我给你秃把秃把。(《禳妒咒》)

【释】原意指给杀死的禽兽类用热水去毛。常用来描述清洗脏东西或者给身上肮脏的小孩洗澡。

40. 紧簚　千里来到，夫妻欢喜，恨不能两个身子并起来，还加紧簚。(《禳妒咒》)

【释】簚读 biào，今作“摽”。用绳捆绑物体，捆住后再从绳与物体间插入小短棍，旋转短棍使绳捆得更紧，叫作“上紧摽”。常用来比喻督促做事人对事情抓紧。

41. 唻　你只说你骂手好，我这骂手也不唻。(《富贵神仙》)

【释】唻读 lāi。差。

42. 笃磨　娘子气极了，把小相公打了够四五十条子，打的打笃磨子跪着。(《富贵神仙》)

【释】在原地转圈或者挪动。

43. 浓　说大名雨水多，看路上忒也浓。(《富贵神仙》)

【释】泥泞。

44. 侮　被王五一石头侮下来，把头跌破了。(《富贵神仙》)

【释】打，有突如其来的意思。

45. 愿承、圆成　众人愿承着，立了一张火状。(《富贵

神仙》）

张老爷，你也该为这一方的百姓，怎么圆成着他去呢？（《磨难曲》）

【释】说合，促成。

46. 盹　公子说：“这第七个题，我不大盹的呢。”（《富贵神仙》）

【释】①瞌睡。②明白。此处作“明白”释。

47. 无其大数　出门去前呼后拥，轿前磕头者无其大数，也算的是个尊之极矣。（《磨难曲》）

【释】大，读 dài。无其大数，形容数量多。亦写作无其代数。

48. 拓　一伙差人连跑了两回，还没歇过来，喘吁吁的，把衣服都拓了。（《磨难曲》）

【释】拓，读 tā，汗水把衣物弄湿。

49. 结声　方相公又吆喝道：“这妮子这样无知！还不快结声的，胡说什么？”（《磨难曲》）

【释】不说话，不出声。亦作结声声。

50. 攲　你看这一霎，觉着站也站不住，还得去屋里攲倒。（《磨难曲》）

【释】攲，读 qiē，躺下。

51. 节柳　狠骂一声狗秀才，蓝衫节柳头巾歪。（《磨难曲》）

【释】不端正，歪斜。亦作“节节柳柳”“歪三节柳”。

52. 年时　年时那天大旱，递了旱灾，有了赦粮风信。

(《磨难曲》)

【释】去年。

53. 科子生的　老婆子骂道：“贼科子生的，可杀了人了。”(《磨难曲》)

【释】科子，即窠子，私娼。科子生的，即骂人是杂种。与“婊子生的”意同。

54. 耳巴　我一时愤恨，打了他两耳巴。(《磨难曲》)

【释】巴掌，耳光。

55. 喧　现成饭给他喧了罢，只顾着他吵什么？(《磨难曲》)

【释】读去声。吃态，有贬义。

56. 狗脂　狗脂，你弄就弄，或者你不敢杀了我！(《磨难曲》)

六哥说：“狗脂，他若无钱，我认着我这一年的工价……(《幸云曲》)

【释】狗肉少脂肪，没油水，用以形容人吝啬、小气、不大方、不大度。也用来形容孩子、秧苗长得瘦弱。

57. 波缧　眼里都有只波缧，瞎着丁子不识货。(《磨难曲》)

【释】眼睑上长的疖子或赘疣，妨碍视力。也称作“萝卜花”。

58. 每哩　莫怪，莫怪，新女婿闪着腰——每哩你疼我不疼哩。(《磨难曲》)

【释】每哩，淄川人一般读作 mèn li，意为难道。

59. 捞　从头细观，这也捞的瞎试官；运气低，怕撞着明眼看。(《磨难曲》)

【释】捞，多作唠，读阴平。诓、骗的意思。

60. 敬　依着我，还得咱二人敬去一回。(《磨难曲》)

【释】特意的意思。

61. 象　人人看着招不下，料想一去即周全，事情原不由人象。

【释】象，应为豙。豙，猜测。

62. 就菜　有了馍馍还没有就菜，我有一个媳妇，杀给你吃罢。(《幸云曲》)

【释】吃饭、喝酒时吃的菜肴。

63. 揪作　见没问他要钱，他就没的揪作揪作，就写了个帖子……(《幸云曲》)

【释】揪作，即编造。亦简称为“揪”。

64. 麻糁　披着蓑衣吃麻糁，不看吃的看穿的，浑身衣服不值一个低操，赢他命吗？(《幸云曲》)

【释】糁，亦作“糁”。麻糁，即豆饼。

65. 拢过　不拢过陪你嫖，叫老客休计较，我今对你说院里的道。(《幸云曲》)

【释】拢过，有时间，有空闲。不拢过，即没有时间、没有空闲。

66. 跌歇　谁待爷爷长爷爷短的跌歇着口子常见他哩。(《幸云曲》)

【释】①因生气而脸色阴沉；②低三下四，顺嘴说讨好的话。此处意思为②。

67. 嫪、虏　鸡毛店里那无赖徒，青天白日把蚕蛾嫪，哕杀人这般模样，还想着要把人虏。(《幸云曲》)

【释】嫪，嫪对，交配；虏，现多写作“掳”，坑骗人的钱财。

68. 施转　凑到近前看了看，施转着待往桌上爬。(《幸云曲》)

【释】小心翼翼地边观察，边行动。也作“施施转转”。

69. 支使　那王龙打了一个支使子，根根毛竖着。(《幸云曲》)

【释】寒噤。身体因受冷或受惊吓而哆嗦。

70. 糟囤　怎么越大越糟囤了！这粉头还有公母么？(《幸云曲》)

【释】糟，当为“槽”。糊涂。

71. 脐　万岁说：“这长脐粉头，王冲霄扎他大亏。”(《幸云曲》)

【释】指雌性生殖器，有时也指雄性生殖器。

72. 行头、王官　这东西我曾玩过，一名行头，也叫气球。(《幸云曲》)

【释】行头，指球。不一定是充气的，有的是“以皮为之，中实以毛”。

73. 猜不方　我行一个酒令儿，要一个谜，猜不方的罚。(《幸云曲》)

【释】猜不出，猜不对。(专指谜语)

74. 头向　胡百万说："小生命薄，本儿大了担不的，给我一个别的头向罢。"

【释】工作、差使。

2008 年 2 月 23 日

# 《督丈词》歇后语试析

在淄川的乡民中，流传着一种较为特殊的歇后语。说它特殊，是因为一般歇后语后面歇的本意往往是描述事物的词组或者是短句子，字数都在两个及两个以上，如淄川人常说的“秃厮打伞——无发（法）无天”“瞎驴牵到槽上——为（喂）你知不道是为（喂）你”“裁缝掉了剪子——光剩下吃（尺）了”等。而这种特殊的歇后语，歇的则只是一个字，如：看到有人干活累得满头大汗，就会说：“伙计唵，这‘四大迎上出了王朝马𠲎’。”意思是说“头”上出了“汗”。因为淄川地区自古产煤，井下采煤或掘进的工作面称作“迎头”，东、西、南、北就有四个“迎头”，故而用“四大迎”歇一个“头”字；给包拯当差的有王朝马汉，故用“王朝马”歇一个“汗（汉）”字。要让人沉住气的时候，就说沉住“透风撒”；要点灯的时候就说是要点着“鸡刨狗”；说人该挨打，就说小心着揭你乜“鸡毛蒜”；说小孩的衣服露着腚（屁股），就说乜裤露着那“没脸狗”𠲎，等等。

这一类歇后语现在已很少见到，但是在明清小说中并不乏例。如《醒世恒言》第二十九回《卢太学诗酒傲公侯》中的“知县一来是新起病的人，元神未复；二来连日沉酣糟粕，趁着酒兴，未免走了酒字下这道儿”。俗语往往以“酒色财气”相并提，这里说“酒字下”，人们自然就知道是歇一个“色”字。《醒世姻缘传》第二回中的“昨日要是第二个人看见你家这们大门户，饶使你家这一大些银子，还耽搁了‘忠则尽’哩”。通俗读物《千字文》有“孝当竭力，忠则尽命”句，所以这里的“忠则尽”就歇一个“命”字。《金瓶梅》第五十三回中的“莫不是我昨夜去了，大娘有些二十四么”。一年有二十四个节，也有二十四个气，这里用“二十四”来歇一个“气”字。这类歇后语，在蒲松龄的俚曲《禳妒咒》第一回中也出现过：“不怕天，不怕地，单单怕那秋胡戏。”戏剧《桑园会》演的是秋胡戏妻的故事，这里就用“秋胡戏”来歇一个“妻”字。

在新发现的蒲松龄遗著《督丈词》中，蒲翁就连续用了近二十个这样的歇后语。笔者将这些歇后语做了一点尝试性的解析，与诸方家共商。

1. 督爷时煞歪头鳖

鳖，憋的借字。俗语有“歪头憋气”，故“歪头憋”，歇一个“气”字。说督爷听了相公的哀告，生了气。

2. 险些中了黑虎玄

黑虎玄，歇一个“痰（坛）”字。财神赵公明绰号“黑虎玄坛”，故用“黑虎玄”歇“坛”，谐音“痰”。中了痰，形容督爷险些被气得背过气去。

3. 杠杠起了梳头洗

梳头洗，歇一个“脸”字。杠杠起脸，即板起脸，生气的样子。

4. 自家估着是锣鼓喧

锣鼓喧，歇一个“天”字。天，指天爷爷，即玉皇大帝。形容督爷妄自尊大，自以为就像天爷爷一样，说一不二。

5. 抖搜抖搜真保二

真保二，歇一个“镇”字。明嘉靖年间，为了加强对京师与明帝陵的防务，自蓟州划出昌平和真保二镇，故“真保二”歇“镇”字。意思说督爷打起精神，想“镇”住乡民们。

6. 一跳跳了个黎眼钻

黎眼钻，歇一个“圈”字。黎眼钻圈，见《聊斋俚曲·寒森曲》：“烧干锅子没有米，饿得黎眼又钻圈。”《聊斋俚曲·穷汉词》：“成年论月，犁眼钻圈真正是气也气不死。”本为晕头转向、头眼昏花的意思，这里形容督爷逞威，一跳老高。

7. 斜瞪着两个挤看札

挤看札，歇一个“眼”字。挤、看、札（眨），都是描述眼的动作，故用“挤看札”歇“眼”。这里说督爷斜瞪着眼，形容他凶恶的样子。

8. 给了相公里落运

不详。

9. 只把我穿州打府问你过壶瓶酒

过，当为个。壶瓶酒，歇一个“醉”字，谐音“罪”。这里说，督爷威胁相公，说要告到上司那里，治他的罪。

10. 你还要十生九在阳世三

十生九，歇一个“死”字；阳世三，歇一个“间”字。这里是说督爷吓唬相公，说告到官府，要问他个死罪。

11. 那乡人暗暗叫了声门窗大

不详

12. 死活的闭着这捣鼻子剜

捣鼻子剜，歇一个“眼”字。这里形容乡人因厌恶、害怕督爷的嘴脸而闭着眼。

13. 这个老爷好不酸甜美

酸甜美，歇一个“味”字，谐音“昧”。这里是说督爷昧良心。

14. 意思是要欠债还

欠债还，歇一个“钱”字。乡人觉得督爷施威，是想敲诈勒索钱财。

15. 捏了一把王朝马

王朝马，歇一个“汉”字，谐音“汗”。形容乡人因害怕被勒索钱财而捏了一把汗。

16. 今日可唬破了这奉心吊

奉，当为提。提心吊，歇一个“胆”字。形容乡人极为害怕，被吓破了胆。

17. 自来没经着这水府三

水府三，歇一个“官”字。水府三官，指下元水府三官大帝，元始天尊之第三子。这里指乡人从来没打过官司。

18. 无论好歹只是胡丢乱

胡丢乱，歇一个“摆”字。形容乡人受督爷威吓，心中害怕而身体“摇摆”，即浑身颤抖。

19. 好似一片众毛攒

众毛攒，歇一个“毡”字，谐音“战”。打战战，即颤抖。形容乡人害怕的样子。

# 对《〈醒世姻缘传〉歇后语汇释》一文的几点意见

吴庆峰先生《〈醒世姻缘传〉歇后语汇释》一文（载《蒲松龄研究》2002 年第 3、4 期合刊），对广大读者理解《醒世姻缘传》中的许多歇后语有很大的帮助，但该文对部分歇后语的解释也存在着一些牵强甚至错误之处，有必要进行商讨，兹举几例如下。

**原文 21　和尚死老婆——大家没**

**【原注】**和尚没有老婆，俗人死了老婆，故歇“大家没”。比喻大家都没有啦，大家都一样。

**【辨析】**歇后语明明是说“和尚死老婆”，注释却成了“俗人死了老婆”，转移了叙述的对象，让人不知所云。

**【正解】**和尚是不能娶老婆的。如果和尚有老婆，则一定是用骗、抢等非法手段弄来的。因为和尚往往都是集体生活在庙里，骗来、抢来的老婆只能是大家共同“受用”。这样的故事情节在旧小说中屡见不鲜。因为和尚的老婆是共有的，一旦死了，便“大家没”了。同理，姑子偷和尚也是“集体行为”，故《醒世姻缘传》中又有“寄姐骂道……姑子死和尚，也是大家没”的话，照吴庆峰先生的解释，就无法说通了。

**原文 30　赖象嗑瓜子——眼饱肚中饥**

**【原注】**赖象，大象。嗑瓜子要用门牙，而大象的门牙不能嗑瓜子，故歇“眼饱肚中饥”。喻眼馋某件东西，却得不到，干着急。

**【辨析】**原注认为大象肚中饥是因为它门牙不能嗑瓜子，试想，即使大象的牙能嗑瓜子，它能嗑得饱吗？我们人能嗑瓜子，又有谁能嗑得饱呢？故原注是讲不通的。

**【正解】**大象食量大，虽然眼前有许多瓜子，如果一个个嗑来吃，也无法吃饱肚子。只能是“眼饱肚中饥”。

**原文 53　先生迷了路——在家也是闲**

**【原注】**先生，指医生。医生迷了路不能行医，是闲着没事干；在家没人看病，也是闲着。比喻到哪儿都是无事可做。

**【辨析】**古往今来，医生绝大多数都是在家等病人上门看病，串乡看病的医生，即所谓“走方郎中”是少数，所以不存在“在家也是闲”；即使医生出诊，自会有病人家属带领，不会迷路。

**【正解】**这里的先生是指算命先生。他们都是下乡找人算命，不在家坐等，直到现在也还是如此。算命先生都是盲人，容易迷路，但在家又没事可干，所以歇“在家也是闲”。

**原文54　秀才旁牛——请行**

**【原注】**秀才，指读书人。读书人不会侍弄牲口，与牛各行其是，故歇“请行”。意思是滚蛋吧，离开这里吧！

**【辨析】**“读书人不会侍弄牲口，与牛各行其是”，怎么会让牛“请行”呢！原解关键是没有弄清什么叫“旁牛”。

**【正解】**用牲口拉耩子播种或者拉车，需要有人在牲口旁边牵着缰绳并发出诸如“得儿”“哦”“咿”“回”等口令，指挥牲口向前走、向右靠、向左靠和向后转等行动，这项工作泛称“旁牲口”，如果用的是牛，就叫作“旁牛”。秀才没有劳动经验，不懂得指挥牲口的口令，只好用读书人的口气对牛说“请行”。

# 《醒世姻缘传》中的淄川土语解释

**第二回**

1. 数东瓜，道茄子　没投仰仗

那珍哥狂荡了一日回来，正要数东瓜，道茄子，讲说打围的故事，那大舍没投仰仗的不做声。

**【解释】**数东瓜，道茄子：常作“数黄瓜，道茄子”（见第 197 条）。形容人滔滔不绝地说些无关紧要的话。

没投仰仗：形容精神倦怠而坐立不稳的样子。

2. 展爪

他要做文王，你就施礼乐；他要做桀纣，你就动干戈。他高大爷先不敢在你手里展爪。

**【解释】**施展本领。贬义。

3. 七大八

就是你那“七大八——”象个豆姑娘儿是的，你降他象钟馗小鬼的一般。

**【解释】**歇后语。歇一个“小”字。小，淄川方言中指

“小老婆”（重音在“小”上），即妾。

4. 十生九

遇着庸医错看了脉，拿着当外感，一贴发表的药下去，这汗还止不住哩？不繇得十生九了！

**【解释】**歇后语。歇一个“死”字。

5. 挡戗

如今咱下对症的药，破着四五贴十全大补汤，再加人参天麻两样挡戗的药，包他到年下还起来和咱玩耍。

**【解释】**起主要作用。例：改革开放以前，肉没处割的，不管红公事白公事，厨房里都是豆腐挡戗。

6. 秋胡戏

你要有些差池，我只好跑到你头里罢了；跑的迟些，你那“秋胡戏”等善摆布我哩！

**【解释】**歇后语。戏剧有《秋胡戏妻》，即《桑园会》，故“秋胡戏”歇一个“妻”字。

7. 忠则尽

昨日要是第二个人看见你家这们大门户，饶使你家一大些银子，还耽搁了“忠则尽”哩！

**【解释】**歇后语。《千字文》中有“孝当竭力，忠则尽命”句，故“忠则尽”歇一个“命”字。

**第三回**

8. 号啕痛

珍哥说道：“不消去查；是你‘秋胡戏’，从头里就‘号啕痛’了……”

【解释】歇后语。歇一个“哭”字。

9. 一咒十年旺，神鬼不敢傍

晁大舍说道：“没帐！叫他咒去！‘一咒十年旺，神鬼不敢傍’。”

【解释】淄川俗语。常用来作为对被骂者的安慰或者被骂者的自我解嘲。

**第五回**

10. 做刚做柔

又叫宅里再暖出一大瓶酒来与脚户吃，做刚做柔的将脚户打发散去。

【解释】有人装出强硬的态度来威胁，有人用温和的态度来劝说。故而也可说成“有唱黑脸的，有唱白脸的”。

**第六回**

11. 伙势

昨日翰林院门口一家子的个女儿，叫一个狐狸精缠的堪堪待死的伙势，请了天坛里两个有名的法师去捉他，差一点儿没叫那狐狸精治造了个臭死！

【解释】事物发展的程度。又作“虎势”，见第137条。

12. 团脐

这个昏大官人偏偏叫他在京守着一伙团脐过日。

【解释】本指雌蟹，此处借指女人。贬义。

13. 不是价

……只说是那狐精被天师的符捉住了。谁想不是价，可是那符动惮。

【解释】不是。不对。价，无实际意义。类似的词语在淄川方言中还有“甭价”，意为“不用”；“咋价”，意为“怎么了”，等等。

14. 滴溜着

第二日清早，我滴溜着这猫往市上来，打那里经过，正一大些人围着讲说哩。

【解释】用手提着。

15. 打破头屑

他那一路上的人恐怕晁大舍使性子，又恐怕旁边人有不帮衬的，打破头屑，做张做智的圆成着，做了五十两银子，卖了。

【解释】破头屑，应作“破头楔”。木工在透榫顶端用凿或铲开楔口，打入木楔，使卯榫更加坚固。这打入的木楔便称作“破头楔”。在淄川方言中常用“打破头楔”来形容对事物的发展泼冷水，起破坏作用的话。

**第七回**

16. 打拦头雷

晁住又甚是打拦头雷，背地里挑唆珍哥不要进往衙去……

【解释】临下雨前先打一声雷，往往雨下不起来，人们称为“打拦头雷”。淄川方言中常用以表示对事件发展起阻碍作用的话。同“打破头屑”意近。

17. 肘头霍撒脑

老晁夫妇见了这们一个肘头霍撒脑浑身都动弹的个小媳

妇，喜的蹙着眉，沈着脸，长吁短叹，怪喜欢的。

**【解释】**指人在说话时浑身乱动，一副轻浮的样子。所以老晁夫妇“喜的蹙着眉，沈着脸，长吁短叹”。常作“点头哈撒脑”。

**第八回**

18. 斩眉多梭眼

总然就是寻妾，也只寻清门静户人家的女儿才是，怎么寻个登台的戏子老婆？斩眉多梭眼的，甚是不成模样！

**【解释】**常作“挤眉多梭眼”。轻浮的样子。同“肘头霍撒脑”意近。

19. 凿木马脱生的

那晁住媳妇原是个凿木马脱生的，舌头伸将出来，比那身子还长一半……

**【解释】**凿木马，应为“凿木鸟”，即“啄木鸟”。啄木鸟舌头长，用来比喻爱多说话的人。

20. 搀话接舌

因连日下雨没事，在晁大舍珍哥面前无般不搀话接舌。

**【解释】**又作“搀言接舌”。指与别人做无意义的语言交流。

21. 老娘娘子

珍哥脱不了还是那些话数骂不了，指着晁大舍的脸，千忘八，万乌龟，还说：“怎么得那老娘娘子在家，叫他看看好清门静户的根基媳妇才好……”

**【解释】**对年老女性的称呼，有不尊重的意思。

**第九回**

22. 若罩的过他

族人说："这凭你自己主意。你自己忖量着，若罩的过他，就告上状；若忖量罩不过他……"

**【解释】**能抵挡得住他。罩，本书中又作"照"（见第70条）抵挡。

**第十回**

23. 柳柳

你自己快拿主意！不然，这官司要柳柳下去了！

**【解释】**逐渐歪斜。这里指官司要打输。

24. 央央插插

只听得街上央央插插的嚷。

叫我插插着合他说道："快进去！只这在街上撒泼，也就休得过了。"

**【解释】**多个人声音高高低低地乱嚷。央央，说话声音高些；插插，放低声音说话。

25. 告诉

他对着我待告诉。我说："这里我不耐烦听，你家里告诉去。"

**【解释】**诉，淄川方言读 sòng。告诉，指述说自己的苦恼或者别人的坏话。一般有婆婆告诉儿媳，儿媳告诉婆婆。

26. 遥地里

你在蒋府里静坐罢了，你却遥地里去串人家，致得人家败人亡。

【解释】到处。也作“遥蹄里”。

27. 神不灵，提的灵

大尹道：“呆奴才！便宜你多着呢！你指着这个为由，沿门抄化，你还不知赚多少哩！”“神不灵，提的灵”，那两个姑子果然就承认了。

【解释】神虽然不灵验，但是按照大家的说法是灵验的。在淄川方言中指“对应当尊重的人物或者遵守的规则不尊重、不遵守，但是出于对事物本身的规律不好违背，也只好按照规则行事”。“提”，意为“说”。“提的灵”，说的有道理。

28. 邦邦

晁大舍道：“别人都罢了，只替老高婆子这五两银子，气他不过！替他说公道话，临了还邦邦，不是大爷教人砍出来，他还不知道有多少话淘！”

【解释】不断说些不知好歹、不识进退的话。

29. 拇量　善茬　摸量

大爷也拇量那老婆不是个善茬儿，故此叫相公替他上了谷价。

摸量着读得书的，便教他习举业。(第二十三回)

【解释】拇量，估计、揣测。摸量，与拇量同。

善茬，善良的人。一般同“不是”连用。不是善茬，贬义，指不是良善之辈，不是好对付的人。

**第十一回**

30. 灰隔

你请退了神，我与你念十日经，还使二百两银子买椁打灰隔甃坟，退己他老爷的地。

**【解释】**用黄土加石灰、砂石和泥制成的正方体或者长方体的建筑材料，可以用来砌村庄的围墙，也可以用来甃坟（蒲松龄的坟就是用灰隔甃的）。

**第十二回**

31. 咬群

但这等倔强的人，那个肯教他做科道？一堂和尚，叫你这个俗人在里边咬群！

**【解释】**欺侮自己圈子里的人。

**第十四回**

32. 瘸狼渴疾

晁大舍送了珍哥到监，自己讨了保，灰头土脸，瘸狼渴疾，走到家中……

**【解释】**瘸腿走路的样子。

33. 褪旧

恐怕带了臭虫过来，那些褪旧的东西都分与众人。

**【解释】**旧的衣物。褪，淄川方言读 tún。

**第十五回**

34. 金命水命

唬得那个下书的金命水命的往寺里跑，将了原书，同了梁胡二人，回了长老的话。

**【解释】**歇后语。歇“没命”。金命水命木命，淄川方言中“没”同“木”谐音，故以“木命”谐音“没命”。

**第十六回**

35. 一溜雷

若与他一溜雷发狂胡做，倒也是个相知，却又温恭礼智，言不妄发，身不妄动的人。

**【解释】**沆瀣一气。又作“一流雷”，见第187条。

**第十七回**

36. 撩

正看着，那缅铃在晁夫人手内旋旋转将起来，唬得晁夫人往地下一撩，面都变了颜色。

**【解释】**扔。

37. 窝别

晁源要了纸笔，放在枕头旁边，要与他父亲做稿本，窝别了一日，不曾写出一个字来，极得那脸一造红，一造白的。

**【解释】**1. 指在室内不出来。2. 指心情烦闷，不舒畅。

**第十八回**

38. 浑深　浑身

我们这两家姑娘可是不怕人相，也难说比那月里红鹅，浑深满临清唱的没有这们个容颜，只是不好叫大官人自己看了。

叫人抗着咱那谷，不希罕使他的！看我饿杀不！留着咱秋里阴枣麸，也浑身丢不了。（第三十二回）

**【解释】**横竖。浑深、浑身，俱为“横竖”的变音。横，淄川口语读“hún”。浑深、浑身，读时重音在“浑”上，“深”“身”读轻声。

39. 直势

寻思了一遭，想到对门禹明吾的奶母老夏为人直势，又有些见识，央他同晁书媳妇……

**【解释】**心眼直。为人实在。

**第十九回**

40. 扳话接舌

晓得房客里面有这个美人，不出来也出来，不站住也站住，或在井上看他打水，或在碾房看他推碾，故意与他扳话接舌。

**【解释】**故意没话找话说。搭讪。

41. 撩着蹶子

或是在那里撞见，你就端端正正的立住，那晁大舍也只好看你几眼罢了，却撩着蹶子飞跑。

**【解释】**本指骡、马、驴等大牲畜用后蹄向后踢。常用来形容人快跑的样子，贬义。

42. 攮颡　攮丧

两口子拿着馍馍就着肉，你看他攮颡，馋的那同院子住的老婆过去过来，咽咽儿的咽唾沫。

这七个族人，一个家攮丧的鼾僧儿一般，都进来谢了晁夫人家去。(第二十一回)

**【解释】**攮颡、攮丧，俱为“攮搡”的谐音。攮，推、挤；搡，用力推。攮搡，指用力将食物往嘴里塞，形容人狠命地吃东西。贬义。“百度百科”“在线新华字典”等将“攮丧”注释为“方言。詈词。犹哭丧”，这是错误的。

43. 额颅盖

你怎么这么些臭声！人家的那个都长在额颅盖上来！

【解释】额头。

44. 跷蹄辇脚

晁大舍看见唐氏进来，倒背着手跷蹄辇脚的走到厨屋门口，故意问说：“这是谁?”

【解释】故意放轻脚步。常作“跷天迈脚”。亦作“跷蹄捻脚”，见第193条。

45. 魔驼　短工子

晁大舍又直到厨屋门口，说道：“你们休只管魔驼。中收拾做后晌饭，怕短工子散的早。”

【解释】魔驼，做事磨磨蹭蹭。

短工子，从集市上雇来，工作时间只有一天或者几天的劳动力。

46. 熟化

从这日以后，唐氏渐渐的也就合晁大舍熟化了，进来出去，只管行走，也不似常时掩掩藏藏的。

【解释】熟悉。又作“熟滑”“熟话”，见第95条、第191条。

47. 搀话接舌

晁大舍说什么，唐氏也便搀话接舌的。

【解释】见第20条。

**第二十回**

48. 山水

可可的和尚方才坐定，才敲动鼓钹，一阵黑云，倾盆大雨下得个不住，路上都是山水，那些人一个也没有来的。

【解释】下大雨时从山上流下来的水。

**第二十一回**

49. 狄良突卢

那小孩子才下草，也不知道羞明，挣着两个眼狄良突卢的乱看。

【解释】眼珠乱转的样子。又作“滴溜骨碌”“叽溜骨碌”。

50. 芝麻盐

也有送盒面的，也有送盒芝麻盐的，也有送十来个鸡子的，也有送一个猪肚两个猪肘的。晁夫人都一一收了。

【解释】将芝麻炒熟之后，再用擀面杖擀碎，搀入细盐，做成的食物。

51. 脐屎

晁夫人道：“孩子痾的脐屎怎么不黑?”

【解释】婴儿出生后第一泡屎。

52. 把把

晁夫人一只手拿着他两条腿替他擦把把……

【解释】大便。

53. 一派

要答应得不好，一个人嘴里抹一派狗屎。

【解释】即“一泡”，人畜一次排出的大便。派，读阳平。

54. 揽柿子

你可是喜的往上跳，礳的头肿得象没揽的柿子一般，疼得叫我替你揉搓……

【解释】将成熟的柿子放入水中加温，控制适当的温度、适当的时间，以脱去柿子的涩味，叫作“揽”，常写作“漤”。漤过的柿子颜色变黄。没漤的柿子，颜色鲜红，这里用来形容头上因碰撞起的疙瘩。

55. 脑塔

徐老娘把小和尚抱到跟前，月白脑塔上边顶着个瓢帽子，穿着浅月白袄……

【解释】口语作“脑搭”。用布絮以棉花做成，戴在头上，能盖住肩颈的风帽。《日用杂字》有“脑搭遮了肩”句。

56. 一人有福，拖带满屋

正是“一人有福，拖带满屋”。若不是晁夫人是善知识的，怎能够把将绝的衰门从新又延了宗祀？

【解释】因为一个人有福气，而使大家沾光。

**第二十二回**

57. 出产

就是贡了，还只说咱选了个老教官，没甚出产，也还不理！

【解释】前途。亦作“出息”。

58. 侕侕插插

两个走到外边，侕侕插插的商量了一会进来，又合晁夫人道……

【解释】小声说话。恓，读 qī。恓恓插插，“嘁嘁喳喳”的谐音借字。

59. 知不道

我虽是个女人家，知不道甚么，一象这个“偏”字是个不好的字儿。

【解释】不知道。淄川人的习惯说法。

60. 打伙　义义合合

您打伙义义合合的，他为您势众，还惧怕些儿。

【解释】打伙，大家。

义义合合，相处得融洽。

61. 麦

内中只有一个麦其心，一个武义，一个傅惠，三个合成一伙去哄骗那靳时韶合任直两个。

【解释】麦，淄川方言读 mèi，与昧同音。麦其心，谐音“昧其心”，即一个昧了良心的人。

62. 屁雌寡淡

不着你这二钱银子，俺们屁雌寡淡的，怎么回去?

【解释】索然无味。引申为“没面子”。又作“屁臭呱哒”。

63. 血湖淋拉

靳时韶任直打得血湖淋拉的躺在地下。

【解释】鲜血淋漓的样子。湖，当作“糊”。

**第二十三回**

64. 杭杭

呸！村戾养的！那里这山根子底下的杭杭子也来到这城

里帮帮！

【解释】淄川人称玩具为“杭杭”。引申为对人的轻蔑称呼。

**第二十四回**

65. 按着葫芦抠子

那象如今听见那乡里有个富家，定要寻件事按着葫芦抠子，定要挤他个净光。

【解释】比喻逼迫着人出钱出物，至尽方止。

**第二十五回**

66. 送小饭

狄员外随即过去拜了，亲自送了小饭，辞了回家。（此处是迁居，不是结婚。）

【解释】家庭逢红、白公事及打墙盖屋、迁居等重大事件时，邻居及亲朋好友给新人、孝子及当事家庭送去现成吃食以示相助之意，称为“送小饭”，是为街坊邻里之间相互关爱、相互帮助的体现。至今只保留结婚时给新人送小饭的习俗。

67. 细了溜

紫堂色面皮人物也还在下等；细了溜的体段，身材到可居上中。

【解释】身材苗条且高。

**第二十六回**

68. 泔水瓮　阳沟

他却不肯，大盆的饭都倒在泔水瓮里！还又恐怕喂了猪，便宜了主人，都倒在阳沟里面流了出去。

【解释】泔水瓮，旧时养猪，猪所吃的干豆叶、新鲜野菜等粗饲料，都要先泡在缸里让其发酵后再给猪吃。泡猪粗饲料的缸叫作“泔水瓮”。

阳沟，院墙下方所留用以排水的洞。

69. 头口

骑了头口，撞见主人的亲朋，下也不知下一下。

【解释】骡、马、驴等供人骑乘的大牲畜。常称“头勾”。

**第二十八回**

70. 照不过他

众人说：“我们有十来个人，手里又都有兵器，他总然就是个人，难道照不过他？着一个回去再调些人来！”

【解释】照，本书中又作“罩”。见第22条解释。

71. 羊性

人偏是这样羊性，你若一个说好，大家都说起好来；若一个说是不好，大家也齐说不好。

【解释】自己无主见，无原则地附和别人的意见或者跟随别人的行动。

**第三十回**

72. 都磨

这人们也都都磨了这几昼夜，都也乏了。

【解释】都，音 dū。①指因无主见而逡巡、徘徊；②指消耗时间和精力。此处意思为后者。

第三十二回

73. 蒯

夏驿丞说：“咱不打就别要打；咱既是打了，就蒯他两蒯，他也只说咱打来。咱不如就象模样的打他两下子罢！”

【解释】用手抓痒。㧟的同音借字。这里借指“打”。

74. 愿谓

光只俺两口子，这一日不知替嫂子念多少佛，愿谓侄儿多少。

【解释】在神灵前祈祷。

75. 煏烤

晁夫人扯脖子带脸通红的说道：“怎么来！谁煏烤着我粜谷？我拿粃子搀着哄人……”

【解释】强迫。

第三十三回

76. 擦过

这头年里也还有十来日的工夫，你先来收拾着木料，咱擦过年去就动土。

【解释】刚刚过。

77. 舞旋

他眼里又不看着字，两只手在袖子里不知舞旋的是甚么，教了一二十遍，哪教木头的一般。

【解释】做、干。在淄川方言里同鼓捣、捣鼓。又作“伍旋”，见第194条。

78. 跳天唆地

狄希陈到了家里，跳天唆地，抱怨先生琐碎，要辞了先生。

【解释】指小孩蹦蹦跳跳，不守规矩。

**第三十四回**

79. 摇地里　告讼　彰扬

家里又有两个不知好歹的孩子，遥地里对了人家告讼，说他家有一坛银钱；那日觅汉与他抬了回家，多有人看见；又兼狄家的觅汉伙伴不曾分得银钱的，心里气他不过，到处去彰扬，不止他本村扬说的一天一地，就是邻庄外县都当了一件异事传说。

【解释】摇地里，到处。

告讼，同“告诉”（见第25条）。本书又作“告颂”。

彰扬，向人宣扬。

80. 迷胡

那年俺爹埋了罐子钱，迷胡了寻不着。

【解释】迷失了方向，找不到目标。

**第三十五回**

81. 蛮　侉

他平日假妆了老成，把那眼睛瞅了鼻子口里说着蛮不蛮侉不侉的官话，做作那道学的狨腔。

【解释】在淄川方言中，将南方人称为“蛮子”，将北方人称为“侉子”。“蛮不蛮侉不侉”，指说的话既不像南方话，也不像北方话。

82. 麻蚍

这汪为露常常的绰揽了分上，自己收了银钱，不管事体顺理不顺理，麻蚍丁腿一般，逼住了教宗昭写书。

【解释】蚂蟥。

**第三十六回**

83. 打圈　走草　起骒

再有那一样搓拉邪货，心里边即与那打圈的猪，走草的狗，起骒的驴马一样，口里说着王道的假言。

【解释】打圈，母猪发情。

走草，狗交配。

起骒，马、驴发情。

84. 棺材楦子

再不想想自己七老八十的个棺材楦子，他那身强火盛的妖精，却是恋你那些好处？

【解释】快要死的人。又称“棺材瓤子”。楦，把物体中空的部分填满使物体成型的用具，如鞋楦。

85. 零碎嫁人

若是他作起孽来，可以执了父亲的遗嘱，容人措处，不许他自己零碎嫁人。

【解释】指没有丈夫的妇女与人发生性关系。

86. 操兑

晁夫人说：“你这二两可往那里操兑？”他说：“到家里看，还有几件破衣裳，几件破家伙，都损折了添上。”

【解释】操办。

87. 碾转

沈裁缝的婆子，拿了一盒樱桃，半盒子碾转，半盒子菀豆，来看晁夫人，再三谢前日打扰。

**【解释】**将接近成熟而麦粒尚软的麦穗煮熟，搓去糠皮，用磨磨成一条条线状食品，称为“碾转”。

88. 供备　肥虿

这是三四年里头供备的你肥虿了，只怕我另嫁人去，别人家没有似这样供备你的！

**【解释】**供备，供应。

肥虿，原指猪养得肉多了。此处意为富裕。

**第三十七回**

89. 赍子

人家这么大闺女在此，你却扯出“赍子”来对着溺尿！

**【解释】**男性生殖器。

**第三十八回**

90. 棋子　焦饼

连春元叫人送了吃用之物：腊肉，响皮肉，羊羔酒，米，面，炒的棋子，焦饼。

**【解释】**棋子，一种用黍子、黍谷等黏米面炒制成的食物，呈菱形，味香脆。

焦饼，摊煎饼时将芝麻撒在煎饼上，慢火烙干，称为“焦饼”，酥脆且有芝麻香味。

91. 倒抹

倒抹到日头待没的火势，方才同着狄周回到下处。

【解释】无正当事由而与人长时间地纠缠。又作“倒沫”，见第107条。

92. 步戏

我听说家里叫下的步戏，城里叫了三四个姐儿等待这二日了。

【解释】连日接演的整本大戏，即连台本戏。

**第四十回**

93. 悖悔

狄员外道：“这不是悖悔？你儿不动弹，那老婆就知道明水有个狄大官待嫖哩？”

【解释】没有道理的言行。

94. 厌气

他娘说：“你休只管狂气，我待打杀那后娘孩子，我自家另生哩？厌气杀人。”

【解释】令人厌恶。

95. 熟滑

奶奶长，奶奶短，倒象是整日守着的也没有这样熟滑，就是自己的儿媳妇也没有这样亲热。

【解释】又作“熟化”“熟话”。见第46条、第191条。

96. 突突摸摸

狄希陈也到屋里突突摸摸的在他娘跟前转转。

【解释】行动迟缓的样子。突，淄川方言音dū。

**第四十一回**

97. 礓礤

狄周媳妇说：“娘就没看见么？他在礓礤子上，朝东站着……”

【解释】台阶。

98. 估倒

小献宝说："你不知从几时就估倒干净，交给我这空房做甚么？"

【解释】估倒，常写作"鼓捣"。在淄川方言里是多用的动词。此处作"搬运""处理"解。

**第四十四回**

99. 撩牙扮齿

或是那妓者虎背熊腰，年纪长大，撅嘴拌唇，撩牙扮齿，黄毛大脚……

【解释】应为"獠牙板齿"。獠牙，长而生出唇外的牙。板齿，门牙宽大。淄川有"三十二个糯米牙，二十四个板齿牙"之说。獠牙板齿，形容人的牙齿生得丑陋。

100. 喜笑花生

一个十六七岁的美女，娇娇滴滴的迎将出来，喜笑花生的连忙与他接衣裳，解眼罩，问安请坐……

【解释】表情喜悦，说话亲切。

**第四十五回**

101. 不调贴

狄婆子到了自家房内，对着丈夫说道："这媳妇儿有些不调贴，别要叫那姑子说着了。"

【解释】不服规矩。又作"不调帖"，见第186条。

102. 挠着头

进去见素姐才挠着头，慢条斯理的缠脚，说道：……

【解释】头发没有梳理，蓬乱的样子。在淄川方言中，“挠着头”与用手“挠头”无关。

103. 大饭时

薛三槐媳妇说：“这是五更？待中大饭时了！”

【解释】饭时，到了吃饭的时候。大饭时，超过吃饭的时候了。

104. 没试没试

他今日到家，吃了够六七个煮的鸡子，喝了够两碗烧酒，还待吃，怕他醉了。他吃了没试没试的。

【解释】没事的样子。

**第四十六回**

105. 头首孩

这是我的个头首孩子，那穷就说不得了。

【解释】第一胎生的孩子。

**第四十八回**

106. 多咎

陈柳说：“抗什么稻子？你多咎买了稻池打出稻子来了？”

【解释】什么时候。

107. 倒沫

晁梁倒沫，晁夫人发燥，春莺合晁凤媳妇怪笑的。

【解释】又作“倒抹”，见第91条。

**第四十九回**

108. 清光当

教他各人都挤出些奶来，用茶钟盛着，使重汤顿过，鼰得那个白净老婆的奶有些膻气，又清光当的。

**【解释】**不稠。又作“清水光当”。

109. 盖垫子

回说：“他也会编席，编盖垫子，也会编囤。”

**【解释】**用苇篾或者麦秸、高粱秸编制，用来盖锅的器具。有的地方把用莛子（高粱穗柄）穿制用来摆放水饺的器具也叫“盖垫”，但是淄川蒲家庄附近的人称此为“箅子”，不称“盖垫”。

110. 刺挠

俺婆婆央他，教他续上我罢，他刺挠的不知怎么样，甚么是肯。

**【解释】**皮肤受刺激产生的既痒且疼的感觉。此处意为不情愿，不高兴。

111. 将着

过了两日，二十四日，早饭以后，小魏将着老吴婆子，替晁夫人磕了头。

**【解释】**用手搀着。

112. 下意不的

晁夫人说：“这倒不消虑。我下意不的这们个旺跳的俊孩儿舍了……”

**【解释】**1. 不忍心。2. 因对某事物厌恶而不愿参与了。此处意思为前者。

113. 松柏斗子

俺山里没香，我早起后晌焚着松柏斗子替奶奶念佛。

**【解释】**柏树的果实，有油性，易燃。

114. 勤力　死拍拍

这吴奶子虽是个丑妇……又疼爱孩子，又勤力，绝不象人家似的死拍拍的看着个孩子，早眠晏起，饭来开口，箸来伸手的懒货。

**【解释】**勤力，勤快。

死拍拍，死板，不灵活。

**第五十回**

115. 没走滚

只是我们讨的，一个是一个，再没走滚。

**【解释】**办事有把握。

116. 气了我个挣

他做的不知是什么，高高的考了个主簿。挂出榜来气了我个挣！

**【解释】**挣，“怔”的谐音借字。

**第五十二回**

117. 打牙巴骨

狄希陈唬的那脸蜡滓似的焦黄，战战的打牙巴骨，回不上话来。

**【解释】**因遇冷或者害怕而上下牙不自觉地连续碰撞。

118. 软骨农

素姐手里捏了两捏，说道：“古怪！这软骨农的是甚么东西？”

**【解释】**软和。

119. 好鞋不踏臭屎

狄员外只是说："你'好鞋不踏臭屎'，你只当他心风了，你理他做什么……"

【解释】比喻对不可理喻的人不理睬。

120. 敬意

薛夫人道："你爹敬意叫人来接咱，咱为甚么不去？"

【解释】有意地，特地。

**第五十三回**

121. 扚挠

晁无晏道："瘫劳气蛊噎，阎王请到的客，这劳疾甚么指望有好的日子？只怕一时间扚挠不及，甚么衣裳之类，你替我怎么算计……"

【解释】比喻操办。

**第五十四回**

122. 使的慌

有活我情愿自己做；使的慌，不使的慌，你别要管我。

【解释】累。

123. 飞计

谁知天下没有弃物，贼星照命的自有飞计。

【解释】常人意想不到的计谋。

124. 卯窍

只是初入其内，拿不住卯窍，却往那里去赚钱？

【解释】事物的关键所在。

125. 插粘粥

做水饭，插粘粥，烙火烧，都也通路。

**【解释】**玉米面、小米面或者高粱面加水做的粥，淄川人叫作“粘粥”，做粘粥的过程叫作“插”。粥，淄川方言读 zhū。

**第五十五回**

126. 凄凄离离

这灶上的调羹，是狄爷算计要留着房里使用的，你却不可合他凄凄离离的。

**【解释】**零零碎碎，断断续续。此处指不要与调羹偷偷摸摸发生性关系。

**第五十六回**

127. 蚁羊

无千大万的丑老婆队里，突有一个妖娆佳丽的女娘在内，引惹的那人就似蚁羊一般。

**【解释】**蚂蚁。

128. 占护

只是姐放下脸来，发作说道：“……这们几个月，从新又自己占护着做小老婆！桶下个孩子来，我看怎么认！……”

**【解释】**占着。

**第五十七回**

129. 半伙子

两个利他的家产，不许他过继侄儿，将他的庄田房舍都叫晁无晏掐了个精光，逼得个半伙子老婆从新嫁了人去。

【解释】丈夫离婚或死亡再嫁的妇女。

130. 第二的

晁无逸说："他有地没地，我不敢招架他；第二的那是个好人？他的儿有好的吗？……"

【解释】对兄弟当中老二或者儿子当中老二的称呼。

**第五十八回**

131. 还性

那狗死过去半日，蹬挃蹬挃的，渐渐还性过来，趴起一怏一跌的走了。

【解释】昏死过去又苏醒过来。淄川话又作"还心"。

132. 一屁　脂拉子

在那树上清早后晌的对着我那书房窗户乔声怪气的叫唤。叫小随童撵的去了，待不的一屁，脂拉子又来了。

【解释】一屁，一屁时，形容时间短。

脂拉子，形容快。

133. 鸡猫狗不是

嫂子鸡猫狗不是的，无非只为你不听说。

【解释】日常中发生的小错误。

**第五十九回**

134. 逼

素姐抖搜着尿裹脚发恨。狄希陈唬的个脸蜡渣黄，逼在墙上。

【解释】用力使物体挺直、靠紧。

135. 五积六受

狄婆子道："这五积六受的甚么模样？可是叫亲家笑话。"

【解释】无约束，不知怎么好。

136. 背肐拉

薛夫人道："这里就好，背肐拉子待亲家的。"

【解释】家中偏背的地方。肐拉，"旮旯"的谐音借字。淄川方言常作"背影旮旯"。

137. 虎势

……一似他们就合我有世仇一般，恨不得不与他们俱生的虎势。

【解释】同"伙势"。见第11条。

138. 汗鳖　胡铺搭

惯的个汉子那嘴就象扇车似的，象汗鳖似的胡铺搭……

【解释】汗鳖，即汗邪，指人高烧却不出汗、神智昏迷、语言错乱的病症。

胡铺搭，淄川人有"胡铺搭，乱铺搭"之说，意为无道理的乱说。

**第六十回**

139. 没还魂

调羹说："也是为他闺女。听说他闺女气杀了婆婆，只说了两句话，就直蹬了眼，再没还魂。"

【解释】一闭眼死去便没有再醒过来。

140. 扺

看了一看，旁里绰过一根门栓，举起来就扺。

【解释】打。

**第六十二回**

141. 抿耳攒蹄

偏是那虎豹正在那里剪尾作威，一听见了他的声音，唬得俯伏在地，垂头闭眼，抿耳攒蹄，直待那六驳劈开胸脯，取出心肝嚼吃。

**【解释】**牲畜、野兽垂下耳朵，四蹄并拢趴下。此处比喻人俯首帖耳的样子。

142. 忙劫

只见那合村男妇忙劫的不了，问其所以，都说……

**【解释】**忙忙碌碌。同“忙劫劫”，见第188条。

**第六十三回**

143. 利巴

这样南京的杂货原是没有行款的东西，一倍两倍，若是撞见一个利巴，就是三倍也是不可知的。

**【解释】**外行。

144. 死狗扶不到墙上

死狗扶不到墙上的人，怎怪得那老婆恁般凌辱！

**【解释】**比喻人软弱无能，不能接受别人的帮助。

**第六十四回**

145. 喜洽

白姑子道：“若说狄大嫂请我，我极该就去。前向同张大嫂来庵里与菩萨烧香，好个活动的人，见了人又喜洽，又谦和，可是一位好善的妇人……”

**【解释】**面目善良、和悦。

146. 掘

我就只说了这两句，没说完，他就秃淫秃揑的掘了我一顿好的。

【解释】大声地骂。

147. 几可里

所以这神鹰急脚，不到那一万分恶贯满盈，不轻易差遣。这是人世间几可里没有的事。

【解释】难得。

**第六十五回**

148. 与他几分颜色，便就要染大红

这狄希陈毕竟是有根器的人，不等素姐与他几分颜色，便就要染大红，时时如临深渊，刻刻如履薄冰……

【解释】一得意，便忘形。

149. 眊眊稍稍

狄希陈从袖中取出那两套衣服，两只眼睛看了素姐眊眊稍稍的说道……

【解释】1. 胆怯的样子。2. 毛手毛脚。此处意思为前者。

**第六十六回**

150. 齐割扎

果不其然，不消十日，齐割扎的把个头来烂吊一边。

【解释】齐齐的。割，淄川方言读 gā。

**第六十七回**

151. 杀毛树恐

……临去上了些细药面子，贴上一帖膏药，疼的个孩子杀毛树恐的叫唤。

**【解释】**狠命地。淄川方言中与“杀嚎老天”意同。

152. 琅珰着脸

再搭上一个回回婆琅珰着个东瓜青白脸，翻撅着个赤剥紫红唇……

**【解释】**挂着脸。琅珰，下垂。

153. 劈拉着腿

你劈拉着腿去坐崖头挣不的钱么？只在人那耳旁里放那狗臭屁不了！

**【解释】**将两腿分开。

154. 空心头

艾回子道：“好管家，那一日我吃了几钟子烧酒，空心头就醉了，你又催逼着我起身……”

**【解释】**早晨吃饭之前。

155. 消徼

狄员外道：“……把这件衣裳丢给他，就完事了。这可那里消徼哩？”

**【解释】**处理。

**第六十八回**

156. 抛满

雇驴下店报名，五两银子抛满使不尽的。

**【解释】**充足且稍有余。

157. 搅裹

叫我找入十两银子，一切搅裹都使不尽，还有五两银子分哩。

【解释】花销。

**第六十九回**

158. 一别气

这狄希陈一别气跑了二十七八里路，跑的筋软骨折……

【解释】一气，中间没有停顿。当作“一憋气”。

**第七十回**

159. 素子

你叫人拿盘点心，四碗菜，再给他素子酒，叫他吃着，分付人们别要难为他。

【解释】锡制，有提梁，有嘴，形状类似茶壶的酒壶。

160. 哨

童七家里果然有两个腊嘴，一个狠会哨，一个不大会哨。

【解释】鸟的叫声为一连串的哨音和颤音，称为“哨”。

161. 偏拉

童奶奶道：“这腊嘴养活了二三年，养活的好不熟化。情管在酒席上偏（原注‘上声’）拉，叫老公知道，要的去了。”

【解释】有意显示给别人看。

**第七十一回**

162. 蒯

却说陈公这内官性儿，叫童奶奶拿着一片有理无情的话，蒯着他的痒痒，就合那猫儿叫人蒯脖子的一般，呼卢呼卢的自在夸不尽童奶奶是个好人。

【解释】挠痒。

163. 淹淹

我怕几两银子极极的花费了，两个果子淹淹了……

【解释】因失去水分而干瘪。淹，淄川方言读 yē。

164. 紧自

太太道："新到的物儿贵贵的，你紧自没钱哩，教你费这个事。"

【解释】已然。又作"济自"。

165. 脂大肚

支惯了架子的人，忝着个脂大肚，穿着彻底的绸帛，开着争铺，虚名在外……

【解释】大腹便便。

166. 伍弄

宋主事情愿与他买棺装裹，建醮念经，伍弄着出了殡。

【解释】应付。

**第七十二回**

167. 野猩猩

……离明水镇十里外有个玉皇宫，每年旧例都有会场，也有醮事。这些野猩猩妇人，没有不到那里去的。

【解释】喜欢到外边跑。

168. 烟杠杠

烧了烟杠杠的，叫人大惊小怪。

【解释】烟雾弥漫。

169. 斧子苗

论人倒标致，脸象斧子苗花儿似的，可是两点点脚；要不老人家娶了他也罢。

【解释】斧，“葍”的谐音借字。葍，俗称“大葍苗”，其根可食，其花与打碗花相似，呈粉红色，中间白。

**第七十四回**

170. 布心疔

你要只进一进来，跌折双腿，叫强人割一万块子，吊在湖里泡的胖胀了，喂了鱼鳖虾蟹，生布心疔，瘟一辈子。

【解释】生在心口的疔疮。

**第七十五回**

171. 耐心烦

狄周媳妇在旁听的不耐心烦，说道：“大嫂，你怎么来！他合你有那辈子冤仇，下意的这们咒他！你也不怕虚空过往神灵听见么？”

【解释】有耐心。烦，淄川方言读 fái。

172. 折干

至于过聘：或是制办，或是折干，你二位讨个明示。

【解释】将该置办的物品折算成钱币。

**第七十八回**

173. 萋𢽾　拿讹头

长班既在那里萋𢽾，管家们岂有不知道的？打伙子背地里数说，拿宁承古的讹头。

【解释】萋𢽾，同恓插，见第58条。

拿讹头，讹诈、勒索作奸者的钱财等。

**第七十九回**

174. 皮缠纸裹

没的我合他有甚么皮缠纸裹的帐么？

**【解释】** 说不清的牵扯。常作“麻缠纸裹”。

175. 努筋拔力

买了人家的孩子来，数九的天不与棉衣裳穿，我看拉不上，努筋拔力的替他做了衣裳，不自家讨愧，还说长道短哩！

**【解释】** 尽力。

**第八十二回**

176. 放野鹁鸽

这等放野鹁鸽的东西，他原是图你的好，跟了你来，你这样待他，他岂有忠心待你？

**【解释】** 有夫之妇诈称无配偶，“嫁”与别的男子，然后原夫家以其被拐骗为由讹诈后“夫”钱财，称为“放鹁鸽”，实际上是一种以婚骗财的伎俩。

**第八十三回**

177. 脖抢骨

狄希陈象折了脖抢骨似的，搭拉着头不言语。

**【解释】** 颈椎骨。当作“脖腔骨”。

**第八十四回**

178. 梭罗着地

穿着领借的青布衫，梭罗着地，一条借的红绢裙子，系在胳肢窝里。

【解释】衣服下摆拖到地面。

**第八十五回**

179. 淤济　箔幛

所以淤济的这两个婆娘米麦盈仓，衣裳满柜，要厨房就送稻草，夹箔幛就是秫秸，怕冷炕欺了师傅的骚屄，成驴的白炭……

【解释】淤济，原指在人困难时用物或钱帮助别人。此处意为供应。

箔幛，用秫秸（高粱秸）编制成的篱笆。

**第八十七回**

180. 伊留雷

张朴茂的媳妇子，新寻的家人伊留雷媳妇子……

【解释】谐音一溜雷。沆瀣一气。见第35条、第187条。

181. 撕挠

响皮肉五荒六月里还放好几日撕挠不了，这八九月天气拿不的了？

【解释】食物变酸长毛。馊。

**第八十八回**

182. 拖坯

若是年少精壮，膂力刚强，拈的轻，掇的重，拖得坯，打得墙，狠命的当一个短工觅汉与那驿丞做活，这也还不十分叫他受苦。

【解释】黄土加入麦穰、水和成泥，置入长方形的木制“坯模”中成型，脱去坯模，晒干后用以盖屋、垒墙。这种建筑材料称为“坯”。制坯的过程称为“脱坯”。拖，“脱”的谐音借字。

183. 钟徐丘

这吕祥先在京师，凡是替狄希陈买办东西，狠命克扣，喜得狄希陈不大会得算帐，两三年里边，他也“钟徐丘”了好几两银。

**【解释】**《百家姓》中有“钟徐丘骆”句，故以“钟徐丘”歇一个“落”字。

**第八十九回**

184. 虚火

顾氏道：“狄大嫂，你可有些虚火，让你家坐，倒不好来，就这们叫唤？”

**【解释】**对病痛忍耐力差。

**第九十回**

185. 虎口

交过四月，打到人腰的麦苗，一虎口长的麦穗。

**【解释】**张开拇指与食指，两指尖间的距离。

**第九十一回**

186. 不调帖

恰象似后娶的不贤良继母待那前窝里不调帖的子女一般。

**【解释】**同“不调贴”。见第101条。

187. 一流雷

及至听来听去，一个是半斤，一个就是八两，上在天平，平平的不差分来毫去，你也说不得我头秃，我也笑不得你眼瞎，真是同调一流雷的朋友。

【解释】沆瀣一气。又作“一溜雷”，见第35条。

**第九十二回**

188. 忙劫劫

晁梁挨门谢客，忙劫劫唤了石匠，完那坟上的工程。

【解释】同“忙劫”，见第142条。

189. 补衬

晁梁察问说：“当日实有这件破袄，是媳妇子赌气夹了来家，合陈师娘换下的一条破裤，都拆破做补衬使了。”

【解释】新、旧碎布块、布条。可以打袼褙，用来做鞋、靴。

**第九十四回**

190. 鸡力谷碌

一伙把大门的皂隶拥将上来，盘诘拦阻，鸡力谷碌，打起四川的乡谈，素姐小浓袋一些也不能懂得。

【解释】1. 嘴里说话快或者口音不同，别人听不明白。2. 不断跌倒、起来。此处意思为前者。

**第九十五回**

191. 熟话

你新来乍到的，熟话也没曾熟话，你就这们乔腔怪态的？

【解释】同“熟化”“熟滑”。见第46条、第95条。

192. 不是善茬儿

张飞、胡敬德剃了胡子，都也不是善茬儿。

【解释】不是好对付的。

193. 翘蹄捻脚

睡到天色黎明，又翘蹄捻脚，偷出外边书舍，连吃饭也不进里边。

**【解释】**同“跷蹄辇脚”，见第44条。

194. 伍旋

及至拉过袄来，又提不着袄领。伍旋了半日，方才穿了上下衣裳。

**【解释】**同“舞旋”，见第77条。

195. 堤备

吕德远又悄悄的对张朴茂说道：“新来的奶奶，观其这般狠毒，下狠手杀夫，合奶奶说知，二位相公都要万分堤备，免得有失。”

**【解释】**防备。

**第九十六回**

196. 恶影

狄希陈说：“我心里还恶影影里的，但怕见吃饭。”

**【解释】**恶心。

197. 数黄瓜，道茄子

你既是知道了好歹，我倒回心转意的待你，你倒引了两个老贼婆来家，数黄瓜，道茄子的，我倒是二房了！

**【解释】**同“数东瓜，道茄子”。见第1条。

198. 盖抹

……见我知道了，他刚才那一顿盖抹，说的我也就没有气了。

【解释】遮掩。

**第九十七回**

199. 凑手不及

狄希陈道："那日经历已是脱了衣裳睡倒了，他挤到屋里，给了个凑手不及，往那里逃？"

【解释】措手不及。

2013 年 1 月 28 日

# 后 记

《聊斋琐议》即将付梓，总算了却一桩心愿。

1993 年，《蒲氏世谱》续修完毕，蒲氏族人在蒲家庄学校集会以示庆贺。会上，莪庄的兄弟爷们推举我代表“兆昌支”发言。说什么？因为事先没有准备，仓促之间，东拉西扯说了几句，大意是“蒲学研究方兴未艾，诸多专家学者发表了许许多多的论文，可是这里边却极少见到蒲姓的文章，作为蒲氏子孙的我们，实在感觉脸上无光。蒲氏后裔，生于斯，长于斯，有着得天独厚的条件，在蒲学研究中即使不能成为领军人物，至少也应当尽上自己的一份责任，才能无愧于祖宗”。

愿，是许了；还愿，却并不容易。

最大的困难是学识不足。自己虽然教了一辈子书，却没有上过大学，教的又是物理，缺少文学方面的理论修养。思前想后，出路只有一条，即扬长避短，在“地域优势”和“年龄优势”上做文章：我虚龄已经七十五岁，老家离蒲家庄只有二华里，当了十几年人民公社社员，从事教育工作后，也没有离开淄川，在文化、风俗的传承方面，是承上启下的一代人。这一优势，是外地教授、当地年轻学者们无法企及的。于是我不太费力就写作了《〈聊斋俚曲〉中“您”字的音和义》《〈《聊斋俚曲集》歇后语汇释〉辨正》《对〈《醒世姻缘传》歇后语汇释〉一文的几点意见》《淄川的分家习俗兼谈蒲松龄析箸》等短文。当然这“优势”也只是相对的，毕竟蒲翁与我们有三百多年的距离，有些语言、风俗也发生了不小的改变，也需要细心地去考证。像如“聊斋”到底是不是存在？如果存在，又在什么地方？《醒世姻缘传》《问天词》是不是蒲松龄所著？蒲松龄如果步入仕途，还会不会有《聊斋志异》？……我都提出了自己的看法，即使不完全正确，也当算是一家之言。

书稿完成，承蒙赵玉霞老师逐篇推敲审阅，并提出了宝贵的意见。山东大学邹宗良教授虽然与我从未谋面，但读过我的书稿之后，不仅在精神上给予极大的鼓励，还在百忙之中为该书写了序言。山东大学刘聿鑫教授又为本书题写了书名。亦师亦友的杨海儒先生、《蒲松龄研究》编辑部的王清平先生，以及族叔喜章、族兄先登、族弟泽，在书稿的撰写过程中都先后给予了极大的鼓舞和帮助，在此一并致谢。

由于知识谫陋，文字粗疏，错讹之处在所难免，敬请诸方家不吝赐教。

蒲先和

2016 年 10 月 10 日于不厌斋